고미카와 준페이 대하소설

인간의 조건

NINGEN NO JOKEN
by Junpei Gomikawa
© 1956-1958, 1995, 2005 by Ikuko Kurita
Originally published in Japanese by San-ichi Shobo, 1956-1958
Iwanami Shoten, Publishers' edition in 2005.
This Korean language edition published in 2013
by itBook Publishing Co., Paju
by arrangement with the Proprietor c/o Iwanami Shoten, Publishers, Tokyo
through BC Agency, Seoul.

이 책의 한국어판 저작권은 BC 에이전시를 통한 저작권자와의 독점 계약으로 도서출판 잇북에 있습니다.
신 저작권법에 의해 한국 내에서 보호를 받는 저작물이므로 무단전재와 복제를 금합니다.

이 도서의 국립중앙도서관 출판시도서목록(CIP)은 서지정보유통지원시스템 홈페이지(http://seoji.nl.go.kr)와 국가자료공동목록시스템(http://www.nl.go.kr/kolisnet)에서 이용하실 수 있습니다.
(CIP제어번호: CIP2013019334)

인간의 조건

고미카와 준페이 대하소설
김대환 옮김

2

강요된 선택

2부

강요된 선택

1

이틀 뒤 한밤중에 특수 광부 열한 명이 숙소에서 탈출했다.

철조망에는 금방 동사니 거적이 몇 장 덮여 있었다. 그곳을 뛰어넘어서 갔겠거니 볼 수도 있었지만 그 정도의 조치로 전류를 차단할 수 있을 것이라고는 생각할 수 없었다. 노무계원들은 넉 동의 숙소를 샅샅이 뒤져보았다. 그러나 탈출에 도움이 될 만한 도구는 찾아낼 수 없었다. 화가 난 노무계원들은 온돌에 깔려 있는 거적을 한 장도 남기지 않고 거둬가 버렸다.

전에 현장에서 네 명이 탈출했을 때 가지는 왕시양리에게 네 명, 다섯 명이 아니라 열 명이고 스무 명이고 탈출해보라고 말했다. 그들은 정말 그대로 실행한 셈이었다.

"이 새끼들이 우릴 우습게보는 거야!"

오키시마가 이마에 핏대를 세우며 분노했다.

"그 다섯 대표의 낯짝이 뭉개지도록 두들겨 패서라도 자백을 받아내고 말겠어!"

"너무 조급하게 굴지 마."

가지가 냉정하게 말했다.

"그럼 어떡하자는 건가?"

"숙소는 내 책임이야. 당신한테 피해가 가지 않도록 하지. 소장한테도 당신에겐 별 말 없도록 하겠어. 난 공을 혼자서 독차지할 생각은 없지만 책임은 지는 사람이야."

"이 자식이, 뭐가 어쩌고 어째?"

오키시마가 눈을 부라리면서 소릴 질렀다. 가지는 자신의 옹졸함을 부끄러워하며 그 원인을 만든 미치코를 원망했다.

"……내가 무례했네. 말이 너무 지나쳤어. 하지만 그들에게 책임을 묻는 건 옳지 않아."

가지는 전화로 소장에게 탈출 사실을 보고했다. 소장은 처음엔 가지의 귀가 쩌렁쩌렁 울리도록 호통을 쳤으나 갑자기 생각을 바꿔먹었다. 현 시점에서 일반 광부의 취로율은 전체적으로 기존의 평균보다 2할 이상 높아졌다. 다시 말해서 노무계가 돌격 월간의 톱을 달리고 있는 셈이다. 그로 인해 현장의 출광량도 점점 2할 증산의 선에 근접해가고 있다. 이런 시기에 너무 호통을 쳐서 가지의 기를 꺾는 것은 손해였다.

그리고 다른 하나는 소장의 명령으로 특수 광부들의 숙소에 여자들을 들여보내게 되었는데, 두 번의 탈출이 모두 여자들이 들어간 날로부터 며칠 후에 일어났다. 만약 이들 사이에 어떤 인과관계가 있다면 소장의 체면은 말이 아니게 된다.

"면밀히 조사해서 대책을 강구해보게. 헌병대에 변명할 거리도 생각해두고."

소장은 그 정도 선에서 마무리하고 전화를 끊었다.

"여자들을 심문해봐야겠어."

가지는 오키시마를 불러서 같이 나갔다.

진동푸는 입구에서 두 사람을 맞이하고 온갖 교태로 아양을 떨면서 묻지도 않았는데 제일 싫어하는 것이 공비와 두꺼비라고 했다. 그들을 도와서 무슨 득이 있겠어요? 우린 그들이 육욕을 배설할 때 쓰는 도구에 불과하고 그곳에 갈 때마다 죽을 것 같은 중노동을 강요받을 뿐이에요. 이제 그런 짓은 그만하게 해줘요. 그렇게 웅변을 토했다.

"알았어."

가지가 말했다.

"그만두게 될지도 몰라."

그 말을 섣듣고 양춘란이 뛰어나왔다.

"나, 그만두지 않아! 나, 갈 거야! 나, 갈 거야!"

이성을 잃고 가지에게 달려들며 말했다.

"어떻게 된 거야?"

오키시마가 가지에게 물었다.

"까오의 애인이야."

"그래?"

오키시마가 씩 웃었다.

"까오는 도망갔다, 널 버리고. 몰랐어?"

"거짓말! 거짓말!"

양춘란은 침을 튀기며 소리쳤다.

"가지 씨, 까오 씨, 도망 안 가요. 도망, 갔어? 안 갔지?"

"도망쳤다고."

오키시마가 다시 말했다.

"도망 안 가! 까오 씨, 도망 안 가, 말했어. 모두, 도망간다고 해도, 도망 안 가, 말했어!"

"그럼 누가 도망간다고 말했어?"

"아무도, 말 안 했어. 도망 이야기, 듣지 못했으니까."

오키시마가 느닷없이 양춘란의 따귀를 때렸다.

"누굴 바보로 아는 거야? 바른대로 대!"

춘란은 울부짖었다.

"그 사람은 도망가지 않아. 날 두고 갈 리가 없어!"

오키시마가 다시 한 대 때렸다. 양이 비틀거렸다.

"말해!"

"내가 어떻게 알아! 몰라! 몰라! 몰라!"

오키시마가 서너 대를 연달아서 때렸다.

"이제 그만해!"

가지가 소리쳤다.

"내버려둬!"

오키시마도 같이 소리쳤다.

"이런 것들한테 무시당하고도 참으란 말이야?"

가지는 양춘란을 끌어당겼다.

"울지 마. 까오는 도망가지 않았어. 안심해. 넌 정말 아무것도 못 들은 거야?"

여자는 큰 소리로 울면서 "몰라, 몰라." 하고 반복했다. 가지는 진동푸를 보았다. 동푸는 그때까지 눈도 깜빡이지 않고 가지를 보고 있었지만 시선이 마주치자 황급히 외면했다.

"너도 아무것도 못 들었어?"

동푸는 이번엔 차분하게 대답했다.

"나는, 얘기 들었으면, 모두, 가지 씨한테 말할 거야. 말하지 않으면 가지 씨 화낸다. 가지 씨 화나면 예순 명 다 곤란하니까."

"거짓말은 아니겠지? 거짓말 하면 정말로 화낼 거야."

"가지 씨, 좋은 마음, 나, 알아. 거짓말 아니야."

여자의 얼굴 피하지방 밑에서 어떤 감정이 흘렀다고 해도 가지는 분간할 수 없었다.

가지와 오키시마는 위안소에서 나왔다. 오키시마는 입을 꾹 다물고 있었다.

도중에 둘은 변전소에 들러보았지만 이상한 점은 찾을 수 없었다. 야근자는 이미 교대한 뒤였다. 주간 근무자인 일본인은 야근자가 밤중에 선잠을 자는 것을 완강하게 부정했다. 전력을 책임지는 자에게 그런 태만은 있을 수 없다는 것이다. 야근한 일본인이 근무를 제대로 섰다면 같은 야근조의 만주인 고용인이 어떤 일을 꾸밀 여지는 거의 없다.

"이상해."

밖으로 나오고 나서 가지가 중얼거렸다.

"전류가 끊겼다는 증거도 없지만, 끊기지 않았다는 증거도 없어. 만약 전류가 끊기지 않았다면 열한 명이나 되는 인간들이 연기처럼 증발했다는 것인데……."

"증발한 거지."

오키시마가 불쾌하다는 듯 말했다.

"어떤 식으로 증발했는지 확인해보고 싶다면 간단해."

"어떻게?"

"뭐든지 끝까지 추궁하고 싶어 하는 자네가 웬일로 변전소에서는 수박 겉핥기만 한 건가?"

"증거가 없는데 뭘 할 수 있겠어?"

오키시마는 침을 퉤 뱉었다.

"그럼, 그렇다고 해두지."

"왜 화내는데?"

"화내는 게 아니야, 어리석긴! 자네는 지독한 페미니스트야."

"그럴지도 모르지."

"여자들이 모를 리가 없잖아?"

"그럴지도 모르지."

"쳇!"

그러면서 오키시마는 또다시 침을 퉤 뱉었다.

"별것도 아닌 일로 첸을 그렇게 때린 자네가 여자를 상대로는 중요한 부분에 이르자 아주 관대해지더군."

"……여자는 나한테 맡겨줘. 나보고 페미니스트라면서?"

가지는 철조망 쪽을 보면서 쌀쌀맞게 말했다.

"이제 왕과 까오를 볼 텐데 또 때릴 건가?"

"그야 모르지."

"그럼 먼저 노무계 사무소로 가 있어."

가지는 건방지게 보일 수도 있는 모습으로 오키시마를 뿌리치고 혼자 철조망 안으로 들어갔다.

왕시양리가 종이뭉치를 들고 숙소에서 나왔다. 왕의 주문으로 가지가 준 것이다. 왕은 그것을 말없이 건네주었다.

"너희들은 내 충고대로 탈출했어."

가지가 말했다.

"너희들이 내 충고에 이렇게 잘 따른 것은 처음이야. 뭔가 다른 일을 이번처럼 잘 따랐다면 난 틀림없이 괴로웠을 거야. 이번 탈출이 어떤 결과를 초래할지 난 모른다. 어떻게 되든 너희들 스스로 결정한 결과니까."

왕은 가지를 주의 깊게 쳐다보고 있을 뿐 아무 말이 없었다.

"몇 마디 더 하겠는데……."

가지가 말을 이었다.

"난 솔직히 너희들을 위해서 노력할 의욕을 잃은 것 같다. 오늘 할 말은 이상이다."

가지는 받은 종이뭉치를 들고 지체 없이 나갔다.

가지가 사무소에 돌아오자마자 소장에게서 전화가 왔다. 후루야를 본관으로 불러 한 말인즉슨 앞으로 여자를 일체 들여보내지 않던가, 그렇지 않으면 여자들 중 스파이를 만들어놓고 다시 들여보내는 방법 중 어느 쪽이 좋으냐는 것이다.

"명령입니까?"

가지는 냉담하게 반문했다.

"아니, 상의해보자는 거네."

"소장님은 어떻게 생각하십니까?"

"아니, 난 처음 당하는 일이고 매일 그들을 상대하는 것도 아니니 자네의 판단에 맡길 수밖에 없지 않겠나."

소장의 말투는 부드러웠다. 가지는 쓴웃음을 지었다. 소장은 도망치고 있는 것이다. 책임을 회피하고 싶은 것이다. 소장의 얼굴이 주름 하나의 움직임까지 보이는 것 같았다. 가지는 책상 가장자리에 있는 첸을 막연한 눈빛으로 쳐다보면서 소장의 얼굴을 그 사이의 공간에 그리고 있었다.

하지만 첸은 자신을 보며 움직이지 않는 가지의 눈에서 공포를 느꼈다. 차갑고 맑은 눈동자는 자신의 속내까지 꿰뚫어보는 것 같기도 했고, 어둡고 탁한 눈빛은 분노가 맺혀 있는 듯 보이기도 했다.

지금 모든 걸 털어놓는다면 마음이 한결 편안해질 것이다. 그 대신 파멸이다. 아주 편한 상황만은 아니다. 아니, 역시 자백하는 게 낫다. 이런 상황이 오래 지속되어서는 견디지 못할 것이다. 용서를 구하자. 한 번은 용서해주겠지. 아니, 아니다. 고작 밀가루 5킬로그램 때문에 자신의 입장이 난처해졌다고 그토록 심하게 때린 사람이다. 절대로 용서해줄 리 없다. 게다가 나쁜 짓을 한 것도 아니다. 불행한 동포를 도와준 것뿐이지 않은가.

가지가 전화로 말하고 있었다.

"저는 여자들을 들여보내는 일을 그만둘 생각도 없고, 스파이를 만들 생각도 없습니다."

그러고 보니 가지는 여자들을 의심하는 것 같진 않다. 눈을 내리깔고 가지 쪽을 힐끔거리면서 첸은 불안이 조금씩 가셨다.

"그렇습니다. 저는 처음부터 여자들을 들여보내는 것에 반대했습니다."

가지가 말했다.

"하지만 지금은 생각이 바뀌었습니다."

어떻게 된 거지? 첸은 가지 쪽을 몰래 보았다. 가지는 왕시양리가 연필로 쓴 몇 장의 종이를 훌훌 넘기면서 전화를 받고 있었다.

"네, 오키시마 씨는 여자들이 도와주었다고 생각하고 있습니다."

가지가 씁쓸하게 웃으며 말했다.

"사실일지도 모릅니다. 사실이라고 해도 여자들을 적발했다고 해서 특수 광부들의 문제가 해결되는 건 아니니까요."

불안이 첸의 가슴에 곱절의 힘으로 되돌아왔다. 가지가 대충은 알고 있으면서도 일부러 모른 척하고 있는 건 아닐까? 만약 그렇다면 지금이라도 자백하여 자비를 구하는 게 낫다.

가지는 전화를 끊었다. 조용한 목소리가 첸을 불렀다. 첸은 반쯤 체념하고 일어서서 갔다.

"이걸 빨리 일본어로 바꿔주게."

가지는 왕시양리의 수기를 첸에게 건네며 말했다.

2

나는 일본인이 좋아할 만한 이야기부터 하기로 했습니다.

왕시양리는 이런 말로 글을 쓰기 시작했다.

여자들에 관한 이야기입니다. 나는 다른 문제부터 시작해도 됩니다. 예를 들면 일본인이 창안한 오족협화五族協和(일본이 만주국滿州國을 건국할 때의 이념이다. 5족은 일본인·한족·조선인·만주족·몽고인을 가리킨다 - 옮긴이)의 정신이라는 문제부터 시작해도 됩니다. 그러나 우리가 여기에 왔을 때부터, 엄밀하게 말하면 그보다 훨씬 이전부터, 다시 말해서 우리가 우리의 고향에서 우리로서는 도저히 납득할 수 없는 이유에 의해 납치된 순간부터 우리는 일본인이 오족협화의 정신보다도 여자를 훨씬 더 좋아한다는 것을 알았습니다. 이것이 내가 여자에 관한 이야기부터 시작하는 주된 이유입니다.

이곳의 일본인 관리자는 우리의 고질적인 피부병을 고쳐주었습니다. 이곳의 일본인 관리자는 이어서 우리가 목숨을 부지하기 위해 필요한, 그리고 노동하기 위해서는 더욱 필요한 최저한도의 음식을 주었습니다. 최저한도의 음식조차 주지 않은 일본군의 관리를 받을 때에 비하면 이 최저한도의 음식은 최대한도의 복음이라고 해야 합니다.

어느 날 두 번째 복음이 우리를 찾아왔습니다. 이 철조망 안으로 많은 여자들이 들어온 것입니다. 일본인 관리자는 박식한 사람인지라 인간에 대한 동물학적인 지식을 정확하게 갖추고 있습니다. 다시 말해서 이런 것입니다. 한 마리의 실험용 동물을 우리 안에 가둬놓고 죽지 않을 정도로, 그리고 체력을 서서히 소모시키는 정도로 먹이를 주어서 피하지방을 없애고, 뼈와 가죽만 남아도 생식 기능은 아직 잃지 않았다는 것을 실증하기 위해 그 우리 안에 한 마리의 이성異性을 넣으면 정말로 눈물겨운 노력 끝에 교미가 이뤄집니다.

축하할 일입니다. 일본인 관리자는 그것을 잘 알고 있었습니다. 철조망 안에 있는 오백 수십 마리의 수컷에게 마흔 마리의 암컷을 넣어주면 몇 백 회에 달하는 교미가 실로 눈물겨운 노력 끝에 이루어지는 것은 분명한 사실입니다. 어떤 형식으로 그 교미가 이루어졌는지, 일본인 관리자의 동물학적 지식의 발전을 위해서 보고합니다.

동물학의 범주에 수치심이라는 분야가 있는지 없는지 나는 잊어버렸습니다. 아마도 없었던 것 같습니다. 첫 마흔 명의 사내와 마흔 명의 여자는 서로 상대의 얼굴이나 모습을 볼 수 있게 하려는 일본인의 배려로 꺼지지 않은 어슴푸레한 전등 불빛 아래에서 쾌락의 행위를 어떻게 시작해야 할지 고민했습니다.

그러는 사이에 몇 쌍의 남녀는 머리와 발을 다른 쌍과는 반대쪽에 둠으로써 서로 수치심을 느끼지 않는 방법을 발견했습니다. 예를 들면 내 발은 내 옆에 누워 있는 당신과 당신의 여자의 허리나 음부를 볼 수 없습니다. 또 내 발은 당신이나 당신의 여자의 배에서 보인다는 것에 수치를 느낄 수 없습니다. 정말로 합리적인 방법 아닙니까?

또 다른 몇 쌍의 남녀는 자기들의 머리를 천 쪼가리나 다른 무언가로 가리는 방법을 알아냈습니다. 다른 사람은 자기들을 보지만 자기들은 다른 사람을 볼 수 없기 때문에 아무도 없는 곳에 간 것과 같은 효과를 보려고 하는 것입니다. 어느 것이나 상대적인 것이니 이거야말로 정말 철학적인 방법이 아닐까요?

잠깐 눈을 감고 상상해보십시오. 세상에서 둘도 없는 장관이 아닙니까? 위대한 화가라면 이러한 광경을 오욕이라는 제목으로 후세에 남을 만한 걸작을 그리겠죠.

이로써 당사자들은 땀과 눈물과 피로 속에서 이제는 그 누구도 자신들을 인간이라고는 부르지 않는 것을 확인했고, 동시에 일본인 관리자는 이 장대한 실험 결과 인간이라는 동물은 피하지방이 없어지고 뼈와 살가죽만 남아도 생식기능을 잃지 않는다는 과학적인 확증을 갖기에 성공했습니다.

그리고 나는 일본인 관리자의 과학적 탐구에 보조자가 되기로 했습니다. 그것은 이런 것입니다. 태초에 인류의 조상이 어느 화창한 날에 손에 막대기를 들고 그것으로 무언가를 때리는 것을 알게 된 순간부터 유인원, 즉 동물과 영원히 결별했고, 또 어느 날, 그때는 필시 추운 날이었을 것이라고 생각하지만, 어쩌다 불을 쓸 줄 알게 된 순간부터 문명의 역사가 시작되었다면, 현대 인류가 현명하게도 금권을 수립하고 그것에 스스로 맹종하며, 아무 원한도 없는 타국 사람들에게 폭탄을 퍼붓고 그것을 정의라고 명명한 순간부터 문명과 결별했고, 인간이 인간을 포획하여 죽지 않을 정도로, 그리고 몸에서 에너지가 제로에 이를 때까지 서서히 소모될 정도로 먹이를 주는 것을 생각해낸 순간부터 동물로 복귀하는 역사가 시작되었습니다.

내가 이상하게 생각하지 않을 수 없는 것은 정신만능주의의 일본인이 너무나 철저한 물질실험을 실시하고, 너무도 멋지게 성공했다는 점입니다.

동물에서 인간으로 진화하는 데는 수십만 년이 걸렸습니다. 인간에서 동물로 퇴화하는 데는 길어야 1년, 짧아도 몇 개월이면 충분했습니다. 간단한 일입니다. 만약 남자 한 명이 일정 노동을 하며 살아가는 데 하루 최저 2,400칼로리가 필요하다면 이 남자를 우리 안에 가둬놓고 1개월간 하루 1000칼로리 이하의 음식을 주면서 여덟 시간에서 열두 시간의 노동을 시킨다면 1개월 후 그 남자는 이미 인간이 아닙니다. 그는 후각이 초인적으로 예민해져서 인분 속에 잔류하는 영양소를 냄새로 알아내는 데는 돼지와 똑같은 능력을 발휘하게 됩니다. 그는 인류 사회의 모든 통념을 벗어버리고 개와 똑같이 교미하기 위해 눈물겨운 노력을 기울이게 됩니다. 일본인 관리자는 인간으로부터 동물을 재생산하는 데 완벽하게 성공했습니다.

이상은 일본인 관리자의 자연과학적 탐구욕을 존중하여 내가 제출하는 중간보고서입니다.

다음으로 일본인 관리자의 사회과학적 탐구에 필요할 것이라 여겨지는 자료에 대해 보고하겠습니다.

내 고향에는 나도 잘 아는 아름다운 아가씨가 있었습니다. 건강한 육체와 명랑한 정신을 갖고 소박한 청춘의 아름다움을 한껏 뿜내는 열일곱 살의 소녀였습니다. 그녀에게는 사랑하는 약혼자가 있었지만 두 사람은 생활을 꾸려나갈 만한 땅을 가지고 있지 못해서 청년이 이웃 마을과 도시에서 날품팔이를 하며 돈을 모으려고 했습니다. 두 사람의 생활 설계는 겨울 동안 두껍게 얼어붙은 얼음을 봄의 부드러운 새

싹이 멋지게 뚫고 나오듯 더디긴 해도 어려운 생활을 이겨낼 것처럼 보였습니다.

어느 날 일본군 병사 둘이 이 마을에 왔습니다. 이웃 마을에 주둔하게 된 부대에서 놀러 나온 것 같았습니다. 두 병사는 이 아름다운 아가씨를 보자 빙그레 이웃사람의 친근한 웃음을 지으면서 다가와 캐러멜을 주었습니다. 그러고 나서 역시 빙그레 웃으면서 그 아가씨의 집으로 들어갔는데, 돌연 아가씨의 늙은 아비를 간단히 때려눕히더니 아가씨를 강간하기 시작했습니다. 아가씨의 비명을 듣고 애인과 그의 친구 몇 명이 달려와 아가씨의 몸 위에 올라타 있던 일본 병사를 붙잡았습니다. 다른 한 명의 병사는 겨우 도망쳐서 돌아갔습니다.

주둔군 대장은 일본의 사무라이 정신으로 철저히 무장된 사람이었습니다. 독특한 철학체계를 갖고 있었습니다. 이런 것입니다. 정복자는 피정복자를 학대해서는 안 된다. 주민을 박해하거나, 부녀자를 범하지 않는 게 좋다. (강간은 학대가 아니라 잠깐의 향락행위라고 하더군요) 그렇지만 필요에 의해 폭력을 행사해야 되는 경우나 또 만약 폭력을 이왕 행사한다면 철저하게 행사하지 않으면 안 된다. 어떻습니까? 명쾌하고, 훌륭한 논리가 아닌가요? 그의 부하가 만약 필요에 의해 강간했다면 철저하게 강간해서 그 상대가 죽어서 증거를 남길 수 없게 될 때까지 짓밟았어야 했다는 것이죠.

부대장은 도망쳐온 부하의 보고를 받고 결단을 내렸습니다. 위대한 일본군 병사가 '짱꼴라'에게 붙잡혔다니 무슨 소리냐! 동양의 종놈이

동양의 주인에게 반항했다니 무슨 소리냐! 모름지기 순역順逆의 길은 명확히 해야 한다는 것입니다. 명령이 떨어지자 무장 부대는 마을을 포위하고 난입하여 반항하는 사내들을 한쪽 구석에 몰아넣고 모조리 쏴 죽였고, 여자라는 여자는 모두 한쪽 구석에 몰아넣고 강간했습니다. 한 명의 예외도 없었습니다. 사건의 원인이 된 그 아가씨는 병사 몇 명에게 윤간을 당한 뒤 젖가슴이 칼로 도려내어지고 음부가 총검에 난자당해서 즉사했습니다. 아가씨의 연인은 아가씨가 윤간당하는 것을 강제로 지켜본 뒤 그가 붙잡은 병사에 의해 개머리판에 머리가 산산조각이 나서 역시 즉사했습니다.

또 있습니다. 참고 들어주세요. 이 마을에서 상당히 먼 도시의 대학에서 조교수를 하고 있던 남자가 병을 얻어 보양차 이 마을로 돌아왔습니다. 그의 아내는 남편이 보양하는 동안 이 마을의 소학당 교사로 일하고 있었습니다. 사건이 일어난 날 대학 조교수는 영혼을 찢어발기는 듯한 여자들의 비명 소리가 마을 곳곳에서 들려오자 아내가 걱정되어 소학당으로 달려갔습니다. 소학당에는 이미 일본군 병사들이 난입해 있었습니다.

조교수는 교정으로 들어서자마자 병사들에게 잡혀 묶이게 되었습니다. 병에서 겨우 회복된 그가 무엇을 할 수 있었겠습니까. 그는 모습이 보이지 않는 아내가 걱정될 뿐이었습니다. 병사들은 재미있다는 듯 웃으면서 묶인 조교수의 몸을 농구 연습하듯 들이받고 굴렸습니다.

그때 창문에서 하얀 물체가 떨어졌습니다. 발가벗겨진 여자의 몸뚱이였습니다. 그녀를 창문으로 던진 병사들이 교정에 있는 병사들에게 뭐라고 말하고 큰 소리로 웃었습니다. 교정의 병사들은 알몸으로 쓰러져 있는 여자에게로 몰려가 시끄럽게 떠들면서 어떻게 하면 더 재미있게 놀 수 있을까 하고 생각하는 것 같았습니다. 병사들 중에 미적 감각이 발달한 자가 있었습니다. 그는 창문 아래의 그 여교사가 아이들과 함께 만든 작은 원형의 꽃밭에서 꽃을 한 움큼 꺾어서 여자의 음부에 꽂아넣었습니다. 병사들은 주위가 떠나가라 웃었습니다. 멋진 꽃병이 만들어졌다는 것이죠.

겨우 숨이 붙어 있는 여자는 이 굴욕과 고통으로부터 도망치려는 듯 가위처럼 다리를 두세 번 오므렸다 벌렸다 했습니다. 병사들은 더욱 재미있어 하면서 웃었습니다. 조교수는 아내의 육체에서 고개를 돌려 창문 안에서 무슨 일이 있었는지를 확인하려고 했습니다. 교실 안에는 여교사의 위난危難을 몸으로 막으려던 아이들이 칼에 베이고 찔려서 죽어 있었고, 마룻바닥은 검붉은 피로 물들어 있었습니다.

병사들이 다시 기괴한 웃음소리를 냈습니다. 이번엔 꽂혀 있던 꽃이 다리 사이로 떨어져 있었고, 그 대신 막대기가 꽂혀 있었습니다. 조교수는 아내와 자신이 빨리 죽임을 당하는 게 낫겠다고 생각했습니다. 아내는 조교수에게 어서 빨리 자기를 죽여달라고 끊임없이 신음하고 있었습니다. 분명히 죽는 것이 더 편안했을 것입니다. 그렇지만 조교수는 지금 죽어서는 안 된다고, 자기 자신에게도 아내에게도 소리쳤습니다. 폭력 앞에서 무고한 인간이 스스로 생명을 버린다는 것은 폭력을 자동적으로 용인하는 것이 되기 때문입니다.

내가 왜 이렇게 여자들의 피해 사실에 대해 특별히 더 길게 썼는지 현명하신 일본인 관리자는 알고 계실 겁니다. 문화 수준의 차이는 있어도 인간은 자민족 여자가 타민족 남자에게 능욕당한 것에 가장 큰 굴욕과 고통과 분노와 증오를 느낍니다. 이것은 거의 부정할 수 없는 역사적인 습성입니다.

그래서 나는 현명하신 일본인 관리자에게 묻는 바 일본인 여러분은 훗날 일본인 여성이 다른 정복자에게 이와 같이 능욕당할 일이 없다고 단언할 정도로 행복한 우둔함을 갖고 있는 겁니까? 정복과 피정복의 관계는 내 의견으로는 필연적으로 이러한 '미학적'인 이면사를 쓰게 마련입니다. 그리고 전쟁이 정복과 피정복의 관계를 만들기 위해서 행해지는 정치 형태인 이상, 정복자는 언젠가 반드시 피정복의 입장에 놓이게 됩니다. 수천 년간의 세계사가 그것을 입증하고 있습니다.

반복되는 말이지만 덧붙여서 몇 마디 더 적겠습니다. 일본인은 자기 자신을 세계에서 으뜸가는 민족이라 생각하고, '신주불멸 神州不滅(신의 나라인 일본은 절대로 멸망하지 않는다는 뜻으로 일본 제국주의 시절 정치적 선동 구호로 쓰였다 - 옮긴이)'을 믿고 있습니다. 혹은 믿으려고 합니다. 독일인은 자민족 이외의 모든 민족을 부정하는 입장을 고집하고 있습니다. 미국인은 무엇이든 세계 최고라고 과시하고 있습니다. 이런 경향은 크건 작건 어느 민족에나 있는 것이기 때문에 일부러 초들어 말할 필요는 없을지도 모릅니다.

하지만 예를 들어 일본인은 일본의 정치, 경제, 사회, 가정, 교육이라는 환경 속에서 오랜 세월에 걸쳐 만들어진 인간군을 말합니다. 그 인간군 중에서 만들어진 수백만 명의 일본 군대는 중국 대륙 곳곳에서 앞에서 말한 폭행, 살인, 약탈을 자행했습니다. 그들이 가는 곳마다 이런 현상이 일어나지 않은 곳이 없습니다. 일본인의 생활환경과 본질적으로는 아무 관계도 없는 다른 자본주의 국가에서도 일본인과 본질적으로는 아무 관계도 없는 인간군을 만들고, 그 인간군 중에서 역시 본질적으로는 아무 관계도 없는 수백만 명의 침략용 군대를 만들고 있습니다.

그렇기 때문에 당신들은 당신들의 아내나 연인, 자매가 당신들의 눈앞에서 능욕당하고, 당신들의 동포가 아무 이유도 없이 살해당하고, 당신들의 재산이 약탈당하는 것을 목격해야 하는 숙명을 짊어지고 있는 것입니다. 이 충고가 너무 늦었는지도 모릅니다.

다시 내 고향 마을 이야기로 돌아갑니다. 마을은 항일분자의 소굴이라는 이유로 전소되었습니다. 여자들은 욕을 당하고, 농락당하고, 그것만으로는 부족했는지 죽임을 당한 사람도 있는가 하면 군인들의 위안부로 끌려간 사람도 있습니다. 저항한 남자들은 그 자리에서 죽임을 당하거나 집단적으로 죽임을 당했습니다. 후자의 경우에는 처음엔 병사의 총검 찌르기 훈련용 인형의 대용품이 되었고, 나중에는 경기관총의 표적이 되었습니다. 그리고 시체를 장작처럼 쌓아놓고 불을 붙여 태웠습니다. 죽은 자를 화장해준다는 따뜻한 배려에서 그런 것이겠죠? 죽지 않고 총에 맞아 뒹굴고 있는 자도 이 따뜻한 배려의 은혜를 입었습니다. 나처럼 오기도 없고 저항할 줄도 몰랐던 수십 명의 남자들은 포획되어 대부분이 노동기구로 끌려갔고, 소수는 일본 군진의학軍陳醫學의 실험용 모르모트의 대용품이 되었습니다. 도처의 마을에서 비슷한 일이 일어났고, 나와 같은 포로는 내가 속해 있는 집단만 해도 천 수백 명에 달했습니다.

우리는 곡식 자루처럼 유개화차有蓋貨車 안에 빼곡하게 실려 몇 날 몇 밤을 거의 먹지도 마시지도 못한 채 운반되었습니다. 꼭 이곳으로 우리가 운반된 것처럼 말이죠. 열차에서 내리자 우리에게 신선한 공기와 물을 주었습니다. 그리고 노동과 구타도 아끼지 않고…….

결국 일본인은 어디에 있든 모두가 경제학 박사뿐이라는 것을 난 확인할 수 있었습니다. 인간은 소나 말이나 다른 모든 가축보다도 경제적인 노동력이라는 것을 그들은 알고 있었던 것입니다. 소나 말은 피곤하거나 배가 고프면 아무리 채찍으로 때려도 움직이지 않습니다. 인간은 아무리 피곤하고 배가 고파도 절대로 없어지지 않는 공포나 헛된 희망 같은 것이 있기 때문에 이대로는 죽고 만다는 것을 알면서도 일을 멈추지 못합니다. 이 점에 착안해서 인간을 포획하여 일을 시킨 일본인은 참으로 현명하다고 하지 않을 수 없습니다.

포획당한 인간은 자기 자신의 피하지방과 근육을 갉아먹으면서 일합니다. 그리고 일하면서 죽어갑니다. 그런 노동에 의해 한 무리의 인간이 쇠약해져서 죽을 때 다른 한 무리의 인간은 그 노동에 의해 만들어진 식량을 포식하고, 그 노동에 의해 세워진 집 안에서 음악을 듣고, 편안하게 자고, 그 창문으로 죽어가는 사람들을 내려다보면서 사랑하는 이성과 사랑을 나누며 인생을 구가합니다.

 아무 의미도 없을 겁니다. 가축보다 못한 두 발 짐승이 쇠약해져서 죽는다는 것에는요. 4억 4800만 마리의 가축보다 못한 두 발 짐승이 이 대륙에 생존해 있다고 일본인은 계산하고 있었을 테니까요.

 우리는 몇 번에 걸쳐 유개화차에 빼곡히 실리고, 몇 번에 걸쳐 다른 장소에서 죽음이 두려워 일하고, 그로 인해 매일매일 죽음으로 다가가고, 실제로 죽어갔습니다. 예외 없이 우리를 사랑하고, 점점 더 깊이 우리를 사랑해서 어느새 우리와는 영영 이별할 수 없게 된 것은 피부병 세균이 유일합니다. 우리를 수송해야 하는 성가신 역할을 맡은 군인은 우리가 예외 없이 피부병에 걸렸다는 것에 화를 내면서 우리를 때렸습니다. 때릴 때도 피부병이 옮는 게 두려워서 채찍이나 몽둥이로 때렸습니다. 그리고 말했습니다. 같은 시간, 같은 장소에 일본인과 중국인이 있었는데 중국인만 피부병에 걸리는 게 말이 돼? 이놈들은 선천적으로 미천하고, 불결한 짐승 같은 놈들이다, 라고요.

 우리는 일본군의 군마가 매일 아침 깔끔하게 솔질을 받고, 항문까지 깨끗하게 닦이고, 필요한 칼로리와 비타민을 보급받아 반질반질하게 윤기가 흐르는 몸통을 보았습니다. 우리는 군마의 분뇨가 묻고 땀과 때로 더러워져도 씻어낼 물도 자유롭게 쓰지 못하고, 닦아낼 천 쪼가리 한 장이 없어서 대변을 보고 밑을 닦을 때는 작은 돌이나 풀잎을 쓰고 있습니다. 매일 인간이 살아가는 데 필요한 칼로리의 턱없는 부족과 비타민의 심한 불균형 때문에 피부는 세균이 번식하는 데 최적의 장소가 되어 곪고 짓무르곤 합니다.

　마지막으로 재미있는 이야기를 하나 하겠습니다. 어느 날 동료 한 명이, 동료라곤 해도 난 그의 출신도 얼굴도 이름도 모르지만 다른 부대의 관리를 받고 있었는데, 그 사내가 식량창고에서 식량을 훔쳐 가지고 도망쳤습니다. 그 통지가 내가 있는 곳에도 왔는데, 도망자의 이름이 왕시양리라는 것이었습니다. 내가 왕시양리입니다.

　난 체포되었습니다. 날 조사한 하사관은 전쟁터에서 멀리 떨어져 있는 탓에 전공을 세울 수가 없어서 정력이 남아돌았나 봅니다. 날 상대로 고문이라는 스포츠를 즐겼습니다. 나는 그날까지 그 부대의 엄중한 감시하에 있었고, 따라서 다른 곳에 있는 식량창고에서 식량을 훔쳐서 도망친다는 신출귀몰한 재주를 부리기에는 시간적으로도 공간적으로도 불가능하다는 것을 고문자들은 알고 있었습니다. 그래도 나는 고문을 당했습니다. 그들의 말인즉슨 네가 울타리를 넘어서 훔쳐 가지고 돌아온 것이 틀림없다. 왜냐하면 네가 왕시양리이기 때문이다!

　난 왕시양리王享立이지 왕시양리汪享立가 아니라고 말했습니다. 알리바이도 댔습니다. 소용이 없었습니다. 그들은 나를 고문하고 싶었던 것입니다. 나는 그때 비로소 형식논리의 무시무시한 파괴력을 온몸으로 체험했습니다. 이렇습니다. 범인은 왕시양리汪享立이다. 너는 왕시양리王享立이다. 그러니까 너는 범인이다. 누가 감히 저항할 수 있겠습니까? **논점 절취의 허위**(증명해야 할 결론을 슬그머니 전제로 사용하는 오류─옮긴이)**도, 매개념 부주연의 오류**(대전제와 소전제를 연결시키는 매개념이 두 개의 전제 중에서 한 번도 주연되지 않는다면,

두 개의 매개념이 같은 대상의 다른 부분을 가리키게 되어 매개 작용을 하지 못한다. 이를 위반하여 생기는 오류—옮긴이)도 전혀 문제가 아닙니다. 만약 학교에서 형식논리학을 가르치는 교사가 있다면 그는 무엇보다도 먼저 삼단논법의 파괴 작용을 가르쳐야 합니다.

나는 병사들이 때리는 대로 맞았습니다. 고문이 끝나고 나서 나는 다시 이름과 나이와 직업에 대해 질문을 받았습니다. 나는 왕시양리라는 이름이 20년간 내 이름이었고, 직업은 모 대학의 조교수였다고 말했습니다. 그러자 고문자는 비웃으면서 이렇게 말하는 것이었습니다. 네 이름은 왕시양리汪享立이고 네 직업은 절도범에 지나지 않는다. 고. 난 또다시 두들겨 맞고 마지막에는 급소를 차였습니다. 이 마지막 일격에 나는 기절했는데, 그 덕에 나는 죽음을 면할 수 있었고, 또 필시 그 덕에 그날 이후 오늘까지 성적 흥분으로 인해 괴로워하는 일만은 없어졌습니다.

며칠 후에 나는 비틀거리면서 일본인의 똥을 푸기 시작했습니다. 그 무렵 운 나쁘게 도망자인 왕시양리汪享立가 다른 지역에서 체포되어 그 자리에서 총살되었습니다. 나의 스포츠 상대는 웃으면서 내게 다가와 너는 왕시양리王享立였구나, 라고 말했습니다. 나는 그렇다고 했습니다. 너는 대학 조교수였어. 나는 또다시 그렇다고 했습니다. 그러자 그 스포츠맨은 너는 대학 조교수가 아니라 그냥 똥 푸는 왕시양리라고 말했습니다. 나는 이 말에도 그렇다고 했는데, 절도범 왕시양리가 아니었다는 말만은 덧붙였습니다. 내 상대는 아주 재미있다는 듯 웃더니 말했습니다. 그래도 너는 왕시양리다! 그는 나를 막대기처럼 툭 차서 쓰러뜨렸습니다.

무엇이 다행인지 모르겠습니다. 어느 날 멀리 있는 작업장으로 가기 위해 비교적 건강한 사내들로만 수백 명이 선발되었습니다. 나는 쇠약했기 때문에 비교적 쇠약한 600여 명의 다른 사람들과 함께 남았습니다. 작업장으로 끌려간 사람들은 군사시설의 구축작업에 동원되었다고 들었습니다. 작업은 끝났지만 한 사람도 돌아오지 않았습니다. 우리는 그들이 다른 곳으로 보내진 것이라 생각했습니다. 정확하게 말하면 그렇게 믿고 싶었습니다.

이곳에 만주인이면서 일본 병사들로부터 귀여움을 받는 잡역부가 있었습니다. 그 사내가 일본 병사의 눈을 피해서 귀엣말을 해준 것에 따르면 사역에 동원된 수백 명의 동료들은 작업이 완료되자 긴 구덩이 파게 하더니 그 속에서 총살당해 묻혔다는 것이었습니다. 한 명도 남기지 않았다고 합니다. 군의 비밀을 알고 있다는 것이 그 이유였습니다.

나는 이 이야기를 거짓이라고는 생각하지 않습니다. 왜냐하면 그 이야기를 해준 잡역부는 병사들에게 귀여움을 받고 있었는데도 군대 사정에 밝다는 이유로 언제 총살당할지 몰라서 안전하게 도망칠 방법을 진지하게 고민하고 있었으니까요.

나는 일본인 관리자가 나에게 종이와 연필을 준 것에 대해 진심으로 감사하고 있습니다. 종이와 연필을 들고 있는 한 나는 아직 인간이라는 것을 나 스스로는 물론 다른 사람도 인정하겠죠. 그런데 이렇게

쓰고 있는 동안 어느새 종이의 여백이 없어졌습니다. 이것은 말하자면 인간으로서의 조건이 갖는 허망한 한계를 보여주는 것입니다.

가지는 특수 광부 숙소로 갔다. 왕시양리는 문 밖에서 웅크리고 앉아 땅바닥에 무언가를 썼다 지웠다 하고 있었다. 그는 가지를 보자 고개를 들고 온화한 미소를 지었다. 가지가 말했다.

"그런 걸 쓰다니 도대체 무슨 생각이야?"

왕은 계속해서 미소를 머금고 말했다.

"인간에겐 누구나 동물적인 본능이 조금은 남아 있네. 주위를 둘러보고 안전하다고 생각하면 야성적인 긴장을 늦추고 똥을 싸지. 뭐 그 비슷한 것이라고 생각하면 돼. 그리고 난 오래 살지 못할 거라고 생각하니까 살아 있는 동안 기회를 봐서 여러 가질 써두고 싶어."

"여기가 안전하다고 생각한 건가? 그리고 나한테 지금 유언을 한 거야? 그렇다면 우린 좀 더 가까워져야지. 그 종이에 쓴 일본인과 여기에 서 있는 일본인이 얼마나 다르다고 생각하는지 듣고 싶군."

"그건 스스로 판단할 문제라고 보는데……."

왕은 여전히 미소를 거두지 않고 말했다.

"어느 관점에서 말하느냐에 따라 다르겠지만, 가지 씨가 그 차이를 의식하고 있다면 그 차이를 발전시키느냐 소멸시키느냐는 당신이란 인간이 결정할 사항이 아닐까? 어느 쪽을 선택하는지는 당신 마음이겠지만……."

"어느 쪽을 원하나?"

왕은 그제야 입을 벌리고 웃었다. 부러진 이가 몇 개 보였다. 필시 맞아서 부러진 것이리라.

"날 위해서 말하고 있는 게 아니야. 그쪽을 위해서야. 물론 잘 알고 있으리라 생각하지만, 인간이 갖고 있는 이런 종류의 정신기능은 그것을 발전시키는 데 소홀히 했다간 헛되이 소멸되고 말아. 인간은 누구나 스무 살 전후에는 다소나마 휴머니스트로서 진리를 사랑하지만, 서른을 넘기면 대개 실리를 취하게 되고, 마흔이 지나면 사리사욕만 추구하게 돼. 즉 이러한 정신기능을 발전시키는 데 소홀히 하기 때문이야."

"조교수에게 수업료를 줘야겠군."

말하면서 가지는 쓴웃음을 지었지만 눈은 반짝이고 있었다.

"하지만 문제는 말이야, 왕 선생, 어떤 종류의 일본인은 너희들 중국인보다도 먼저 일본인 스스로에게 침략을 받았다는 사실이야. 다시 말해서 우릴 태워 죽이는 불길이 번져서 너희들의 살갗을 그을리고 있다는 거라고. 너희들은 지금 철조망 안에 격리되어서 그럴 생각만 있으면 남의 집 불구경하는 구경꾼이 될 수도 있어. 저놈들은 일본인이다, 저놈들은 침략자라고 말하면서 말이지. 혹은 수양을 해라, 발전시키라고 하면서……. 그럼 불길 위에 매달려 있는 난 어떻게 하면 될까?"

왕은 고개를 가만히 가로저었다. 마치 그런 게 아니야, 그런 게 아니야, 라고 말하듯이. 그러고 나서 말했다.

"누구나 자신을 비극적으로 보고 싶어 하지. 관념을 조작해서 비극미悲劇美를 만들고, 그것에 취하고 싶어 한다고. 그러나 사실을 왜곡할 수는 없어. 예를 들면 철조망 밖에 있는 인간이 안쪽에 있는 인간에게 넌 나보다 행복하다고 말할 수도 없고, 그렇게 믿을 수도 없어. 그건 사실이 아니기 때문이야."

가지는 다시 쓴웃음을 지었다. 이번엔 몹시 어두웠다.

"네가 내 입장이라면 어떻게 하는지를 철조망 안에서 보고 싶군. ……나중에 또 이야기를 나누러 오겠네. 내 식으로 말하면 좀 더 가까워지든가, 좀 더 멀리 떨어지기 위해서 말이야."

가지는 나가려다가 갑자기 말투를 바꿔서 말했다.

"헌 신문지를 많이 넣어줄게. 네 유언 중에서 날 가장 많이 자극한 것은 항문을 닦을 때 작은 돌이나 풀잎을 쓴다는 말이었어. 그렇게 하지 않게 할 정도까지의 발전이라면 나도 할 수 있으니까. ……네 글에 따르면 난 색을 밝히는 일본인의 범주에 속하는 것 같더군. 그래서 너의 규정을 존중해서 하는 말인데, 난 동물실험을 계속하기 위해 앞으로도 여자를 넣을 생각이야. 넌 오욕이라는 제목의 그림을 그리겠지. 그런데 내가 알고 싶은 것은 조교수가 동물실험의 이용방법을 알고 있느냐는 것이야."

두 사내는 웃음의 그림자를 지우고 싸늘한 표정으로 마주 보며 서로를 탐색했다.

3

"도저히 믿을 수가 없어요."

미치코가 왕시양리의 수기를 앞에 놓고 말했다.

"이게 정말이라면 일본군이 짐승과 다를 게 없잖아요."

"일본군뿐만이 아닐 거야."

가지는 대답했다. 입장이 바뀌었다면 장제스蔣介石 군대도 분명히 이런 짓을 했을 것이다. 하지만 왕이나 그의 동료들이 소속된 군대라면 이런 짓은 하지 않았을 것이다. 만약 그들마저 이런 짓을 했다면 그때는 정말이지 인간은 인간을 믿지 않는 게 낫다.

"침략 군대는 모두 이럴 거라고 난 생각해."

"하지만 이런 사람만 있는 건 아니잖아요."

미치코는 자신이 속해 있는 민족의 하다못해 인간적인 청결함만은 믿고 싶은 모양이다.

"가령 당신이 군대에 들어갔다면 이런 짓은 하지 않았겠죠?"

마치 애원하는 듯한 눈빛으로 말한다.

"난 하지 않아."

난 하지 않아, 왕, 절대로! 왕이 웃는 것 같았다. 당신은 그렇게 생각하겠지. 당신의 전우도 그렇게 생각할 거야. 하지만 일본의 침략 군대는 그 짓을 했어.

"하지야 않겠지만 역시 공범자 취급은 받겠지. 만약 내가 배속되어 있는 부대가 어느 마을에 침입해서 부녀자를 강간하기 시작했다면 난 마음은 아프겠지만 그냥 보고만 있을 거야. 날 위험에 빠뜨리면서까지 막을 용기는 도저히 없으니까. 그거였어. 왕이란 놈이 내게 하고 싶었던 말이. 가지 씨 발전시키시오. 그렇지 않으면 당신은 휴머니즘의 위선자가 되고 말 거요, 라고."

가지는 왕시양리의 수기를 책상 서랍에 넣었다.

"여기서 내가 하는 일이 그런 거야. 어려운 처지에 놓인 광부들을 모른 척하고, 혹은 첸을 때려서 당신한테 비난이나 받는, 그런 짓 말이야."

"전 당신을 비난한 적이 없어요!"

미치코는 격렬하게 고개를 가로저었다.

"괴로웠을 뿐이에요. 정말이에요! 당신만은 절대로 그런 짓을 하지 않을 사람이라고 믿고 싶었어요."

"……알아."

가지는 애매한 미소를 지었다.

"그렇게 말해서 나는 내 결백을 지키고 싶었을 뿐이야. 본사에서 내가 보고서를 썼을 때가 그랬어."

그 보고서를 썼을 때는 가장 교활한 착취방법을 상신할 생각으로 쓴 것도 아니었고, 인도주의의 깃발 아래 터무니없는 잔인함이 매복하고 있을 것이라고도 생각하지 못했다.

"전 잘 모르겠어요. 무슨 말이죠?"

"모르는 게 나아."

가지는 몹시 피곤한 듯 말했다.

"알면 괴로워. 당신까지 나처럼 되고 말아. 견딜 수 있는 일이 아니야."

미치코는 가지에게 오히려 자신의 무지를 책망받는 것 같았다. 그래도 여자의 유연함이, 혹은 완고함이, 그녀도 가지의 공범자라는 것을 인정하려고는 하지 않았다. 실감으로서 의식 속에 붙잡아두고 싶지 않은 것이다.

4

"무엇 때문에 여자를 들여보내려는 건가?"

오키시마가 가지의 책상에 기대 말했다.

"기분이야. 난 기분에 휩쓸려서 일하지는 않지만……."

가지가 대답했다.

"처음에 소장이 여자를 들여보내라고 말했을 때 난 소장의 멱살까지 잡으려고 했어. 그런 내가 여자를 들여보내고 있다는 게 뭣 때문인지 나도 잘 모르겠어. 여자가 탈출 수단으로 쓰이고 있을지도 몰라. 부정하지 않아. 하지만 탈출 수단으로 쓰일지도 모른다고 해서 여자를 들여보내지 않는다는 것은 마치 저들에게 의표를 찔리고 나서 겨우 깨달은 것 같은 추태의 극치라고 할 수 있어. 내가 하려고 한 것은 탈출시키는 것도 시키지 않는 것도 아니니까."

"복잡한 소리는 그만둬."

오키시마가 귀찮다는 듯 말했다.

"지금 문제가 되고 있는 것은 탈출이라는 사실이야."

가지는 그러나 같은 어조로 말을 이었다.

"난 포로수용소의 경비원도 간수도 아니야. 내가 그들에게 할 수 있는 것은 기껏해야 탈출하지 말라고 부탁하는 것뿐이네. 탈출할 수 있다는 것은 내 관리가 허술하다는 것을 가장 직접적으로 증명하는 것이라 기분이 아주 더럽지. 하지만 그것과 여자 얘기는 별개의 문제야. 나는 처음 그곳에 여자들을 들여보내는 것은 인간에 대한 모욕이라고 생각했어. 그리고 지금도 그 생각에는 변함이 없어. 그건 그렇지만 어찌 됐든 우리가 하고 있는 일은 비인간적인 행위의 연속이야. 아무리 인간적으로 하려고 해도 어정쩡한 속임수밖에 안 된단 말이네. 그런 거야. 그렇다면 달리 아무것도 해주지 못할 바에는 하나의 욕망에, 그것이 무엇이든, 기회를 주는 것은 오욕이라고 해도 의미가 있지 않을까? 억지로 갖다 맞추는 것일지도 모르지만……."

오키시마는 눈을 번뜩이며 속으로 웃었다.

"확실히 말하는 게 어때? 양춘란의 연애에 흥미가 생겨서라고. 그리고 하나 더 있지?"

"……무슨 말인가?"

"자기 손을 더럽히지 않고 탈출하게 해줄 수 있다면 탈출하게 해주고 싶다, 그렇지 않은가?"

가지는 당황하며 후루야 쪽을 보았다. 후루야는 모른 척하고 있었다. 가지가 나지막하게 말했다.

"해석은 당신한테 맡기지."

오키시마도 목소리를 낮췄다.

"결과의 영향은 나에게도 미치니까 그 점을 잊지 말아주게."

가지는 고개를 들었다. 오키시마가 덧붙였다.

"내 말인즉슨 사소한 일이라도 내가 협력해주기를 바란다면 나를 먼저 납득시킬 필요가 있다는 거야."

"……알았네."

가지는 중얼거렸다.

"내가 다음에 보고문인지 뭔지를 쓸 때는 이렇게 서문을 쓸 생각이야."

오키시마가 웃으면서 말했다.

"라오후링老虎嶺에서 망령이 돌아다니고 있다. 휴머니즘의 망령이……."

오키시마는 실제로 최근에 이 망령 때문에 곤란을 겪고 있었다. 이 망령이 돌아다니기 시작하면서 그의 자유분방한 행동은 여러 가지로 제한을 받고 있었고, 그렇다고 해서 그 자신도 이 망령으로부터 완전하게 해탈해 있는 것도 아니다.

오키시마가 가지의 책상에서 물러나려고 했을 때 쇼하이가 안색이 변해서 뛰어 들어왔다.

"왔습니다! 가지 씨, 왔어요!"

그가 가리킨 문밖에서 사이드카의 요란한 폭음이 들리다가 곧 멎었다.

거친 발소리와 날카로운 목소리가 동시에 들렸다.

"관리반의 가지 있나?"

가지는 자리에서 일어섰다. 와타라이 중사가 들어오자마자 고압적인 목소리로 소리를 질렀다.

"특수 광부들을 도대체 어떻게 관리하고 있는 건가? 관리가 전혀 되고 있지 않잖아!"

가지는 아무 말도 않고 옆에 있는 사무원에게 눈짓으로 의자를 가리켰다. 와타라이는 내준 의자에 털썩 주저앉아 가랑이를 크게 벌리고 그 사이에 군도를 세웠다.

"너희들은 책상머리에 앉아서 광부들이 탈출하는 것을 방관하고 있었던 거냐?"

"방관하고 있었던 것은 아닙니다."

가지는 터져 나오려는 반감을 수습하는 데 애를 먹으면서 말했다.

"할 수 있는 한 최선을 다하고 있습니다."

"충분한 노력과 주의를 기울이고 있다는 말인가?"

와타라이가 군도로 바닥을 내려쳤다.

"다시 한 번 말하지만 포로는 군이 작전을 펼칠 때마다 귀중한 희생을 치르고 얻은 전과다. 그런데 너희들은 포로에게 농락당하며 바보같이 황군의 명예에 먹칠을 하고 있다. 이유가 있으면 어디 한번 말해봐."

"이유는 아무것도 없습니다."

옆에서 역시 끓어오르는 반감을 간신히 누르며 서 있던 오키시마가 말했다.

"이유가 있다면 그것은 놈들이 무슨 짓을 해서라도 탈출하고 싶어 한다는 것뿐입니다."

"그것을 묵인하고 있는 이유를 묻고 있는 것이다."

와타라이가 칼자루 끝을 짚고 가지와 오키시마 앞에 장승처럼 버티고 섰다.

"대답해봐!"

"소리를 지르지 않아도 알아듣습니다."

오키시마가 뱃심 좋게 대꾸했다.

"우린 1만 명이나 되는 광부들을 관리하고 있습니다. 상식적으로 생각해도 600명이 안 되는 특수 광부의 열 배에서 열다섯 배의 시간이 필요합니다. 그런데 요즘에는 반의반은커녕 오히려 특수 광부들 쪽에 매달려 있는 상황입니다. 그렇게 할 수 있는 데까지 최선을 다하고 있는데 놈들이 탈출하는 걸 무슨 수로 막으라는 겁니까?"

와타라이의 험악한 얼굴이 일그러지는 것을 볼 만큼의 시간은 있었다. 와타라이는 목표를 겨냥하듯이 눈을 가늘게 뜨더니 접시 같은 넓적한 손을 오키시마의 얼굴로 날렸다. 오키시마는 비틀거리면서 의자의 등받이를 잡고, 반사적으로 그것을 들어올려 휘두르려고 했다. 평소의 부리부리한 눈이 튀어나오면서 금방이라도 상대에게 달려들 것처럼 이글거리고 있었다.

가지가 한 걸음 앞으로 나섰다.

"한 가지 물어보겠습니다."

목소리가 조금 떨리고 있었다.

"여태까지 저는 정직하게 관리 보고를 해왔습니다. 헌병대는 특수 광부들을 서류상으로만 점호하는 데 불과합니다. 만약 제가 도망자를 사망자로 보고했다면 헌병대는 역시 그대로 수리했을 것입니다. 정직한 보고를 바라시지 않습니까?"

와타라이는 또다시 눈을 가늘게 떴다. 이번엔 가지를 목표로 노리고 눈을 그렇게 뜬 것은 아니었다. 화가 치민 눈빛이었다. 이런 건방진 새끼! 감히 헌병에게 같잖은 논리를 주절거리다니! 그리고 이건 또 무슨 요령 없는 작태란 말인가. 잠자코 사망이라고 보고하면 내가 얼마나 편해지는지 정말 모르는 건가?

"정직한 것만은 인정한다."

와타라이가 험악한 웃음을 지으며 말했다.

"하지만 할 수 없으니까 어쩔 수 없다는 것은 이유가 되지 않는다. 너희들의 직무태만은 용서할 수 없지만 이번만은 너그럽게 봐주겠다. 대신 앞으로 한 놈이라도 더 탈출하게 해서는 안 된다. 만약 또다시 탈출한다면 그 조의 조장을 잡아다 죽여버리겠다. 모두에게 그렇게 전해라. 알았나?"

"알겠습니다."

"앞으로의 보고에……."

말하면서 와타라이는 히죽 웃었다.

"사망자가 나오면 반드시 검시檢屍할 것이다. 알겠나? 그만큼 시체 수를 맞춰놓아라. 너희 같은 먹물들은 지능범이 될 소지가 다분하니까."

가지는 와타라이에게서 고개를 돌렸다. 이런 놈은 경멸하고 묵살하는 것이 상책이다. 그런 생각을 하면서 꼴도 보기 싫은 군인을 두려워하고 있는 자기 자신의 모습을 상상 속 거울에 비춰보고 있었다. 마음 약한 만주인이 자신의 명령자인 가지를 볼 때마다 나타내는 비굴한 빛이 지금 자신의 얼굴에 나타나 있을지도 모른다.

첸 뒤에 숨어서 떨고 있는 쇼하이를 보고 가지는 간신히 미소를 지었다.

"쇼하이, 차 좀 내와."

가지의 말에 쇼하이는 공포로 다리 힘이 풀렸는지 뒤뚱뒤뚱 춤추는 듯한 모습으로 찻물을 뜨러 나갔다.

"어때, 특수 광부들을 내가 한번 멋지게 손봐줄까?"

와타라이가 기회만 있으면 한 방 먹일 듯이 투쟁적인 자세를 보이고 있는 오키시마를 곁눈질로 보고 실실 웃으면서 말했다.

"그럴 필요는 없습니다."

가지는 냉정하게 거절했다.

"백해무익할 뿐이니까요."

순간적으로 폭력성을 띤 와타라이의 형형한 눈빛에서 가지는 또다시 폭행을 당할 것이라 예감했지만 와타라이는 위협적으로 군도를 내려칠 뿐이었다.

"군의 도움을 거절하는 것을 보니 어지간히 자신이 있나 보군. 좋다. 앞으로 모든 책임은 너한테 묻겠다. 난 말을 바꾸는 사람이 아니야."

"알겠습니다."

우울한 목소리로 가지가 대답했다.

5

가지는 오키시마가 사나운 낯빛으로 자리에서 일어나 나가는 것을 보고 바로 뒤를 쫓았다. 오키시마는 거친 걸음으로 특수 광부 숙소를 향해 네모난 광장을 가로질러 가고 있었다.

"가지 않는 게 좋을 거야."

오키시마의 눈 속에서 어두운 불꽃이 흔들렸다.

"내 말 뜻을 알 텐데?"

"그냥 내버려둬."

"내버려둘 수 없어, 이번엔. 당신은 그들을 두들겨 패서 불만을 해소하고 싶겠지만 그래 봤자야."

오키시마는 끝내 말을 듣지 않았다.

"자네는 어떻고? 자넨 화가 나서 첸을 때려 눕혀놓고 내가 화를 내니까 설교하려는 건가? 휴머니스트인 척하는 것도 이제 적당히 좀 해."

"그래, 내가 첸을 때렸어."

가지는 목소리를 낮췄다.

"후회하고 있어. 당신이 그 말을 하는 건 이번이 두 번째데, 몇 번을 말해도 상관없어. 하지만 내가 했다고 해서 당신도 한다는 건 이치에 맞지 않아. 휴머니스트인 척하는 것도 아니야. 감정에 휩쓸려서 내 일을 망쳐놓진 말아줘."

"자네 일이라고?"

오키시마는 거의 적의와도 같은 모습을 나타냈다.

"그래. 내 일이야. 어제까지는 당신도 보조를 맞춰주었지만 오늘부터는 등을 돌리고 가려고 하는 내 일이야."

오키시마의 뜨거운 시선이 가지의 얼굴에서 떠났다.

"당신은 사소한 일이라도 협력해주길 바란다면 먼저 납득시키라고 했지? 그래서 이제부터 납득시키려고. 당신 기분이 후련해질 만큼 그자들을 두들겨 팼다고 치자고. 한번 그렇게 하고 나면 그들의 눈에 당신과 오카자키가 얼마나 다르게 보일까? 오카자키가 광부를 한 명 죽였을 때 화난 나에게 이렇게 말한 것은 당신 아니었나? 오카자키 같은 놈과 같이 죽겠다는 것은 바보 천치나 하는 짓이라고. 오늘은 내가 말하지. 오카자키 흉내를 내고 싶으면 가죽 정강이 싸개를 해. 채찍을 들고 삼백안으로 돌아다니라고. 더 말할까?"

오키시마가 걸음을 늦추기 시작했다. 가지가 나란히 걸으며 다시 말했다.

"당신은 알 거야. 폭력에 의미가 있는 것은 억압받고 있는 인간이 그 억압으로부터 벗어나려고 할 때뿐이라는 걸. 당신은 내가 이곳에 막

왔을 때 말했어. 군의 통역으로 있을 때의 일을. 항일분자를 생매장하고 그 위를 짓밟았을 때의 느낌을……. 우리는 똑같은 잘못을 몇 번씩 되풀이하고 있는 건지도 몰라. 하지만 더 이상 되풀이하지 않겠다는 생각만은 하고 있어야 할 거야……."

"알았어. 설교는 이제 충분해."

오키시마는 분열된 표정을 보였다. 눈은 아직 노기를 띠고 있었지만, 입에선 뒤틀린 웃음이 새어나오기 시작했다.

"그들에게 자유를 주자는 건가?"

"아니. 저속한 회유책이라고 생각할지도 모르겠지만 의논을 한번 해 볼 거네."

가지는 그곳에서는 아직 보이지 않는 철조망 쪽을 보았다.

"꼭 해보겠어."

6

마을의 중국 음식점 2층에 있는 작은 방에 기름때가 묻어서 번들번들한 테이블을 가운데에 두고 두 명의 일본인과 다섯 명의 중국인이 앉았다.

"솔직히 말하면 난 너희들을 탈출하지 못하게 하려고 이 모임을 주선했다."

가지가 오키시마의 유창한 중국어를 빌려 말했다.

"탈출하지 못하게 하려는 내 마음을 어찌 해석하느냐는 너희들 자유야. 혹자는 관리 책임을 회사 상사에게 추궁받는 것이 두렵기 때문이라고 생각할 것이다. 또 다른 자는 군의 압력에 내가 굴복했기 때문이라고 생각할 것이다. 혹자는 또 이 모임을 진부한 회유라고 비웃을지도 몰라. 어느 것이나 부분적으로는 사실이다. 그러나 그것이 전부는 아니야. 현실이라는 조건하에서는 내가 너희들에게는 가장 친밀한 적국인이고, 또 너희들에게 적대적인 감정을 전혀 갖고 있지 않은 관리자라고 난 자부하고 있다. 내가 너희들에게 해줄 수 있는 것은 극히 미미할지도 모르지만 그래도 다른 누구보다도 너희들의 이익을 생각하고 있는 것만은 자신 있게 말할 수 있다. 이런 나를 봤을 때 너희들이 죽음의 위험을 무릅쓰면서까지 탈출해야 할 만큼 내 처사가 부당하다고는 생각하지 않아. 한 걸음 더 나아가서 말하면 교전국 간의 모순에 방해를 받으면서도 어떻게든 너희들의 이익을 확보해주려고 애쓰는 나에게서 너희들이 도망가겠다고 하면 국경을 사이에 두고 인간은 진실을 나눌 수 없게 된다. 이것이 너희들과 속내를 터놓고 이야기하고 싶다고 생각한 이유야."

"어렵습니다, 말씀이."

왕시양리가 창백한 표정을 무너뜨리지 않고 말했다. 그가 일본어를 쓴 것은 이번이 처음이다.

"그런가?"

가지는 별 뜻 없이 웃었다.

"기다려보게. 좀 더 구체적으로 말해줄 테니까."

"모두들 사양 말고 들어."

오키시마가 다섯 사내들에게 라오주老酒(찹쌀이나 조, 수수, 옥수수 따위로 빚은 중국의 술을 통틀어 이르는 말-옮긴이)를 권했다.

"먹으면서 천천히 얘기하자고."

"난 너희들의 동료가 한 명 살해되었을 때 너희들을 옹호하는 정당한 수단을 취하지 않았다. 싸우지 않았어."

가지는 거의 왕시양리만 보면서 말했다.

"그래서 너희들은 날 믿지 않는다. 난 너희들의 이익을 생각하고 있다고 말하면서 너희들에게 체력 이상의 노동을 강요하는 현장으로 너희들을 보내고 있다. 그래서 너희들은 날 믿지 않는다. 난 너희들에게 적대적인 감정이 전혀 없다고 말하면서 너희들에게 말 먹이 같은 음식을 주고 있다. 그래서 너희들은 날 믿지 않는다. 내가 마음속으로 어떻게 생각하든 그것이 실제로 나타나지 않기 때문에 너희들은 날 믿지 않는다. 지극히 당연하다. 그러나 만약 나나 오키시마가 노무계에 없고, 노무계에도 현장에도 오카자키가 있다면 어떨 것 같나? 혹은 일본 헌병 같은 사내가 있다면?"

가지는 말하면서 하늘의 별을 따려는 것 같은 난감함을 느끼고 우울해지기 시작했다. 무엇을 어떻게 생각하고 어떻게 행동하더라도 결국엔 미력한 일개 인간이 두 민족의 오랜 인연과 이해의 상극相剋이라는 복잡한 체계 안에서 몸부림치며 부글부글 거품만 물고 있는 것에 지나지 않는 듯했다.

"이거야 원 말하면 말할수록 이상해지는군."

가지는 난감한 표정으로 오키시마를 보다가 느닷없이 결론을 내리듯 말했다.

"지금 난 너희들 앞에서 약속하겠다. 지금까지의 내 잘못을 전부 인정하고 바로잡으려고 노력하겠다고……"

그렇게 말하면서 가지는 왕시양리가 속으로 웃고 있는 듯한 느낌이 들었다. 가지 씨, 많이 발전하셨네요. 조금만 더요. 아직 진짜가 아닙니다. 조금만 더요. 말만으로는 안 된다는 것을 잊지 말고요.

왕은 그러나 온화한 눈빛으로 가지를 보고 있을 뿐이었다. 가지는 말을 이었다.

"……내가 너희들의 적국인이 아니고 친구라는 것이 사실로 증명되도록 노력하겠다. 그리고 증명해 보이겠다. 하지만 그러기 위해서는 상당한 시간이 필요하다. 그때까지 날 믿지는 못해도 의심하지는 말아주길 바란다. 의심하기 시작하면 어떤 노력도 의심하게 되니까……. 오늘은 모두 실컷 먹고 말해주길 바란다. 나는 더 이상 말하지 않겠다. 너무 많은 말을 하면 모처럼 먹은 내 마음이 거짓이 될 테니까."

그때까지 이야기는 거의 듣지 않고 돼지비계를 걸신들린 듯 먹고 있던 황이 기름으로 더러워진 입을 벌린 채 멍하니 가지의 얼굴을 보았다. 까오는 라오주를 연거푸 들이키더니 충혈된 눈으로 가지를 응시했다. 왕시양리는 그림자처럼 조용했다. 리우와 쑹은 아직 얘기가 더 있을 것이라는 식으로 가지와 오키시마를 번갈아 보며 젓가락을 든 채 음식을 먹을지 말지 고민하고 있는 듯했다.

"내가 한마디 하지."

오키시마가 이번에는 자기 말을 자기 입으로 말했다.

"가지는 괜찮은 사상가지만 나는 현실주의자야. 친구인 가지를 위해 하나만 전달해두는데, 사상가인 가지가 이곳에 온 뒤로 현실주의자인 내가 있을 때보다 이곳의 일반 광부들의 상태는 실제로 엄청나게 좋아졌다. 이는 너희들도 마찬가지야. 다음으로 내가 실제로 경험한 것에 근거해서 이야기하는데 너희들이 또다시 탈출하면 헌병대가 무슨 짓을 할지 몰라. 실제로 어제 나와 헌병은 너희들이 탈출한 것 때문에 하마터면 크게 싸울 뻔했다. 앞으로도 탈출이 속출하게 되면 헌병은 나와 가지를 틀림없이 어떻게든 처리할 거야. 포로의 탈출 방조죄쯤 되겠지. 가지는 어떻게 생각할지 모르지만, 난 너희들 때문에 목이 잘리고 싶지는 않다. 따라서 난 너희들을 군대로 돌려보내는 것 외엔 내 목을 지킬 수 있는 방법이 없다고 생각한다. 우리가 가지가 말하는 인간의 진실을 표시할 수 있는 한도는 거기까지야. 알겠나?"

오키시마는 구운 돼지고기 한 점을 젓가락으로 집고 부리부리한 눈으로 웃었다.

"너희들이 이곳에 온 날 난 인간 구이를 싫어한다고 말했다. 하지만 너희들이 탈출하려고 하면 할수록 인간 구이를 좋아하게 될 것이라고도 말했다. 기억하겠지? 너희들은 인간 구이가 되지 않고 탈출하는 방법을 알아냈다고 생각하고 있는 모양인데, 난 다 알고 있다. 반나절 만에 모든 자백을 받아내고 인간 구이로 만들어버리는 것은 어렵지 않아. 난 실제로 그렇게 하려고 생각했다. 그걸 막은 것이 가지야. 가지의 의향은 그것이 인간의 선의에 반하기 때문이라는 것 같은데, 너희들에게서 그 선의가 배신당한다면 적어도 나는 선의를 가질 필요를 인정하지 않게 될 것이다. 난 오늘이 마지막 기회라고 생각하고 여기에 왔어."

오키시마는 돼지 구이를 입 안에 넣고 우물우물 씹었다. 황이 간살스러운 웃음을 지으며 오키시마의 잔에 라오주를 채웠다.

"저희도 딱히 좋아서 위험을 무릅쓰면서까지 탈출하려고 하는 건 아닙니다."

황이 입 끝에 기름 즙을 흘리면서 말했다.

"하지만 마누라랑 아이들을 생각하면 도저히 가만히 있을 수가 없습니다. 만약 여기서 하는 일로 생계가 유지되고 훗날 마누라랑 아이들과 함께 살 수 있다면 가족이 있는 자는 아무도 탈출하려고 하지 않을 것입니다."

"독신자도……"

리우가 뒤를 이어 입을 열었다.

"생명의 안전과 생활만 보장된다면 탈출하려고는 하지 않을 것입니다. 불안한 거죠, 현재로서는. 불안해서 죽을 지경이란 말입니다. 그렇지 않나?"

쑹이 그 말을 받았다.

"그래. 적어도 일반 광부와 똑같이 철조망 밖에서 안전과 정당한 보수를 보장받는다면 아무도 위험한 교전구역과 가까운 고향으로 돌아가려는 생각 따위는 하지 않을 것입니다."

"철조망 밖에서 안전하게 생활할 수 있는 것을 보장해주겠습니까?"

리우가 가지 쪽으로 고개를 돌렸다. 곧바로 그 말에 이어 황이 말했다.

"가족들을 데리고 올 수 있게 조처해줄 수 있습니까?"

가지는 괴로웠다. 왕시양리의 맑은 눈동자가 가지를 가만히 지켜보고 있었다. 답하기를 주저한다면 그것은 일본인의 허위를 드러내는 것이었다.

"솔직히 말하면 시기는 아직 약속할 수 없다."

가지는 다섯 명의 중국인을 한 번 둘러보았다.

"하지만 그리 멀지는 않아. 지금은 일반 광부의 가족들을 희망에 따라 불러오고 있는 단계야. 실망하지 말고 기다려주길 바란다. 너희들의 희망을 들어주기 위해선 많은 장애물이 있지만 내가 이 산에 온 뒤로 한 일은 그런 장애물들을 제거하는 것뿐이었어. 그리고 난 어느 정도 성과를 보았다고 생각한다. 그러니까 조금만 더 기다리며 나를 지켜봐주길 바란다. 나는 거짓말은 하지 않아."

"이 사람들은 거짓말을 하지 않는 사람들이야."

황이 연달아 나오는 요리에 기분이 좋아서 아주 만족스럽다는 듯 리우에게 말했다.

"얘기해보면 알지. 거짓말하는 사람과 하지 않는 사람은."
"맞아. 얘기해보면 뭐든 알 수 있어."
리우가 해삼을 볼이 미어지게 넣고 대답했다.
왕시양리는 여전히 그림자처럼 조용했다. 이따금 집오리 알만 툭툭 건드리고 있었다.
"조교수는 아무 말도 안 하나?"
가지가 왕의 침묵이 신경 쓰여서 묻자 "여긴 학교가 아니니까."라고 말하며 보일 듯 말 듯 미소만 짓는다.
가지는 아까부터 라오주를 연신 들이키며 눈이 충혈되어 있는 까오에게 말했다.
"까오, 자네는 만약 결혼한다면 여기서 눌러 살 생각이 있나, 전쟁이 끝날 때까지?"
"만약이 붙은 말 따윈 듣고 싶지 않아!"
까오가 건방지게 대답했다.
"만약 철조망을 나간다면. 만약 결혼한다면. 만약 내가 포로가 아니었다면! 만약이 너무 많아! 남을 위하는 척 제 잇속만 차리는 사람한테 내가 속을 줄 알아?"
기를 쓰고 빠르게 지껄이는 바람에 가지는 마지막 부분을 알아듣지 못하고 오키시마에게 물었다. 오키시마의 표정은 잔뜩 일그러져 있었는데, 그 설명을 듣는 동안 가지의 얼굴에서는 핏기가 가셨다. 그것을 보고 황과 리우가 법석을 떨기 시작했다.

"지금 무슨 소릴 하는 거야? 일본인이 기분 좋게 이야기하려고 하는데 일부러 화를 부추기는 놈이 어딨어?"

"넌 늘 잘난 척만 하는데, 다른 사람도 조금은 생각해봐!"

"내가 말한 것이 뭐가 나빠?"

까오가 살기를 띠며 소리쳤다.

"아첨꾼들! 일본인이 하는 짓은 다 똑같아. 이렇게 해준다. 저렇게 해준다. 언제 그대로 된 적 있어? 이 일본인은 그래도 정직한 편이지. 시간 약속은 할 수 없다고 했으니까. 들었지? 약속할 수 없다고. 뭐가 좋아서 난리야? 너희들은 속아도 난 속지 않아!"

가지는 일어서 있었다.

"발정난 개새끼 같으니!"

그리고 입에선 극단적인 욕지거리가 튀어나왔다. 몸이 춤을 추기 시작한 것처럼 흥분되어 있었다. 마치 나쁜 짓만 계속 저질러서 사람들로부터 따돌림을 당하게 된 사내가 어떤 한 가지 일에만 정성을 다해서 사람들에게 도움을 주려고 했을 때 그것이 어이없이 무시되어서 느끼는 분노와 흡사했다.

"일어서! 넌 개새끼다. 인간의 말은 이해하지 못해. 양춘란한테 가서 인간의 말부터 배우고 와! 가라! 두 시간 여유를 준다. 꼴도 보기 싫으니까 꺼져! 탈출하는 게 좋은지, 여기에 있는 게 좋은지, 양춘란과 상의하고 와!"

까오는 의심스러운 표정으로 가지를 보았다. 가지가 소리쳤다.

"일어서!"

까오는 동료들의 얼굴을 둘러보았다.

"일어서라고!"

가지가 또 소리쳤다.

황과 리우가 마음을 졸이며 저마다 말했다.

"일어서게."

"더 이상 화를 돋우지 마."

까오는 마지못해서 일어섰다.

"가라!"

가지가 턱으로 문을 가리켰다.

"널 혼자서 가게 해놓고 잡아와서는 탈출하는 걸 붙잡았다고 하지는 않을 것이다. 두 시간 이내에 돌아와."

까오는 아직도 갈피를 못 잡고 충혈된 눈을 불안한 듯 굴리며 동료들을 보았다.

"다녀오게."

왕시양리가 조용히 말했다.

"너무 허둥대지 말고."

까오는 여전히 반신반의하면서 느릿느릿 나갔다.

오키시마가 가지를 올려다보며 빙긋이 웃었다. 이봐, 근엄한 휴머니스트답지 않아. 아주 그럴싸하게 연극하고 있군그래.

가지는 오키시마의 얼굴을 마주 쳐다보며 이번엔 화가 풀리지 않은 쓴웃음을 지었다. 전혀 예상치 못한 일이었지만 화가 치밀어 올랐을 때 그 화를 이용하려는 간특한 꾀가 작용한 것도 사실이다. 말하고 나서 만약 실패하면 어떡하지? 하고 불안한 마음이 바로 들었지만 이미 엎질러진 물이었다.

"소년감화원의 보도자補導者나 쓸 만한 수법이야."

가지는 앉아서 왕시양리에게 말했다.

"이제 천천히 이야기할 수 있겠군. 나중에 저자에게 예의나 좀 가르쳐. 불쾌한 놈이야! 어찌 됐든 간에 우리가 하나의 결론에 도달할지도 모르는 이런 때에 말이야. ……그런데 왕, 만약 내가, 또 만약이지만 너희들을 철조망 밖으로 해방시키고 일반 광부와 동일한 자유를 준다고 약속한다면 너희들은 믿고 기다릴 수 있겠나?"

"기다린다."

왕시양리가 조용한 목소리로 대답했다.

"자유라는 관념이 당신들과 조금 다른 것 같지만 당신들의 이야기로부터 판단하면 기다리는 것만이 안전한 자유 같으니까."

정말일까? 가지는 왕시양리의 마음속을 들여다보고 싶었다. 그들이 안전하다고 생각하고 있는 동안만이 가지에게도 안전한 기간이다. 그동안만은 '야성적인 긴장을 풀고' 똥을 눌 수 있을 것이다.

"철조망을 사이에 두고는 신사협정도 맺을 수 없겠지만, 좋은 결과를 이끌어내기 위해서는 서로 조금 더 믿을 필요가 있지 않을까?"

왕은 잠자코 고개를 끄덕였다.

"믿는다."

황이 닭볶음을 다 먹어치우고 입맛을 다시면서 중국어와 일본어를 섞어가며 말했다.

"거짓말 메이요(없는) 사람, 믿는다. 중국인은 신의를 중시한다. 알고 있을 텐데?"

모임은 성공적인 것으로 보였다.

까오는 양춘란에게 갔다가 두 시간이 지나지 않아 겸연쩍어하며 돌아왔다.

오키시마가 가지의 어깨를 두드리며 웃었다.

"전국의 소년감화원에서 초청장이 날아들겠군."

7

며칠 후에 가지는 오키시마에게 말했다.

"특수 광부를 50명 정도씩 피크닉에 데리고 갈까 하는데……."

피크닉이란 채광소에서 10리쯤 떨어진 들판에 있는 분뇨 건조장에서 건분 작업을 하는 것을 말한다. 1만여 명의 인분은 이곳으로 운반되어 건분 비료로 만들어져서 인근 농촌에 배분된다. 비록 냄새는 지독한 피크닉이지만 푸른 하늘 아래 드넓은 들판에서의 작업은 지극히 한가로웠다.

"무장한 호위군을 데리고 가나?"

"아니, 나 혼자서."

오키시마는 부리부리한 눈을 동그랗게 떴다.

"요즘 들어 자네가 부쩍 즉흥적인 생각이나 감으로 움직이는 것 같군. 평소의 자네답지 않게."

"맞아."

가지는 씁쓸하게 웃었다.

"하지만 나는 더 이상 기안문을 쓰지 않을 거야. 공임 지불 건이 부결됐어. 특수 광부 취급 규정, 이것도 부결이야. 다음엔 철조망 철거의 건이라고 해볼까? 회사는 특수 광부들이 파내는 몇 톤의 광물이 필요할 뿐 그들이 어떻게 되든, 또 나나 당신이 어떤 일을 당하든 상관 안 해. 즉흥적인 생각이든 감이든 난 할 거야. 감으로 찾아서 해보고 좋은지 나쁜지 결론을 내리겠어."

오키시마는 아무 말이 없었다.

가지가 모험주의로 흐르기 시작한 것은 분명 위험한 현상이다. 경우에 따라서는 오키시마가 걸핏하면 휘두르고 싶어 하는 폭력보다 위험할지도 모른다. 하지만 특수 광부에 대한 처우를 단시일 내에 근본적으로 바꿔주는 것은 사실상 불가능하다. 근본적인 것이 불가능하다면 말초적인 것이라도 해볼 수밖에 없을지도 모른다.

이때 가지의 심정은 반대편으로는 쉽게 빠져나갈 수 없는 미로에 갇힌 것과 같았다. 만약 특수 광부들이 그를 신뢰한다면 여간한 일이 아니고는 탈출하지 않을 것이다. 탈출하지 않으면 가지가 그들에게 한 약속은 그만큼 비중이 커진다. 약속을 실행에 옮기는 데 있어서 그는 특수 광부보다도 몇 배나 어려운 상대, 즉 회사와 싸워야만 한다. 뿐만 아니라 회사보다도 수십 배나 어려운 상대, 즉 군과 싸워야만 한다. 그리고 그 싸움에서 이기기 위해서는 특수 광부들이 가지의 방침에 대해 이처럼 순종적이라는 실증이 있어야만 한다. 그 실증을 손에 넣기 위해서는 그들이 가지를 전폭적으로 신뢰하는 것이 필요하다.

또 만약 그들이 가지를 결코 신뢰하지 않는다고 하면 탈출할 것이 틀림없다. 그것은 그들에게 남은 인간으로서의 유일한 권리 행사일지도 모른다. 만약 그렇다면 가지는 그들의 권리를 묵인하지 않으면 안 된다. 그러나 그들의 권리를 부정하지 않는 것은 자신의 존재를 위험에 노출시키는 것이나 마찬가지다. 그가 그 위험을 피하고 싶다면 무슨 일이 있어도 특수 광부들에게 신뢰를 얻어야 한다. 신뢰를 얻기 위해서는 그에 충분한 무언가를 할 필요가 있다. 그 무언가를 할 수 있는 길이 가지 앞에서 막혀 있다면?

가지는 왕시양리를 비롯한 쉰 명의 특수 광부들을 데리고 분뇨 건조장으로 갔다. 그들은 울타리나 철조망으로 둘러싸이지 않은 대지에 서서 가을의 높고 푸른 하늘에서 시원하게 타고 있는 태양을 우러러보았다.

쉰 명의 사내들은 한가롭고 즐겁게 작업했다. 가지는 수시로 휴식을 주었다. 간혹 왕과 얘기를 나누고 싶은 충동이 일었지만, 마음속 깊숙한 곳의 미혹을 간파당할 것 같아 한 번도 말을 건네지 않았다.

해가 서쪽으로 기울어 숙소로 돌아온 사내들의 얼굴에선 평소 현장에서 돌아왔을 때의 어둡고 피곤한 기색은 보이지 않아서 진짜 피크닉을 다녀온 사람들 같았다. 여전히 모두 말과 표정이 없었지만 사내들이 철조망 안으로 들어갔을 때 왕시양리가 가지 쪽을 돌아보며 보일 듯 말 듯 미소를 지었다. 가지만 녹초가 되어 있었다.

8

"도망치려고 생각했다면 얼마든지 도망칠 수 있었을 텐데 왜 도망치지 않았을까?"

가지는 탕에 들어가서 아궁이에 쪼그리고 앉아 있는 미치코에게 말했다.

"틀림없이 당신을 믿기 시작한 거예요."

미치코는 일어서서 목욕물이 잘 데워졌는지 살폈다.

"그게 아니야. 경계한 거야. 뭔가 함정이 있다고 생각했겠지. 아무것도 없다는 걸 알았다면 도망쳤을 거야."

"그럼 이제 데리고 가지 않을 거예요?"

"아니, 계속할 거야."

"위험하지 않겠어요? 당신을 죽이고 도망갈지도 모르잖아요."

"……그럴 일은 없어."

어쨌든 모험은 일단 성공한 것 같다. 마음을 놓을 수 없는 점도 있었지만 기분은 나쁘지 않다. 왕시양리가 분뇨 건조장에서 돌아오는 길에 앞으로도 교대로 가끔 야외 작업을 하게 해주겠냐고 물었다. 가지는 대답했다. 네가 탈출 지령을 내리지만 않는다면 가능하다고. 무슨 일이 있어도 나는 너를 철조망 정문에서 배웅할 때까지는 절대로 네가 탈출하지 못하게 하겠어.

왕시양리를 집으로 데리고 와서 하룻밤을 이야기로 지새워보면 어떨까?

가지는 탕 속에서 웃으며 미치코를 보았다.

"물이 따뜻해. 당신도 들어와."

미치코는 하얀 이를 드러내며 씨익 웃었다.

"들어갈게요."

미치코는 마루에 올라가 주저 없이 옷을 벗었다. 어슴푸레한 불빛이 하얗고 풍만한 알몸을 어루만지며 가지의 눈을 자극했다.

미치코가 발판으로 내려오는 잠깐 동안 가지는 앞으로 특수 광부들이 탈출하여 헌병대에서 그가 책임을 추궁당하는 일만은 없기를 기도했다. 만약 그런 일이라도 생긴다면 필시 미치코와는 헤어지게 될 것이다. 그렇게 될지도 모른다고 생각하자 안타까움뿐인 허기가 가슴을 옥죄었다.

"저어……"

욕조를 잡으면서 미치코가 말했다.

"일반 광부 쪽은 성적이 오르고 있는 거죠?"

"응, 대체로 예정대로야."

"특수 광부 쪽도 자신이 있는 거죠?"

"아마……도. 왜?"

"……만약 특수 광부 쪽이 안정된 것 같으면 휴가를 내서 시내에 한 번 가 보지 않을래요?"

"……그건."

가지는 탕 속에 서서 미치코와 교대할 때 그녀의 몸을 뒤에서 가만히 안았다.

"괜찮죠?"

"지금은 아무 생각도 없어, 당신밖에는."

"거짓말만……."

미치코는 젖가슴 아래로 가지의 팔을 끌어당겼다.

"시내에 나가면 당신도 일을 잊고 즐거워질 거예요."

그럴 필요가 있다고 생각했다. 이대로 가다간 가지의 신경이 끊어져 버리고 말 것이다. 그렇게 되고 나면 두 사람 사이에는 아픈 델 콕콕 찌르는 바늘 같은 말과 차갑고 험악한 눈빛만이 있을 뿐이다. 서로에게 상처를 주고, 하는 일이 모두 반목의 씨앗이 될 것이다. 상상만으로도 살이 베이는 것처럼 아팠다. 그날 밤 가지와 다툰 후의 그 슬픔과 괴로움은 지금도 깊은 상처로 남아 이따금 아프다.

"가요. 네? 휴가는 얼마나 낼 수 있어요?"

"……기껏해야 사흘이야."

"좋아요!"

미치코는 팔을 가지의 목에 감고 얼굴을 가져왔다.

"꼭 휴가를 내요! 소장님은 쉬면 곤란하다고 하겠지만 물러서면 안 돼요."

가지는 자신의 몸에서 무수한 물방울이 흘러내려 미치코의 백옥 같은 피부로 옮겨 가는 것을 보았다. 라오후링에 오고 나서 6개월 동안 그는 이 아름다운 피부를 가진 여자를 거의 기계적으로만 애무한 것 같은 기분이 들었다. 만약 그랬다면 다시는 오지 않을 소중한 180일을 잃어버린 것이나 마찬가지다. 그럴 생각은 추호도 없었는데…….

"본사에 있었을 때의 당신은 지금 같지 않았어요."

미치코가 깊은 눈빛으로 가지의 시선을 받으며 말했다.

"일은 열심히 했지만 일벌레는 아니었어요."

"……그랬나?"

가지는 발판으로 내려와 앉았다.

"당신은 머잖아 훌륭한 노무관리자가 되겠지만, 그때는 아마 청춘 같은 건 한 조각도 남아 있지 않을 거예요."

"그럴 일은 없어."

"아니요!"

미치코가 강하게 고개를 가로저었다.

"그때는 저도 마찬가지예요! 제가 사랑하는 것은 훌륭한 노무관리자가 아니에요. 당신이라고요!"

가지는 눈물이 날 것 같은 마음을 감추려고 몸에 물을 끼얹었다. 난 대체 뭐지? 하고 물었다. 어정쩡한 휴머니스트이자 편리한 사무원이자 아내를 방치해두고 창부의 사랑에 동정하는 페미니스트이자 충실한 전력증강의 일꾼이자 사실은 있지도 않은 정열 때문에 심신을 소모시키고 있는 어리석은 자가 아닌가.

터질 것 같은 청춘이 눈앞에 있었고, 그 청춘이 또 가슴을 아프게 한다. 6개월 전의 거래에서는 이 청춘의 희열을 사기 위해 영혼 한 조각을 팔았다. 그런데 지금은 고통을 사기 위해 청춘도 영혼도 팔아버리려고 한다.

"만약 그들이 안정된다면……."

가지는 고개를 들고 말했다.

"휴가를 낼게. 아마도 당신 말이 옳을 거야."

"그렇게 하세요!"

미치코가 금방이라도 욕조에서 뛰쳐나올 것 같은 기세로 말했다.

"꼭 그렇게 해야 돼요!"

"그렇게 할게."

가지는 고개를 끄덕이고 손을 뻗어 미치코의 부드러운 두 팔을 잡았다. 미치코는 끌려가듯 욕조에서 발판으로 내려왔다.

9

　분뇨 건조장으로 가는 피크닉은 이삼 일 간격으로 몇 차례 계속되었다. 매번 무사했다. 어느 날 가지는 첸을 데리고 갔다.
　특수 광부들에게 휴식을 주었을 때 가지가 첸에게 물었다.
　"어머님은 아직도 편찮으신가?"
　"편찮으시지는 않지만, 좋아지지도 않습니다."
　첸은 가지의 얼굴을 피하면서 대답했다.
　"역시 밀가루가 필요하겠군?"
　첸은 가지의 얼굴을 힐끔 보고 바로 고개를 숙였다. 만두집 대머리와 식량창고지기 곰보의 얼굴을 지면의 가을 풀 위에 그렸다. 이어서 진동푸의 풍만한 육체가 나타났다가 사라졌다.
　"포기했습니다."
　가는 목소리로 말하고 얼굴을 좀 붉혔다. 그 이후로 조금씩이나마 대머리가 변통해주고 있었던 것이다.
　"지난번엔 내가 잘못했어. 용서해라. 넌 내가 말과 행동이 전혀 다른, 믿을 만한 가치가 없는 놈이라고 생각했겠지? 정말 그래."
　가지가 풀을 잡아 뽑으며 말했다. 첸은 거친 박동을 가슴속에서 들으면서 가지를 보았다.
　"난 융통성이 없어. 스스로도 알고 있지만."
　"……괜찮습니다."

너무 늦었습니다. 저는 엄청난 짓을 저지르고 말았습니다. 마음속에서는 그렇게 중얼거렸다. 내가 한 짓을 지금 가지가 알게 되면 어떻게 될까?

잠시 동안 어느 쪽도 말이 없었다. 쨍하니 맑은 하늘 한가운데에서 태양이 시원하게 반짝이고 있었다.

가지가 불쑥 말했다.

"만주인 고용인의 승급 심사를 하면서 명부를 보았더니 변전소의 추이라는 자가 너와 같은 공학당 출신이던데?"

첸은 마른침을 삼켰다.

"……그렇습니다."

"같은 해에 졸업했으니까 친구겠네?"

"네."

가지는 조금 생각하고 나서 말했다.

"누군가가 전류를 끊었어."

첸은 낯빛이 바뀐 것을 들키지 않으려고 기를 썼다.

"인간이 연기처럼 증발할 수는 없어. 그날 밤엔 일본인인 아키야마와 만주인인 추이가 숙직이었어……."

"……추이가 범인일까요?"

첸은 두근거리는 가슴을 애써 감추며 물었다.

가지는 멀리 있는 무언가를 보는 듯한 알 수 없는 표정을 짓고 있었다.

"만약 그가 그랬다면 다시는 그런 짓을 하지 말라고 말해주게."

첸은 체념했다. 자백하자고 마음을 먹고 가지를 보았다. 가지는 일어서 있었다.

"자, 작업 시작해."

10

늦은 밤, 중국 음식점의 작은 방에서 침침한 불빛을 받으며 후루야가 장명찬에게 말했다.

"토요일부터 사나흘 동안 가지가 휴가를 내기로 했네."

장이 흉측한 흉터가 있는 얼굴을 가까이 가져왔다.

"오키시마가 바빠질 테니까 그 사이에 해치우세."

후루야가 말하면서 작은 종잇조각을 장에게 내밀었다. 빼곡히 적혀 있는 숫자는 일반 광부들의 번호다.

"그들은 벌이가 시원치 않아서 조장에게 대부분 빚이 있는 듯하니 선금으로 낚을 수 있을 거야."

"겨우 쉰 명인가?"

장명찬이 혀를 찼다.

"수십 일이 걸려서 겨우 쉰 명밖에 낚지 못하다니, 이래서야 장사가 되겠나?"

"배부른 소리 하지 마."

평소와 다르게 엄한 말투로 후루야가 말했다. 늘 졸려 보이는 그의 얼굴이 침침한 불빛을 받아 험상궂게 보였다.

"공임이 많아져서 어쩔 수 없이 찌꺼기밖에 낚을 수가 없었어. 가지란 놈은 기분이 좋을 거야. 노무계의 실적이 올라서 돌격 월간의 톱이 되었으니까."

후루야는 가지와 미치코가 함께 시내로 가는 모습을 상상했다. 미치코가 가지의 옆얼굴을 올려다보면서 신이 나서 걸어간다. 잘록한 허리 아래에서 탐스러운 엉덩이가 좌우로 흔들리고 있다. 그녀와 같은 또래인 그의 아내는 벌써 늙은 할망구 같은데……. 질투의 쓴맛이 가슴속에 가득 찼다.

올가을에는 대대적인 소집령을 내릴 것이라는 소문이 돌고 있었다. 이런 소문이 어디에서 흘러들어오는지 모르지만, 어쨌든 귀신같이 맞는다. 소집영장은 설령 3개월짜리 교육소집영장이 나온다 해도 절대로 안심할 수가 없다. 만기가 되면 임시소집영장으로 돌려지는 경우가 허다하게 일어나고 있었기 때문이다. 그러고 나서 몇 달, 몇 년 동안 속세의 공기를 마실 수 없게 될지도 모른다. 소집영장이 대대적으로 나온다면 예비역인 후루야도 틀림없이 끌려갈 것이다. 그런데도 가지는 무사태평하게 미치코를 데리고 시내에 가서 호텔에 머물며 희희낙락 노닥거릴 것이 분명하다.

"가지란 놈은 기분 좋게 놀고 있겠지만 오키시마는 눈을 번뜩이고 있을 테니 조심해야 해."

후루야가 말했다.

"네가 그들을 무사히 데리고 나가면 다음 놈들도 바로 준비해놓을 테니까……."

가지나 오키시마가 특수 광부들의 탈출로 골치를 썩고 있는 동안 부지런히 일반 광부들을 빼돌려서 벌 수 있는 만큼 벌어놔야 한다. 후루야가 마음을 그렇게 먹고 있을 때 장명찬은 다른 생각을 하고 있었다. 일반 광부들을 빼돌려서 얼마 안 되는 이문을 먹는 것보다 선금이든 뭐든 줄 필요가 없는 특수 광부를 좀 더 대량으로, 좀 더 신속하게 데리고 나오는 방법이 있을 것 같았다.

나쁜 꾀는 역시 빨리 활동하기 시작했다.

"후루야 씨, 좋은 생각이 있는데……."

장은 고량주를 한 모금 마시고 입맛을 다셨다.

"가지가 휴가를 받아서 없다면 당신이 특수 광부들을 분뇨 건조장으로 데리고 가겠지?"

"그건 왜?"

"도중에 괴한이 갑자기 나타나서 당신을 묶는 거야. 특수 광부들은 모두 도망가고. 그걸 내가 데리고 가지. 쉰 명, 한 명당 30엔만 해도 1,500엔이 돼. 당신은 책임이 없어. 묶여 있었으니까."

장의 기분 나쁘게 메마른 웃음소리를 들으며 후루야는 거의 숨도 쉬지 않고 생각에 잠겼다.

"당신 돈 필요하잖아? 나도 필요해. 당신과 난 공존공영이니까."

"……만약 가지가 날 보내지 않으면 어떻게 하지?"

후루야가 잠긴 목소리로 물었다.

"그래도 언젠가는 가지가 가겠지?"

장은 고량주를 마시고 소름 끼치게 웃었다.

"너였구나? 지난번 탈출은……."

후루야는 장의 흉터를 새삼스레 보았다. 그것이 한층 더 흉측하게 보였다.

"철조망만이 알고 있겠지. 난 전혀 모르는 일이야. 어때, 이쪽이 밑천이 들지 않겠지? 좋은 생각 아닌가?"

후루야는 순간 몇 명의 괴한이 가지를 습격하는 장면을 상상해보았다. 가지가 풀숲에 피로 물들어 쓰러져 있는 장면에선 전율적인 희열을 맛보았다. 가지가 미운 것은 아니다. 가지의 존재가 미운 것이다. 소집될지도 모른다는 걱정도 없이 아름다운 아내를 데리고 시내로 놀러 갈 수 있는 사내의 존재가. 그에 비해서 후루야가 할 수 있는 것이라곤 나쁜 일로 번 돈을 아내에게 주어 언제 출정할지 모르는 날에 대비하는 것뿐이다.

후루야는 목소리를 낮춰서 말했다.

"악당다운 생각이야. 날 묶을 때는 제대로 해야 돼."

장명찬은 또다시 메마른 웃음소리를 냈다.

"나쁜 짓이라면 나한테 맡기라니까."

"실패하면 끝장이야."

후루야가 더욱 낮은 목소리로 말했다.

"헌병 군도로 모가지가 뎅겅!"

장명찬은 후루야와 헤어지고 나서 기분 좋게 위안소로 갔다. 손님이 없어서 밖에서 빈둥대던 계집이 다가왔지만 완곡하게 뿌리쳤다.

"진동푸는 어딨어?"

"귀여운 도령과 자고 있어요."

장은 흉터가 있는 쪽 볼을 찡그리고 웃으면서 안으로 들어갔다. 동푸의 방문 앞에서 나지막하게 이름을 부르자 옷매무새를 만지면서 나온 여자는 장을 통로 끝 쪽으로 밀고 가서 속삭였다.

"야단났어요. 첸이 더 이상 관여하기가 싫대요."

"싫다고?"

장의 얼굴이 딱딱하게 굳었다.

"한 번 한 놈은 백 번 한 거나 같아."

"어려서 그걸 몰라요. 당신이나 나랑 함께 위험한 다리를 건너는 것이 싫다는 거예요."

"너랑 같이 자는 것은 좋고?"

"나한테도 그만두래요."

"그래서 넌 뭐라고 했는데?"

"뭐라고 할 수가 없잖아요? 그냥, 이제 조금만 있으면 끝날 거라고 했어요."

장은 첸이 자고 있는 방 쪽을 살기 어린 눈으로 노려보았다.

"저 새끼가 설마 일본 놈한테 밀고한 건 아니겠지?"

"저 아이는 그런 짓은 하지 않아요."

"어떻게 알아?"

장명찬은 욕정에 타는 눈으로 동푸의 풍만한 가슴을 보다가 느닷없이 젖가슴을 움켜쥐더니 가볍게 비틀었다.

"저놈을 여기서 재우지 말고 돌려보내. 다시 올게."

동푸는 장명찬이 황새걸음으로 나가자 젖가슴을 문지르면서 첸이 있는 곳으로 돌아갔다. 첸은 그 맛을 잊지 못하게 된 육체의 해방감에 마음이 마비되어 얕은 잠에 빠져 있었다. 단정하지만 아직 풋내기 같은 모습이다.

진동푸는 이 미모의 청년을 장이 힘들게 할까 봐 걱정되었다. 그와 동시에 그렇게 걱정하고 있는 자신을 비웃었다. 남 걱정할 때가 아니다. 이 청년이 누군가에게 추궁을 받고 무심코 자기와 한 일에 대해 떠들기라도 하면 자신의 목은 몸통에 붙어 있지 않게 될 것이다. 이것이 훨씬 절실한 문제였다.

첸이 도랑의 다리를 건너 캄캄한 마을 길로 내려섰을 때 산 중턱에서 야간 교대를 알리는 공기공장工機工場의 사이렌 소리가 들렸다. 첸은 몸서리를 쳤다. 방금 전 진동푸의 육체에서 빨아들인 쾌감은 순식간에 얼음 같은 공포로 바뀌어 있었다.

이대로 가지의 집으로 가서 필시 잠에 빠져 있을 가지를 깨워 모든 것을 털어놓고 싶었다. 하지만 진동푸는 그의 알몸을 부둥켜안고 일본인에게 말하지 마, 제발! 하고 몇 번이나 반복해서 말했다.

"그렇지 않으면 동료들한테 죽임을 당할지도 몰라." 하고 평소와 다르게 숨죽인 목소리로 호소했다. 무척이나 진지했다.

"곧 무사히 빠져나갈 수 있게 해줄 테니까 기다려줘. 알았지?"

첸은 여자의 육체와 목소리가 떠올라 몸서리가 멈추질 않았다. 그 깊이를 가늠할 수 없는 여자의 육체에 빠져들면 빠져들수록 위험으로부터 벗어날 수 있는 기회가 사라진다는 것은 알고 있었다. 언젠가 이 위험천만한 곡예는 발각되고 말 것이다.

가지는 이미 변전소의 추이를 의심하고 있다. 거기서 실마리를 찾으면 전모가 드러나게 된다. 가지는 뭣 때문인지 그렇게 하려고 하지 않을 뿐이다. 어쩌면 첸이 자백하기를 기다리고 있는지도 모른다. 만약 그렇다면 자백하는 것이 용서를 받는 길이 될 수도 있다.

첸은 어둠 속에 서서 곰곰이 생각했다. 용서를 받을 수 있다는 희망은 도무지 없는 것 같았다. 직책이 직책인지라 관계자를 전부 묶어서 헌병대에 넘길 것이 분명하다. 아니면 묶이기 전에 진동푸가 두려워하고 있듯이 동료들에게 살해당할지도 모른다.

첸은 밤하늘에 대고 목청 높여 소리치고 싶었다. 당신이 절 때려서 이렇게 된 겁니다. 전 여색에 빠졌습니다. 전 돈에 현혹되었습니다. 애초에 그런 엄청난 짓을 저지를 생각은 없었단 말입니다. 저는 어떻게 하면 되겠습니까?

뼛속까지 스며드는 차가운 밤공기가 조용히 첸을 옥죄었다. 어둠 속에서 누군가가 섬뜩한 눈을 번뜩이며 자신을 감시하고 있는 듯한 기분이 들어 견딜 수가 없었다. 첸은 걸음을 빨리하기 시작했다. 어디로 갈지 정하지는 않았다. 무턱대고 갔다. 가지의 집까지 갈지도 몰랐다.

갑자기 길가의 버드나무 아래에서 목소리가 들렸다.

"첸이구나?"

찬물을 끼얹는 듯 조용한 말투에 첸은 소름이 돋았다.

"어디 가는 거야?"

첸은 다리가 마비되었다. 목소리도 나오지 않았다. 그저 간신히 서 있을 뿐이었다.

"네 집은 그쪽이 아니잖아? 바보 같은 생각을 하는 건 아니겠지?"

그 목소리가 말했다. 모습은 아직 버드나무 그늘에 가려 보이지 않았다.

"진동푸가 참 근사한 계집이지? 네가 바보 같은 짓을 했다간 두 번 다시 안을 수 없어."

검은 그림자가 첸의 눈앞에 섰다. 키는 거의 비슷한데, 첸에게는 그가 검은 벽처럼 느껴졌다.

"가지가 토요일부터 없다고? 그동안 전류를 끊으라고 해."

싫어! 첸은 그렇게 말하려고 했다. 그러나 혀가 마비되어 움직이지 않았다. 그 혀가 움직였을 때는 이렇게 말하고 있었다.

"가지 씨가 없는 동안에는 추이도 야근을 안 합니다."

"언제야?"

"……금요일 밤입니다."

"그럼 금요일 밤에 하자."

그림자는 첸의 어깨에 손을 얹고 흐흐흐 웃었다.

"내가 무서워? 바짝 졸았군. 그러고도 진동푸가 만족하던가?"

첸은 아무 말도 할 수 없었다. 불과 몇 분 사이에 어쩌면 이렇게 상황이 돌변할 수 있단 말인가! 그 풍만한 진동푸의 육체 대신 지금 이 무시무시한 사내가 자기 앞에 서 있다.

그림자 남자가 말했다.

"금요일 밤이야."

"……추이를 주시하고 있는 사람이 있습니다."

"누구야?"

"……가지 씨입니다."

그림자가 혀를 찼다.

"현장을 들킨 건 아니겠지?"

그림자가 다가오며 말했다. 소주 냄새가 첸의 코를 자극했다.

"증거가 남은 것도 아닐 테고……. 걱정하지 마. 내가 가끔 동태를 살피고 있는데, 야근하는 일본인 놈들은 여전히 밤엔 잠을 자더군."

"……하지만 또다시 추이가 야근할 때 그런 일이 생긴다면 누구나 의심할 겁니다."

"자꾸 쓸데없는 소리 할래?"

그림자가 첸의 가슴을 찔렀다. 강하고 무자비한 힘이었다.

"증거도 없는데 가지란 놈이 어떻게, 뭘 할 수 있겠어? 추이는 너 같은 겁쟁이가 아니야. 너 같은 일본인의 개가 아니란 말이다. 그자는 동포를 구출해내는 일을 자랑스럽게 여기는 믿음직한 사내야."

첸은 어둠 속에서 입술을 깨물었다. 이자의 말이 맞을지도 모른다.

"당신은 누굽니까?"

잠긴 목소리로 물었다.

"날 어떻게 하려는 겁니까?"

"아무 짓도 안 해. 난 그저 너와 진동푸에게 돈을 벌게 해주는 친절한 사람일 뿐이야."

또다시 소주 냄새가 진동하는 숨을 첸의 얼굴에 토해내며 말했다.

"알겠나, 젊은이? 잘 새겨들어. 네가 이상한 생각만 하지 않는다면 진동푸를 안을 수 있는 사내는 너밖에 없게 해줄 수도 있어. 그 대신 내가 말하는 대로 움직여. 다른 건 생각하지 마. 금요일 밤이야. 추이와 입을 맞춰놓고 내일 밤까지 진동푸에게 전달해."

첸은 어둠 속에서 고개를 돌렸다. 그것을 거부의 뜻으로 알았는지 사내의 손이 느닷없이 첸의 멱살을 잡았다.

"싫다고 버텼다간 너와 추이는 토요일까지 살아 있지 못할 줄 알아!"

첸의 몸은 풀려났다.

"가라. 지금 한 말을 잊지 말고."

검은 그림자가 옆으로 비켰다. 첸은 정신없이 그 사내의 앞을 지나갔다.

첸의 불안한 발소리가 멀어지자 장명찬은 어둠 속에서 만족스러운 듯 미소를 지었다.

11

금요일 저녁, 책상 위를 정리하고 나서 후루야가 가지에게 말했다.

"특수 광부를 시켜서 일반 광부들 숙소의 변소까지 전부 청소시킬까 하는데요."

가지는 풀스캡foolscap(필기용지의 크기의 하나. 13.5×17인치의 대판大判 양지-옮긴이) 서류의 통계표에서 눈을 뗐다.

"갑자기 왜?"

"해마다 가을에는 청소를 하거든요. 해가 있을 때 해두지 않으면 분뇨 건조장에서도 잘 마르지 않고, 변소 쪽도 겨울에는 더러워진 채 얼어버리죠. 이게 봄이 되면 여간 골칫거리가 아닙니다."

"그렇긴 하겠군."

가지는 작게 고개를 끄덕이고 다시 통계표를 들여다보았다.

"분뇨 건조장 정리와 똥을 다 푸려면 쉰 명으로는 모자랄지도 모르겠습니다."

가지는 다시 고개를 끄덕였다.

"가지 씨가 돌아오실 때까지 제가 시켜두겠습니다. 작년에도 제가 시켰으니까요."

가지는 고개를 들었다.

"내가 돌아올 때까지 기다려주게. 그게 신경 쓰여서 모처럼 얻은 휴가를 망치고 싶진 않으니까."

좀체 움직일 줄 모르는 후루야의 안면근육 아래에서 실망의 빛이 흘렀지만 가지는 알 턱이 없었다.

첸은 테이블 끝자리에서 가지를 훔쳐보며 몸을 뻣뻣이 굳힌 채 가슴속 혼란과 싸우고 있었다.

12

화창하게 갠 가을 아침. 눈부시게 밝다.

미치코는 문에 자물쇠를 걸고 가지를 올려다보았다.

"자, 가요."

표정이 밝았다. 가지는 6개월 동안이나 미치코를 산속에 처박아둔 것에 죄책감을 느꼈다.

"여기에 올 때는 그렇게 모래바람이 심하게 불더니 오늘은 날씨가 참 좋네요. 기분이 상쾌해요."

가벼운 발걸음에서 들뜬 마음이 고스란히 느껴진다. 마른 잎이 하나

둘 떨어지기 시작한 나무 밑을 걸으면서 미치코가 말했다.

"일 때문에 걱정이에요?"

"아니. 왜 좀 더 빨리 이렇게 하지 못했을까 하고 생각하고 있었어."

"정말?"

"정말이지."

"그럼 잘됐네요! 시내에 도착하면 제일 먼저 회사에 전화해서 야스코를 불러내야 되겠어요. 괜찮죠?"

"그런 다음에는?"

"그런 다음엔 셋이서 식사를 하고, 뭔가를 구경하러 가고, 그 다음엔 사과농원에 가요. 사과나무에서 홍옥을 따먹는 거예요. 피마저 신선해질 것 같지 않나요? 그리고 그 다음에는…… 할 게 정말 많아요! 어쩐지 나, 고무풍선처럼 한껏 부풀어서 둥실둥실 떠오를 것 같아요."

"한 가지만 들어주면 좋겠는데."

"뭔데요?"

"한 시간이나 두 시간이면 돼. 날 좀 석방해주지 않을래?"

"석방이라뇨? 듣기가 거북하네요. 마치 제가 당신을 구속하고 있는 것 같잖아요. 뭐 하려고요?"

"본사에 가서 부장한테 직접 다짐해두고 싶은 게 있어서 그래. 특수광부 일로."

"그것 봐요! 역시 걱정하고 있잖아요. 하지만 좋아요. 넉넉하게 세 시간 드리죠."

미치코는 하얀 이를 드러내며 웃었다.

"그 이상은 1분도 안 돼요!"

가지는 고개를 크게 끄덕였다. 채광부장과의 이야기는 되도록 한두 시간 안에 끝내자. 그 다음은 미치코와의 휴가를 마음껏 즐기는 거다. 그리고 미치코가 바라는 대로 한 꺼풀 벗어버리고 새로운 기분으로 전환하는 거다.

두 사람은 트럭이 기다리고 있는 쪽으로 언덕길을 내려갔다.

첸이 뛰어오는 것이 보였다. 가지는 문득 불안한 예감이 들었다.

첸이 뛰어와서 거친 숨을 토해내며 말했다.

"또 탈출했습니다."

가지는 거의 반사적으로 미치코를 보았다. 하얀 얼굴이 순식간에 경직되더니 가지를 돌아보았다.

"오키시마 씨는?"

"광부 숙소로 갔습니다."

가지는 다시 한 번 미치코를 보았다. 미치코는 애원하는 표정으로 가지를 올려다보고 있었다.

"어쩔 수 없군."

가지가 중얼거렸다. 마음속에서는 소릴 지르고 있었다. 왕시양리, 이 악당 같은 놈!

"곧 갈게."

첸은 황급히 뛰어갔다.

"어쩔 수 없어."

가지는 힘없이 말했다.

"모처럼 얻은 휴간데 이 모양이니. ……당신만이라도 가서 야스코 씨와 놀다 와."

"야스코가 당신은 아니잖아요."

"하지만 일인 걸 어떡해."

"몰라요!"

미치코는 세차게 고개를 가로저었다.

"당신은 휴가를 받은 거잖아요! 무슨 일이 일어났든 쉬어도 된다고요. 오키시마 씨에게 맡겨도 되잖아요?"

"그럴 수가 없는 일이야."

"그럼 오후편 트럭이 올 때까지 기다릴게요. 네? 그럼 되겠죠?"

"안 돼. 그렇게 쉽게 끝날 일이 아니야. 못 갈 확률이 커."

"가고 싶지 않으니까 그렇겠죠!"

미치코는 원망과 분노를 담아 가지를 노려보았다. 가슴 가득 부풀 대로 부풀어 올랐던 즐거운 기대는 한순간에 사그라져버리고 그 대신 상처받기 쉬운, 그리고 또 상대에게 기꺼이 상처를 주고 싶어 하는 신경이 허옇게 드러난 듯했다.

"일에 미쳐 있다가 쓰러지는 게 소원이죠? 당신은 혼자 살고 있는 것 같아요. 저와의 생활 따위는 안중에도 없잖아요. 일이 아무리 중요하다고 해도 자신의 생활을 좀 더 존중해줬으면 좋겠네요. 우리한테 이

번 사흘간의 휴가가 얼마나 소중한지 모르나요?"

가지는 대답하지 않았다. 가슴속 깊숙한 곳에서 생각하고 있었다. 이번 탈출 사건이 우리에게 얼마나 중대한지 모르는 거야. 왕시양리 이 거짓말쟁이! 넌 나와 미치코의 사이까지 갈라놓으려는 것이냐?

미치코는 하얗게 질린 얼굴을 하고 여자의 본능적인 수동적 강요로 가지의 대답을 기다렸다.

"……모처럼 나왔는데."

가지가 성가신 듯 말했다.

"당신만이라도 갔다 와. 다음 기회에 보상해줄 테니까."

"보상 따위는 필요 없어요."

미치코는 오기가 난 듯한 말투로 말했다.

"고무풍선은 이미 터졌어요. 아무리 당신이라도 이젠 어쩔 수 없어요."

"뭣 때문에 그렇게 화를 내는 거야? 고작 이깟 일로."

"고작 이깟 일이 아니잖아요! 이 산에 있는 한 당신에겐 자기 생활이 없어요. 당신이 그렇다면 내가 어떻게 즐겁겠어요? 그래서 하는 얘긴데, 당신은 내 기분 따윈 전혀 생각하려고 하지 않잖아요."

"그래? 그렇게까지 말한다면 그렇다고 해두자고."

가지의 표정이 싸늘하게 굳었다. 이 표정은 이제 여자의 무기로는 절대로 움직일 수 없을 만큼 남자의 의지가 확고해졌다는 뜻이다.

"어쨌든 난 미안하지만 갈 수 없어."

가지는 앞장서서 언덕을 내려갔다. 정기편 트럭이 있는 곳까지 와서 가지가 말했다.

"기분 좀 바꾸고 놀다 와. 유쾌하지 못한 기분으로 집에 돌아가 봤자 소용없으니까."

"소용없겠지요."

미치코가 우울하게 웃었다.

가지는 그길로 특수 광부 숙소로 갔다. 가시철사 정문 안쪽에 오키시마가 떡 버티고 서 있고, 그 발밑에 왕과 까오와 쑹이 모두 코피를 흘리며 쓰러져 있었다.

오키시마는 가지가 온 것도 모르고 왕의 멱살을 잡고 일으켜 세웠다.

"말하지 않으면 죽여버릴 테다!"

왕의 광대뼈로 오키시마의 주먹이 날아갔다. 왕은 또다시 땅바닥에 나뒹굴었다.

"이제 그만하지."

오키시마의 등 뒤에서 가지가 말했다. 뒤를 돌아본 오키시마의 얼굴은 미친 사람 같았다. 가지에게 제지당하자 그나마 남아 있던 자제력의 고삐가 끊긴 모양이다. 오키시마의 몸이 움직이는가 싶더니 어느새 쑹의 머리를 차고, 까오의 몸을 짓밟고 있었다. 그러고 나서 다시 한 번 왕을 잡아 일으켜서는 때려눕혔다.

"그만두라고 했는데 못 들었나!"

낯빛이 바뀐 가지가 소리쳤다.

"이제까지의 노력을 물거품으로 만들 생각이야?"

"이봐, 난 지금 이 순간부로 내 신조를 바꿨어."

오키시마가 창백해진 얼굴을 쑥 내밀었다.

"난 말이야, 자네 방법이 옳다고 생각했기에 여태 자네를 따랐던 거야."

"그럼, 이제 옳지 않다는 건가?"

"그럴지도……."

오키시마는 밉살스럽게 비웃었다.

"중국 음식점에서 제일 먼저 동조할 것처럼 떠들던 황과 리우가 도망쳐버렸네. 열여덟 명이 한꺼번에 말이야. 열여덟 명이라고. 이래도 아직 자네는 자신이 있다는 건가? 도대체 이 새끼들이 우릴 뭘로 보기에 이러는 거야? 어디 자네가 한번 대답해봐."

가지는 자신이 정확히 둘로 갈라진 것을 느꼈다. 한쪽에서는 오키시마와 마찬가지로, 아니 오키시마조차 당황해서 말릴 정도로 난폭하게 행동하고 싶었고, 또 다른 한쪽에서는 이것이 당연하다고 말하고 있었다. 우리가 하고 있는 것은 협잡이다. 이자들은 우리가 침략자의 앞잡이에 지나지 않는다고 보고 있는 것이다. 인간으로서 신뢰할 가치조차 없는 침략민족의 한패일 뿐이라고.

그 자리에서 떨어져 이 광경을 지켜보고 있는 특수 광부들은 완벽한 무표정과 침묵으로 두 일본인에게 깊이를 알 수 없는 저항감을 표출하고 있었다. 가지는 그 저항감이 자신들에게 쏟아지고 있다는 것을 깨닫고 황급히 분열된 내부를 하나로 이어 붙였다.

"내 방법으로는 안 되니까 당신이 때려서 교정하겠다는 거야?"

"그럴지도 모르지."

오키시마는 도가 지나쳐서 이제는 흙빛이 된 얼굴을 일그러뜨렸다.

"이놈들에게 말했네. 앞으로는 지금처럼 대해주겠다고. 우릴 우습게 보고 기어오르는 놈들에겐 가혹하게 대할 필요가 있어. 말해도 모르는 놈은 때리면 돼. 달리 어떤 방법이 있겠나? 나한테 설교할 생각은 하지 마. 이놈들 덕에 빌어먹을 헌병한테 따귀를 맞은 게 누군데?"

"설교 따위는 하지 않아."

가지가 나지막한 목소리였지만 확실하게 말했다.

"내 방법이 틀렸다고 생각한다면 당신은 이 일에서 손 떼. 그럼 헌병한테 맞을 일도 없잖아."

오키시마는 순간 가지에게 달려들 듯하다가 아무 말도 않고 철조망 밖으로 나갔다.

"일어서."

가지가 왕시양리에게 말했다. 왕은 코피를 닦으면서 비틀비틀 일어섰다. 호되게 당하고도 그 얼굴에는 겁을 모르는 싸늘함이 깃들어 있었다. 가지는 억누를 길 없는 증오심에 숨이 막혔다.

"난 너희들에게 실망했다. 네가 기다린다고 하지 않았나? 그걸 곧이곧대로 믿은 내가 바보로 보이겠지? 하지만 바보는 바보대로 이제는 더 이상 속지 않을 작정이다. 이제부터 나는 두 가지 방법을 말하겠다. 너희들을 헌병대에 넘기는 것이 그 하나다. 다른 하나는 너희들이 탈출할 수 없도록 철저하게 감독하는 것이다. 바꿔 말하면 단호하게 벌을 주겠다는 뜻이다. 난 너희들을 때릴 생각은 없다. 하지만 그보다 훨씬 악질적인 방법을 취할지도 모른다. 예를 들어 앞으로 한 명이라도 더 탈출한다면 사흘 동안 한 끼도 주지 않고 굶길 것이다. 어때? 어느 쪽을 선택하겠는가? 이 방법은 어느 쪽이나 물론 인간적이지는 않다. 하지만 어쩔 수 없어. 너희들이 날 아무래도 인간으로는 보지 않는 것 같으니까……."

왕시양리는 잠자코 있었다. 까오가 땅바닥에서 적의에 찬 얼굴을 들고 가지를 노려보았다.

"나는 전에도 말했다."

가지가 말을 이었다.

"내 노력을 실패로 돌아가게 하는 것은 너희들 자신이다. 너희들의 탈출로 인해 내가 헌병한테 처벌을 받기라도 하면 가장 큰 손해를 보는 것도 역시 너희들 자신이다. 내 후임으로 어떤 일본인이 올 거라고 생각하나?"

"일본인은 너나 할 것 없이 다 똑같아!"

까오가 될 대로 되라는 식으로 땅바닥에서 소리쳤다.

"좋아. 나도 네 판단에 어긋나지 않도록 노력하겠다."

가지는 까오를 걷어차고 싶은 충동을 겨우 눌렀다.

"왕, 너희들이 건분 작업을 좋아하는 것은, 그것이 일본인의 전쟁에 직접 관계가 없기 때문이라고 난 해석하고 있다. 실제로 난 그렇게 생각하고 너희들에게 그 일을 시켰고. 그러나 이제 그 일은 그만한다. 앞으로 너희들은 적국敵國의 전력증강을 위해 노예 노동을 강요받게 될 것이다. 지금까지와는 비교도 할 수 없을 정도로 가혹하게 말이지. 난 너희들에게 한 약속을 파기한다."

가지는 왕의 표정 변화를 읽어보려고 했지만 읽을 수 없었다. 너희들에게 실망했다고 말했을 때보다도 실망감은 훨씬 깊어져 있었다. 자신의 말이 노골적으로 드러내고 있는 천박한 감정도 이때는 어쩔 수 없는 정당한 근거를 가진 것처럼 생각되기조차 했다. 아무리 해도 안 된다. 이해가 상반되는 인간 사이에는 기만도 진실도 모두 존재하지 않는다.

13

가지는 철조망 밖으로 나와 변전소로 갔다. 변전소의 일본인 직원은 가지보다 열 살 정도 많을 것이다. 가지를 보고 불쾌한 낯빛을 감추려고도 하지 않았다.

"또 탈출했다고? 그러나 그걸 우리 탓으로 돌리면 곤란해, 가지 씨. 아까도 노무계에서 전화가 와서 마치 변전소에서 탈출시킨 것처럼 말하던데, 당치도 않은 소리야."

"추이는 교대했습니까?"

가지는 그의 말을 묵살하고 무뚝뚝하게 물었다.

"교대하고 집에 갔을 텐데, 아니, 잠깐만 기다려봐. 주간 근무자가 한 명 결근했으니까 계속 근무하고 있을지도 모르겠군."

"불러주시겠습니까?"

일본인 직원은 밖으로 나가더니 곧 젊은 만주인 고용인을 한 명 데리고 돌아왔다. 수수한 용모의 근면해 보이는 청년이었다.

"자네가 추이인가?"

"그렇습니다."

추이는 기죽지 않고 대답했다.

"내가 첸에게 말해두었는데 첸은 아무 말도 하지 않던가? 다시는 하지 말라고 했을 텐데?"

추이의 눈이 잠깐 흔들렸다.

"아무 말도 듣지 못했습니다."

"난 아직 아무 말도 안 했는데, 무슨 말인지 아는 모양이군."

가지는 추이에게 한 걸음 다가갔다.

"앞으로 특수 광부들이 자네가 야근할 때 숙소에서 탈출한다면 헌병이 와서 자네를 체포할 거야. 이유는 없어. 알았나?"

"잠깐만……."

일본인 직원이 옆에서 끼어들었다.

"아무리 그래도 그건 좀 지나친 말이군. 무슨 이유로 추이라고 단정하는 건가?"

가지는 인상을 찡그렸다. 그리고 그것이 냉소로 바뀌었다.

"추이가 아닐지도 모릅니다. 만약 추이가 아니라면 특수 광부들이 탈출한 날 야근한 일본인이 곤란해지겠죠. 증거는 아무것도 없어요. 없기 때문에 같은 조건에서 같은 일이 두 번이나 일어난 겁니다. 철조망의 전류 스위치는 여기밖에 없지 않습니까? 이것이 하나. 다른 하나는 철조망은 전류가 흐르고 있으면 절대로 뚫고 나갈 수 없지만 전류가 끊기면 1, 2분 안에 완벽하게 탈출할 수 있습니다. 그러니까 원인이 여기에 있는 것은 분명한 사실이죠. 추이가 아니라면 일본인 야근자이거나, 어느 쪽도 아니라면 두 사람 다 근무 중에 잠이 들었거나 딴짓을 하는 동안 누군가가 몰래 숨어 들어와서 한 짓이 되겠죠. 그것도 두 번씩이나. 그래도 상관없습니까?"

가지는 추이 쪽을 보았다. 추이는 특별히 당황한 모습은 아니었지만, 기분 탓인지 약간 창백하게 보였다.

"넌 나한테 증거를 보여달라고 말하고 싶을 것이다. 하지만 아무 말도 하지 않는 게 나아."

가지가 조용하게 말했다.

"내가 말하는 것을 부정도 긍정도 하지 마라. 부정하면 철저하게 흑백을 가려내야만 한다. 긍정하면 이대로 내버려둘 수가 없게 된다. 알겠나? 난 형사나 헌병이 아니니까 널 끌어다가 네 몸에 물어볼 생각은 없다. 네 스스로 잘 생각해볼 일이야."

가지는 그렇게 말하고 변전소에서 나왔다. 일본인 직원이 쫓아왔다.

"정말로 추이가 한 짓인가?"

창백해진 얼굴에 겁먹은 눈빛이었다. 가지는 대답하지 않았다.

"만약 그렇다면 정말 큰일일세, 책임문제니까."

가지는 그래도 잠자코 있었다.

"추이를 뭐 다른 명목으로 해고시키고 그냥 묻어버릴 수는 없을까?"

가지는 차갑게 웃었다.

"해고시킬 생각이었다면 지난번에 이미 해고시켰을 겁니다. 당신한테는 상의도 없이. 몰라서 그냥 놔두는 게 아니에요. 한 번 있었던 일이 두 번 일어난 것은 남의 일로 생각하는 당신 같은 일본인 때문입니다."

그는 고개를 떨어뜨리고 힐끔힐끔 곁눈질로 가지를 보면서 말했다.

"가지 씨, 그 말을 듣고 보니 말하기가 참 거북한데 이 일을 공표하지 않았으면 고맙겠는데……."

"공표하진 않을 겁니다."

가지는 차갑게 대답했다.

"당신들이 자기 몸을 소중하게 생각하듯이 나도 내 몸이 소중하니까 막으려는 것뿐입니다. 좋다 나쁘다를 말하는 게 아니에요."

상대는 감사의 표시를 비굴한 웃음으로 나타냈다.

"내가 어젯밤 야근자는 아니었지만, 여기에 과실이 있었다고 하게 되면 좀……. 여긴 징집 때문에 정원이 부족해져서 아무래도 과도한 업무에 시달리다 보니……."

가지는 흘려듣고 걷기 시작했다. 자신의 마음을 종잡을 수 없었다. 그들이 탈출하면 곤란해지는 것만은 사실이었다. 곤란해지니까 어떻게 해야겠다는 것을 아직 결심하지 못한 것이다. 추이가 전류를 끊기까지의 경로는 밝혀내려고만 하면 당장이라도 밝혀낼 수 있을 것이다. 그런 마음이 내키지 않는 이유는 분명히 자기 자신에게 있다. 이것을 확실히 해두지 않으면 난처해질지도 모른다.

가지는 집으로 돌아가서 미치코와 얘기를 나눠보고 싶었다. 어떤 이해관계도 생각하지 않고 끝까지 인간으로서 행동해야 하는 것일까? 너무나 이상적이다. 아니면 회사의 고용인으로서의 입장에 서야 하는 것일까? 이거라면 아무 문제가 없다. 그리고 부부만의 삶을 평생 소중하게 지켜야 할까? 이것은 더할 나위 없이 소시민적인 행복이다.

만약 미치코가 둘만의 행복한 삶을 고집한다면 가지는 그 반대의 결의로 기울지도 모른다. 미치코가 만약 가지의 양심이 이끄는 대로 맡겨준다면 가지는 오히려 미치코와의 행복에 대한 헛된 기대로 괴로워할 것이다.

가지는 이때 비로소 미치코가 트럭을 타고 시내에 간 것이 생각났다.

14

소장은 두려움에 떨고 있었다. 열여덟 명이나 되는 포로들이 한꺼번에 탈출한 것은 헌병대에 어떤 말로도 변명할 여지가 없는 일이고 본사에서도 소장에게 책임을 물을 것이다. 왜 하필 지금이란 말인가. 2개월째 돌격 월간이 2할 증산의 예정선에 도달해서 그의 큰 비원이 마침내

성취되려는 이때 탈출 문제 따위로 트집이 잡힌다면 모든 게 도로아미타불이다.

그는 초조해하면서 가지를 기다렸다.

소장실에 들어온 가지는 우울한 눈빛으로 소장을 보고는 소장이 입을 여는 것보다 빨리 말했다.

"탈출 보고는 하지 않겠습니다."

가지의 입술 끝이 일그러져 있는 것이 소장에게는 어쩐지 예사롭지 않은 결의처럼 보였다.

"만약 발각되면 제가 독단으로 거짓 보고서를 작성한 것으로 말씀하셔도 됩니다. 실제로도 특수 광부와 관련된 일은 뭐든지 저 혼자서 하고 있으니까요."

소장의 긴장은 불그스름한 피부 안쪽에서 풀렸다. 이 사내라면 문제가 일어났을 때 스스로 책임질 수 있을 것 같은 생각이 들기도 한다.

"모든 일이 자네 혼자만의 책임이라고는 생각하지 않네."

소장은 위로하는 표정으로 말했다.

"역시 누군가가 변전소에서 전류를 끊었다고 생각하나, 두 번 다?"

"잘 모르겠습니다. 계량기로 전력 소비를 정밀하게 계산할 수 있다면 그런 결론이 나올지도 모르지만……."

"변전소의 야근자를 전부 일본인으로 바꿀까?"

"정원 부족으로 그것도 어렵습니다. 현재 상태로도 괜찮습니다."

"만주인 고용인은 해고할 건가?"

"아니요, 증거도 없는데 그럴 수는 없죠."

"철조망의 야간 순찰을 좀 더 강화하면 어떻겠나?"

가지는 희미한 그림자 같은 웃음을 지었다.

"순찰을 열심히 하고 있는지 어떤지를 제가 매일 밤 순찰해야 되겠네요."

"그럼, 앞으로 어떻게 할 생각인가?"

"조만간 그들이 이해하겠죠."

가지는 멍한 시선을 창밖으로 던졌다.

"라오후링이 가장 살기 좋은 곳이라는 것을요. 다른 용무가 없으시면 이만 실례하겠습니다."

가지의 뭔가 될 대로 되라는 식의 냉담한 태도에 소장은 약간 기분이 나빴지만, 한편으론 믿음직스럽기도 했다. 가지는 문 앞까지 가서 뒤돌아보며 말했다.

"깜빡 잊었습니다만, 특수 광부에 관해서 오늘부터 오키시마 씨에게는 일절 책임이 없습니다. 양해해주십시오."

"다투기라도 했나?"

"아뇨, 아주 사소한 의견 차이입니다."

가지의 모습이 문 밖으로 사라졌다. 소장은 고개를 갸웃했다. 가지의 태도에 뭔가 이해가 안 되는 점이 있었다. 그는 노무계의 후루야에게 전화를 걸어 잠시 후에 소장실로 오라고 했다. 당장 오라고 하면 언덕길에서 가지와 마주칠지도 모르기 때문이다.

30분쯤 지나서 올라온 후루야에게 소장이 가지와 오키시마에 대해 묻자 후루야는 이렇게 대답했다.

"오키시마 씨가 철저하게 수단을 마련해서 대처하려고 하면 가지 씨가 늘 말립니다. 가지 씨는 특수 광부가 탈출하는 것이 당연하다고 생각하고 있는 것 같습니다."

그 말을 듣고 보니 가지가 말한 것이 모두 부합되는 것 같았다.

"탈출을, 그러니까 묵인하고 있다는 말인가?"

"그렇지는 않겠죠. 뭔가 생각이 있겠지만 그렇게 생각해보면 그런 것도 같다고 말씀드리는 겁니다."

소장은 미간을 찌푸렸다. 그자는 책임을 지려고 하고 있다. 탈출을 묵인하고 책임을 묻기를 기다리는 바보는 없다. 가지의 될 대로 되라는 식의 냉담한 태도를 떠올리자 소장은 판단하기가 어려웠다. 평소 그의 언동은 다분히 자유주의적인 면이, 그뿐이던가, 좌익적인 경향조차 농후하다. 그렇다 해도 광부들을 작업에 투입하는 솜씨는 충분히 애국자적인 효과가 있다. 무조건 가지를 위험인물로 볼 수는 없다.

소장이 여전히 미간을 찌푸리고 있을 때 후루야가 말하기 시작했다.

"놈들이 다시는 탈출을 꿈도 꾸지 못하도록 뼈에 사무치게 하는 방법이 있지 않을까 싶은데요."

"그게 뭐야?"

"놈들에게 탈출 계획을 세우게 놔두고, 그것을 실패하게 만드는 것입니다. 허락하신다면 한번 해보겠습니다."

소장은 갑자기 변덕이 일었다. 후루야의 수완을 지켜본 뒤 특수 광부의 관리를 가지에서 후루야로 바꾸는 건 어떨까?

"재미있을 것 같군. 효과만 있다면 어떤 방법이든 좋아. 해보게."

후루야는 눈을 내리깔고 가지와 자신의 입장이 바뀌는 장면을 재빨리 상상해보았다. 기분 좋은 상상이었다.

15

시내로 나온 미치코는 가지와 결혼 약속을 한 날에 들어갔던 다방에서 타이피스트 시절의 동료인 야스코를 기다렸다. 자리도 그날과 똑같았다. 다방 내부의 정경도 거의 그대로였다. 그날처럼 달콤한 탱고도 흐르고 있었다.

앉아서 그곳에는 없는 가지가 앉았던 자리를 보고 있으려니 참을 수 없는 쓸쓸함이 밀려왔다. 무턱대고 돌아가고 싶어졌다. 그러면서도 곧바로 오늘 아침에 있었던 시시한 실망과 초조한 싸움을 온몸에 박힌 가시처럼 다시금 의식하지 않을 수 없었다.

야스코는 유리창으로 다방 안을 들여다보고 미치코를 발견했다. 창백하고 수척해 보였으나 문을 열고 들어가자 금방 밝게 웃었다. 피부도 촉촉이 윤기가 도는 것이 새색시의 분위기를 풍기고 있다. 미혼녀라면 자기도 모르게 부러움을 느낄 정도다.

"기분 탓인가? 미치코, 행복해 보여."

그리운 친구를 말끄러미 쳐다보며 야스코가 말했다.

"응."

미치코의 대답도 웃음을 머금고 있었다.

"가지 씨는?"

"오지 못했어. 무지하게 바빠. 너한테 안부 전해달래."

말하고 나서 미치코는 더욱 밝게 웃었다.

"뭐야? 난 또 둘이서 독신인 날 괴롭히려고 온 줄 알았지."

"그럴 생각이었어."

이즈음부터 미치코의 행복한 척하는 연기는 벌써 파탄나기 시작했다. 그것을 의식하고 미치코는 더욱 쾌활하게 행동하며 두 사람이 얼마나 행복하게 살고 있는지, 가지가 얼마나 좋은 남편이 되려고 노력하는지, 가지가 얼마나 유능한 남자인지를 쉴 새 없이 떠들어댔다.

"질투난다, 얘."

야스코가 말했다.

"질투하는 사람이 있다는 것만으로도 난 행복한 사람이야."

미치코는 커피 잔을 휘저으면서 말했다. 지금쯤 가지는 긴장으로 굳어진 얼굴로 일에 빠져 있을 것이다. 자신은 염두에도 없을 것이 틀림없다.

"가지 씨를 한 번 보고 싶다."

야스코가 말했다.

"미치코와 행복을 나눠 가지고 있는 사람은 어떤 표정을 하고 있을까?"
"당분간 힘들 거야. 특수 광부들이 있는 한."
"그럼, 전쟁이 끝날 때까진 힘들겠네. 그렇다면 내가 쳐들어갈까?"
"그래."

미치코는 고개를 끄덕이더니 갑자기 매달리는 듯한 태도로 바뀌었다.
"그래라! 응, 꼭 그래 줘!"

야스코는 미치코가 갑자기 정색하자 의아하게 생각했지만 특별히 마음에 두지는 않았다.

밖으로 나오고 나서 야스코가 물었다.
"영화라도 볼까? 보고 싶지 않니?"

미치코는 먼 곳을 보는 듯한 표정이었다. 영화는 물론 그녀의 스케줄에 들어 있었다. 하지만 셋이서였다. 지금은 행복한 연애든, 불행한 연애든, 눈앞에 보이기라도 하면 참을 수 없을 것 같았다.

"나 사과농원에 가고 싶어."

이 또한 스케줄에 있었다. 하지만 사과는 인간의 고통을 건드리지는 않을 것이다.

"식충이 마담 같으니라고. 사랑은 이미 실컷 맛보고 있다는 거니? 얄미워!"

야스코는 남자처럼 웃었다.

사과농원 입구에 '방문 환영, 원 내에선 마음껏 드십시오.'라고 쓰여 있었다.

두 젊은 여자는 붉은 열매가 가지가 휠 정도로 달린 인적 드문 농원의 나무 아래를 천천히 걸었다. 새콤달콤한 냄새가 진동하고 있었다. 야스코는 사과를 두 개 따서 하나는 미치코에게 주고 다른 하나는 덥석 베어 물었다. 아삭 하고 작고 상쾌한 소리가 났다. 잇몸에서 피가 날 정도로 단단하고, 빨간 윤기가 흐르는 과일을 미치코는 손바닥 위에 놓고 바라보았다. 가지가 왔다면 그도 지금 야스코가 한 것처럼 사과를 덥석 베어 물고 상쾌한 소리를 냈을 것이다. 그러고 나서 자기도 그를 따라 베어 물고 웃었을 것이다.

'오지도 않고, 무정한 사람 같으니!'

두 사람은 잠시 걸었다. 둘 다 말은 많지 않았다. 어쩐지 저마다 생각을 이리저리 뒤집어보고 있는 듯했다.

"바구니에 필요한 만큼 담고 빨리 나가자."

야스코가 말했다.

"산속에 있다 나왔으니 도시의 소음까지도 그립지 않겠어?"

두 사람은 사과를 따기 시작했다. 성격이 활달한 야스코는 동작이 빨랐다. 미치코는 느릿느릿했다. 그마저도 이내 거의 움직이지 않는다.

야스코가 보자 푸른 잎사귀 그늘 아래에서 미치코는 생기가 전혀 없는 표정으로 서 있었다. 멍하니 아무 생각이 없는 것처럼 보이는 눈이 허공을 헤매고 있었다.

"향수병이니?"

그 말에 야스코는 여태 한 번도 본 적이 없는 쓸쓸한 웃음이 미치코의 얼굴을 일그러뜨렸다.

"문득 생각이 나서. 남자를 생각하고 있는 여자와 여자는 안중에도 없는 남자가⋯⋯."

"이거 갑자기 문제가 심각해지는데?"

야스코는 사과를 따던 손을 멈추고 미치코를 보았다.

"말해봐. 결혼 선배의 고견 좀 들어보자."

"놀리지 마."

그렇게 중얼거리고 나서 미치코의 표정은 서서히 건조해졌다.

"나 같은 건 생활의 장식품에 지나지 않아. 있으면 좋지만, 없어도 아무 상관 없는 거⋯⋯. 그인 일할 땐 아무것도 필요 없어."

미치코는 야스코가 부인해주기를 기다렸다. 야스코는 부인하지 않았다.

"결혼 같은 건 따분해. 정말이야!"

야스코는 잠자코 있었다.

"왜일까? 이럴 리가 없는데."

산소와 수소가 화합하는 식으로는 되지 않았다. 어느 한쪽이, 혹은 양쪽 모두가 화합의 적량을 틀렸는지도 모른다.

"난 일상다반사를 여자가 맡아 하면서 남자를 내조해주면 생활의 기초가 다져지고 조금씩이라도 발전해가는 것이라고 생각했어. 그건 내 말이 맞지 않니? 평범한 월급쟁이가 그 이외의 형태로는 생활할 수가 없으니까. 그런데 그렇게는 안 되더라고. 남자는 밖에서 사는 사람이야. 고민하고, 괴로워하고……. 그것을 풀기 위해 집에 돌아오는 거야. 그렇다면 여자는 아무리 생각해도 허울 좋은 위안부에 지나지 않아. 서비스 전문가가 되어버리는 거지. 그러면서도 그것을 거부하지 못해. 사랑하니까. 아마 그 탓도 있을 거야. 이럴 리가 없는데. 좀 더 어떻게든 할 수 있을 텐데, 하고 이런저런 생각도 해봐. 그리고 또 똑같은 일이 반복되는 거야."

야스코는 여전히 말이 없었다. 한곳에 서서 가만히 지켜볼 뿐이었다. 미치코는 자신의 말이 참된 모습을 전혀 전달하지 못하고 있는 것 같아 안타까웠다. 생각해보니 행복하게 보인 것은 소꿉장난 같던 신혼 시절뿐이었다. 그 후로 가지는 쭉 미치코의 밖에서 살고 있다. 일에 모든 것을 걸고 있는 남자의 자아만이 이렇게 홀로 미치코의 기억 속에 떠오르는 것 같았다. 매일매일 미치코를 기다리게 한 것도, 총애하던 첸을 때린 것도, 도넛 때문에 미치코에게 화를 냈던 그 싸늘함도, 그리고 오늘 모처럼 미치코가 세운 행복한 계획을 망쳐놓은 것도, 결국은 가지가 스스로도 가치를 인정하지 않는 일 속에서 완고하게 자아를 관철시키려고 하는 마음에서 비롯된 것처럼 생각되었다.

"그래, 알아. 남자가 여자를 전혀 생각하지 않는 건 아니라는 것을……."

미치코는 말하고 나서 야스코의 얼굴을 보았다. 가무잡잡하고 야무진 그 얼굴은 지금 잔뜩 긴장하고 있는 것처럼 보였다.

"하지만 알고 있어도 소용이 없어. 그 사람이 녹초가 돼서 돌아오면 난 어떻게 할 수가 없어. 그의 안색을 보고 이럴 리가 없는데, 하고 생각하면서도 서비스를 할 뿐이야. 그이와는 다른 원 안에서 정신없이 바쁘게 살 뿐이야. 그이는 그래도 마음이 안정되는 모양이야. 아침이 되면 다시 새로운 힘을 얻고 나가는 것 같아. 난 그리고 기다리지, 매일 똑같이. 이따금 그이가 돌고 있는 원 안으로 휩쓸려 들어가기도 해. 그러면 맞부딪혀서 불꽃이 튀어. 사랑하고 있는데도 그래! 이렇게 여자는 질질 끌려가면서 살아가게 되나 봐. 어쩌면 좋겠니?"

"너, 바보가 됐구나?"

야스코가 느닷없이 말했다.

"사치야! 어처구니없는 감정의 낭비라고!"

미치코는 숨을 삼켰다. 갑자기 한 방 맞은 기분이었다.

"내가 아직 결혼을 못했다고 결혼 생활이 어떤 건지도 모를 것 같니?"

미치코는 고개를 가로저었다.

"결혼했기 때문에 오히려 중요한 걸 잊어버리는 경우도 있지 않을까?"

"무슨 말이야?"

"가령 너 같은 사람 말이야. 자기는 좋은 부인이 됐다고 생각하고 있어. 남편을 사랑하고, 남편과 함께 하나의 삶을 쌓아올리려고 노력하고 있다고 생각하지. 그런데 남편이 자기가 생각하는 대로 해주지 않으니까 애정을 배신당한 것 같아서 걱정이지? 그래, 넌 자유로워. 자기감정에 얽매이는 경우가 있을 뿐이지. 그런데 가지 씨는 어떨까? 꽁꽁 묶여 있지 않던? 아까 네 말만 듣고도 난 알 것 같더라. 가지 씨에겐 출구가 없는 거야. 너와의 생활을 잃고 싶지 않기 때문에 발버둥 치고 있는 거 아니니? 넌 그걸 보고 있는 거야. 가만히 서서 사랑합니다, 라는 얼굴로."

미치코는 밀랍인형처럼 창백해졌다.

"내가 너였다면 출구가 없는 곳에서 함께 발버둥 치겠어. 부부만의 삶은 따로 있다는, 그런 얼굴은 하지 않겠다고."

미치코는 핏기 잃은 입술을 깨물고 고개를 숙이고 있었다.

"뭘 안다고 건방진 소릴 하고 말았네."

야스코는 혀를 내밀고 고개를 움츠렸다.

"미안."

미치코는 살며시 고개를 가로저었다.

"……그이가 야스코 같은 부인을 얻었다면 행복했을 거야, 아마."

"넌 너무 지나친 아내가 된 것 같아."

야스코가 중얼거렸다.

"그만큼 여자가 아닌 게 됐고. 아니, 그보다는 살아 있는 인간이라는 게 옳을까?"

"무슨 뜻이니?"

"아내라는 건 직업이잖아. 남자를 사랑하는 것은 여자야. 아내가 아니라고."

미치코는 야스코를 말끄러미 쳐다보았다. 무언가가 안에서 활활 타오르기 시작하는 것 같은 표정이었다.

"그만하자. 이건 그냥 미혼녀의 넋두리니까 신경 쓰지 마."

야스코는 다시 재빠른 동작으로 사과를 바구니에 넣고 나서 말했다.

"시내로 가자. 가서 실컷 노는 거야. 놀 만한 곳도 없지만."

두 사람은 시내로 가서 밤까지 시간을 보냈다. 두 사람 다 별로 말이 없었다. 그런 다음 여사원 기숙사 '백란장'으로 가서 나란히 누웠다.

미치코는 잠을 이룰 수 없었다. 가지의 품이 그리웠다. 야스코는 미동도 하지 않았고, 숨소리도 들리지 않았다.

이따금 창문으로 남쪽 하늘이 붉은색 물감을 풀어놓은 것처럼 붉게 보이는 것은 공장에서 주철을 뽑아내는 불빛이 검은 밤하늘에 비치고 있기 때문이리라.

미치코는 어두운 천장을 뚫어지게 보고 있었다. 깊은 한숨이 새어나왔다.

갑자기 야스코가 말했다.

"신경 쓰지 말라고 했잖아."

"신경 쓰는 거 아니야……. 생각하는 거야."

지금쯤 100킬로미터나 떨어진 산속에서 가지는 뭘 하고 있을까? 노무계 사무소에서 환하게 불을 밝히고 책상에 앉아 서류에 파묻힌 채 심각한 표정을 짓고 있을까? 오늘 저녁은 뭘 먹었을까? 미치코는 어느 봄날 밤에 노무계 사무소 앞의 네모난 광장에 있는 전봇대 그늘에 숨어서 가지가 나오기를 기다리던 기억을 떠올렸다. 그날의 밤공기는 얼마나 달콤했던가!

"아까 말한 거, 가르쳐줘. 어떻게 하면 되니? 출구가 없는 곳에서 함께 발버둥 치는 거 말이야."

"나도 몰라. 그런 생각이 들었을 뿐이야. 만약에 내가 너라면······."

미치코는 어둠 속을 가만히 응시하며 기다렸다.

"너, 가지 씨의 보고서를 타이핑할 때 열심히 읽었지?"

"응, 읽었지만 이해를 못했지. 그래도 읽지 않으면 마음이 놓이지 않았어."

"지금도 일과 관련된 얘기를 해주니? 읽는 거 있어?"

"아니. 귀찮아해서······."

"내가 너라면······."

야스코의 목소리가 다시 끊겼다.

"귀찮아하게 하지 않겠다고?"

"응. 알파벳 ABC의 A부터 꼬치꼬치 물어볼 거야. 말해줄 때까지. A가 끝나면 다음은 B야. 녹초가 돼서 돌아왔다고 남자가 거만하게 굴지는 않아. 함께 같은 공기를 호흡하고 싶지 않다면 결혼 같은 건 하지 않는 게 나아. 넌 가지 씨의 단추가 떨어지면 그 자리에 다시 단추를 달아주겠지? 그런데 네가 모르는 것이 있어서 단추를 그 자리에 제대로 달지 못한다면 가지 씨가 스스로 그곳을 찾아 단추를 달아야 되지 않을까? 넌 단추가 잔뜩 떨어져 있는데도 달아달라고 하지 않는 것과 같아. 나라면 말할 거야. 내가 달 수 있는 곳은 달겠지만, 여긴 아무리 해도 제대로 달 수 없으니까 달아달라고."

미치코는 긴장으로 온몸이 뻣뻣하게 굳어서 듣고 있었다.

"난 독신녀니까 내 멋대로 상상하는 거야. 신경 쓰지 말고 들어줘. 난 이 사람이다 싶은 사내가 생기면 A부터 그 사람의 속으로 몰래 숨어들 생각이야. 귀찮아하든 말든 내 알 바 아니고. 난 지식도 경험도 부족한 알몸뚱이 여자야. 체면 불구하고 뛰어드는 거지."

만약 정말로 그럴 수 있다면 결혼 생활은 분명 달라지겠지. 하지만 실제로 해보렴. 그렇게는 할 수 없을 테니까. 그렇게 할 수 있는 것은 무사태평한 때뿐이고, 그렇게 할 필요가 없을 때뿐이야. 미치코는 야스코에게 그렇게 말하고 싶었다.

하지만 야스코는 반듯이 누운 채 어둠 속에서 말을 이었다.

"넌 가지 씨가 업무나 사상의 차이 따위로 스트레스를 받고 돌아오면 그 상태의 가지 씨를 안고 이도 저도 아니라고 느끼는 건 아니니? 네가 안고 있는 것은 늘 가지 씨의 현재완료형뿐. 과거도 미래도, 가장 중요한 현재진행형도 없는 건 아닐까?"

미치코는 어둠 속에서 눈을 크게, 아주 크게 뜨고 있었다.

"말이 좀 지나쳤니?"

야스코가 손을 뻗어왔다. 미치코는 그 손을 잡고 고개를 세차게 가로저었다.

남쪽 하늘에서 다시 검붉은 불빛이 번쩍였다.

미치코는 피가 끓어오르고, 숨이 가빠졌다. 일어나서 이불 위에 단정히 앉았다. 어둠 속을 바라보며 100킬로미터 저편의 가지에게 말했다.

날이 새면 바로 돌아갈게요. 제게도 짐을 나눠주세요. 출구가 보일 때까지 함께 가요. 무슨 일이든 이야기해주세요. 당신도 모르겠으면 아는 부분까지. 당신이 잘못한 일도 말해주세요. 저도 같이 갈게요. 제게 짐을 지우는 것이 절 괴롭히는 일이라고 생각하지 마세요. 제발 부탁이니까, 절 사랑하는 일로 괴로워하지 말아주세요. 당신이 괴로우면 제게도 그 괴로움을 나눠주며 사랑해주세요.

16

깊은 가을 밤, 벌레들의 울음소리가 비처럼 쏟아져 내리는 것 같았다. 덧없는 생명을 한탄해 우는 것도 아니고 넘치는 정기를 노래하는 그 소리가 서글프게 들리는 것은 인간이라는 것이 어지간히 슬픈 존재이기 때문이리라.

가지는 미치코가 없는 텅 빈 집에서 지낼 밤을 피해 벌레들의 울음소리를 들으며 철조망 주위를 배회했다. 작업화를 신어서 발소리를 없앤 것은 역시 탈출과 관련된 집념으로부터 자유롭지 못하다는 증거다. 그는 도로와 전봇대에서 쏟아지는 불빛을 피해 깊은 풀숲 속에서 이리저리 옮겨 다녔다. 그가 움직이면 발밑 풀 속에서 벌레들이 귀를 기울였다. 그가 멈춰 서서 귀를 기울이면 벌레들은 대지로 스며드는 듯한 노래를 불렀다.

가지는 풀숲에 웅크리고 앉아 벌레들의 울음소리를 들으며 검은 하늘을 올려다보았다. 별이 떨어졌다. 그것을 배웅한 또 다른 별이 가만히 한숨을 쉬었다. 밤하늘의 별을 올려다보며 시간을 보내다 보면 인간은 대체로 바보가 되고 만다. 천체의 애환에 자신의 처지를 견주어보기 때문이다. 가지는 영혼을 하늘 밖으로 날려 보내고 잠시 바보가 되어 있었다.

뼛속까지 스며드는 추위가 밤마다 깊어지는 것을 보니 성급한 겨울이 벌써 산 너머까지 와 있는 모양이다. 가지는 싸늘해진 팔을 가만히 어루만지면서 광부 숙소의 창문으로 새어나오는 누런색의 어슴푸레한 불빛으로 시선을 옮겼다. 잠에 취해 있는 듯한 저 불빛은 모든 것을 똑똑히 목격했다. 사내들이 어떻게 잠을 자고, 어떻게 계집을 안고, 그리고 어떻게 탈출했는지를.

가지는 자신이 광부 숙소에 갇히는 장면을 상상해보았다. 그때도 왕 시양리처럼 자기가 냉정함을 유지하며 계속 적의를 품을 수 있을까, 하고. 거의 그럴 수 없을 것 같았다. 자신은 덮어놓고 반항하려고 하지 않으면 관리자의 비위를 맞추기 위해 눈치만 살피고 있을지도 모른다. 그러고 보면 왕은 자기보다 한 수 위다. 왕은 그의 아내가 일본 병사에게 강간당하고 국부에 막대기가 꽂힌 것을 눈앞에서 보았다. 그는 그것을 남의 일처럼 종이에 써서 가지에게 도전했던 것이다. 이것이 가지의 동포이자 오족협화를 주장하는 민족의 소행이라고.

가지는 왕이 썼듯이 다른 날 같은 민족의 여자가, 그중에서도 특히 미치코가, 다른 나라의 사내들에게 윤간당하고 국부에 꽃이 박히는 것을 상상하는 것만으로도 숨이 막힐 듯한 분노를 느꼈다. 도저히 왕처럼 적의 손에서 종이를 빌려 그 사실을 쓸 만한 용기는 없다. 왕은 가지보다 훨씬 높은 곳에서 자신을 비웃고 있을까?

갑자기 주변의 벌레 소리가 멎었다. 아직도 멀리 떨어진 곳에서는 시끄럽게 울고 있다. 어둠 전체가 벌레들의 울음소리에 떨고 있다. 이 부근만이 어둠 속으로 가라앉듯이 조용했다. 가지는 풀숲에서 목을 빼고 주위를 살폈다. 갑자기 온몸이 긴장되며 소름이 돋았다. 그림자 하나가 어둠 속에서 다가온다. 가지는 다리를 끌어당겨서 언제든 뛰어오를 자세를 취했다. 모든 사고가 하나의 점에 집중되어 가슴속에서 진동하고 있었다.

그림자가 가지 옆을 지나갔다. 작고 날씬한 그림자였다. 옅은 화장 냄새가 났다. 여자다.

여자는 철조망 근처까지 가서 웅크리고 앉은 모양이다. 어둠 속에 묻혀서 보이지 않았다. 가지는 풀에 스치는 소리를 조심하면서 앉은걸음으로 다가갔다. 여자는 여전히 웅크리고 앉아 있었다. 벌레가 다시 울기 시작했다. 여자가 일어섰다. 철조망 안쪽에 남자의 그림자가 나타났다.

"탈출한 줄 알았어요."

여자의 가녀린 목소리가 들렸다.

양춘란이다. 여자가 양춘란이라는 것을 아는 순간 긴장되었던 가지의 몸에서 힘이 빠져나갔다. 여자가 철조망 안으로 무언가를 던져 넣었다.

"그것밖에 사지 못했어요."

먹을 것인 모양이다. 남자는 아무 말도 없이 종이를 부스럭거리며 정신없이 먹고 있는 듯했다. 쩝쩝거리는 소리까지 들렸다.
"당신 생각만 하면 온몸이 달아올라요……."
여자는 아주 위험한 곳까지 다가갔다.
"당신이 혼자 탈출하면…… 기억해둬요! 난 이 철조망에서 죽어버릴 테니까."
"탈출 안 해."
까오의 목소리가 낮았지만 확실하게 들렸다.
"만약에 내가 탈출하게 되면 널 반드시 데리고 갈 거야."
"언제쯤?"
"……생각 중이야."
까오가 말하고 나서 두 사람의 그림자가 갑자기 어둠 속으로 가라앉았다. 가지가 주위를 둘러보자 도로의 전봇대 불빛 아래에서 경비 두 명이 아무것도 모른 채 순찰하고 있었다. 그들은 길이 점점 철조망에서 멀어지기 시작하는 지점까지 오자 밤이슬에 젖은 풀숲이 싫은지 발길을 돌려 돌아갔다.
어둠 속에서 까오가 말했다.
"탈출한 친구들이 어떻게 됐는지 아무런 소식도 없어. 그래서 널 데리고 탈출하는 게 걱정돼."
"그럼, 여기에 있어줄래요?"
여자의 목소리가 생기를 띠었다.

"일본인이 당신을 여기에서 꺼내 결혼시켜줄지도 몰라요."

"믿지 마, 그런 건!"

억센 말투가 풀숲을 통해 전해졌다.

"왕이 말했어. 곧 있으면 전쟁이 끝날 것 같대. 일본이 지는 거야. 놈들은 반드시 항복하게 되어 있대. 그때까지 우리가 죽지 않고 살아 있으면 우린 결혼할 수 있어."

여자가 꺼져 들어가는 목소리로 무언가 말했다. 남자의 쉰 목소리가 대답했다.

"네가 여기에 있다는 생각만으로도 난 참고 견딜 수 있어. ……매일 밤 만나고 싶지만, 너무 자주 오지 않는 게 좋아. 의심을 사게 되면 다 끝장이니까."

잠시 후 어둠 속에서 일어선 여자의 검은 모습이 보이고 원망에 찬 소리가 들렸다.

"아아, 이놈의 철조망!"

"자, 어서 돌아가. 순찰이 오기 전에."

남자가 속삭였다.

"조심해서 가."

여자는 느릿느릿 철조망에서 떨어져 자꾸 뒤돌아보면서 가지가 웅크리고 있는 곳을 스쳐나 어둠 속으로 사라졌다.

가지는 차디찬 풀숲 속에서 돌이 된 것처럼 움직이지 않았다. 허탈했다. 갑자기 자신이 살아가는 의미를 잃은 것 같은 기분이 들기 시작했다. 포로인 까오와 창녀인 양춘란이 가지와 미치코보다도 훨씬 밝은 미래가 약속되어 있는 것 같았다.

오늘 아침에 미치코가 한 말이 생생하게 떠올랐다. 고무풍선은 터졌어요. 아무리 당신이라도 어쩔 수 없어요. 미치코의 풍선은 오늘이라는 날의 소박한 기쁨을 말하는 것이었지만, 지금 가지가 뼈저리게 느끼는 것은 가지와 미치코 두 사람이 평생의 희망을 걸고 부풀려온 고무풍선이 지금의 일상 속에서는 이미 터져버렸다는 것이다.

전쟁은 지금 까오가 왕의 말을 빌려 말했던 것처럼 확실히 '얼마 안 있으면 끝날' 것이다. 그리고 '일본은 질' 것이다. '반드시 항복하게 되어 있을' 것이다. 가지가 침략 전쟁이 승리하기를 바란 것은 아니다. 오히려 패배를 예견했기에 나라 잃은 백성처럼 방황하고 있는 것이다. 하지만 그 패배와 동시에 가지와 미치코도 침략자의 일부로서 돌을 맞고, 침을 맞을 것이다. 내년에 이 땅에서 벌레가 울어댈 때, 혹은 그 다음 해 이 땅이 벌레들의 울음소리로 뒤덮일 무렵에는 이미 그렇게 되어 있을지도 모른다. 그들은 그날을 희망으로 삼고 살아가고 있다. 가지는 그저 흘러가는 하루하루의 사무처리를 하기 위해 살아가고 있는 것에 지나지 않는다. 무엇보다도 참기 힘든 것은 그렇게 되리라는 것을 알고 있는데도 그것을 어떻게 할 수가 없다는 것이었다.

새벽녘에 집에 돌아온 가지는 점심때까지 불안한 잠 속에 빠져 있었다. 다른 때 같으면 일요일에도 노무계 사무소로 나갔지만, 이날만은 기력을 잃고 께느른한 권태감에 깜박깜박 선잠을 잤다. 이따금 잠이 깼다가 다시 바로 잠에 빠지고, 그 사이사이에도 토막 꿈을 꾸었다. 생각해내려고 해도 결코 생각해낼 수 없는, 그러면서도 뭔가 깊은 의미가 있는 듯한 꿈뿐이었다.

잠에서 확실히 깬 것은 상반신에 부드러운 압박감이 전해지고, 익숙한 냄새가 코를 간질인 뒤였다.

미치코가 덮어 누르는 듯한 자세로 가지의 볼을 어루만지고 있었다.

"어젠 미안했어요."

미치코가 말했다. 가지는 손을 뻗어 미치코를 안았다.

"어젯밤에 생각했어요. 전 좋은 아내도 여자도 아니었어요."

가지는 미치코를 더욱 꼭 안았다. 미치코는 가지의 가슴에 얼굴을 묻고 중얼거렸다.

"잠을 잘 수 없었어요."

"여긴 당신 집이야. 한숨 푹 자."

가지는 미치코의 머리카락 냄새를 맡으며 달콤한 슬픔에 잠겼다. 좋은 남편도 좋은 남자도 아닌 것은 자기다. 틀린 길인 줄 뻔히 알고도 가고 있으면서 틀렸다는 것을 늘 괴로워하고 있다. 자기만은 어떻게든 올바른 삶을 살 수 있으리라는 환상을 버리지 못하는 것이다.

잠자코 미치코의 머리카락과 살 냄새를 깊이 들이마셨다. 이유야 어떻든 간에 그 냄새는 달콤하고, 그 육체는 보들보들하다. 팔에 힘을 서서히 가하여 여자를 온몸의 포옹 속으로 끌어들인다. 이렇게 고뇌를 잊으려고 한다. 잠깐 동안이라도 속이려고 한다.

그때 미치코가 얼굴을 들고 말했다.

"약속해줘요. 저한테도 기쁨뿐만 아니라 고통도 나누어주겠다고. 진정한 의미에서 고락을 함께한다는 평범한 약속이오. 네?"

무슨 말이냐고 묻고 싶은 듯한 표정으로 가지는 미치코를 보았다. 결코 풀리지 않을 전쟁의 주문 속으로 기꺼이 몸을 던질 놈이 과연 있겠는가?

"괴로워하는 건 나 하나로도 충분해."

"그렇지가 않아요!"

미치코는 얼굴을 붉히며 말했다.

"제가 끝까지 모르고 있다면 그건 당신 죄인 줄 알아요. 모르니까 말해주지 않는다. 그건 이제 싫어요! 당신이 걷고 있는 길은 저 역시 걷고 있는 길이에요. 당신도 길을 잃을 때가 있죠? 그럴 때 당신만 먼저 가다가 이상한 곳에 와버렸다고 갑자기 저를 당황하게 하지는 말아주세요. 길을 잃어도 괜찮아요. 길을 잃을 것 같은데 가 보겠냐고 말해준다면 난 갈 거예요. 열심히, 당신에게 뒤처지지 않도록."

"……알았어."

가지는 누운 채 고개를 끄덕였다. 머리카락을 만지작거리면서 가령 무슨 일이 일어나도 이 여자만은 잃고 싶지 않다고 생각했다.

"제 걸음이 늦으면……."

미치코는 가지의 가슴에 얼굴을 묻고 중얼거렸다.

"잠깐만 기다려줘요. 아주 잠깐이라도 좋으니까요. 네?"

"……알았어."

가지는 다시 고개를 끄덕였다.

"저도 ABC의 A를 한 번 들으면 두 번 다시 묻지 않아요."

미치코는 비로소 마음껏 웃었다.

가지와 미치코의 마음이 하나로 모아지고 있는 동안 밖에서는 또다시 사건의 싹이 자라기 시작했다.

조장 한 명이 오키시마에게 뛰어와서 보고한 바에 따르면 자기 조의 광부 두세 명이 수상한 행동을 보여서 다그쳐물었더니 어떤 사내에게서 다른 광산으로 옮기는 조건으로 선금을 10엔씩 받았다는 것이다. 다시 일이 벌어진 이상 두세 명에 그칠 일이 아니라고 생각한 오키시마는 좀 더 철저하게 조사하라고 그에게 일렀다. 조장은 선금을 준 사내의 볼에 깊은 흉터가 있는 것 같다고 했다.

오키시마는 아침 일찍부터 반나절이나 걸려 실적이 좋지 않은 조를 뛰어다녀보니 이미 20명 가까운 광부가 중간에 빼돌려졌고, 근일 중에 데리고 가 주기를 기다리고 있는 광부들이 아직도 꽤 있다는 것을 확인했다.

와타라이 중사에게 따귀를 얻어맞은 일이 오키시마의 마음의 키를 바꿔놓은 것 같았다. 설상가상으로 가지가 싸늘하게 던진 일종의 절연장도 있다. 분노는 이중삼중으로 쌓여 있었다. 그것이 이번 사건을 분

화구로 삼아 가슴속에서 무섭게 연기를 뿜기 시작했다. 코앞에서 자신을 우롱하는 놈을 그냥 놔둘 수는 없다. 붙잡아서 피를 토하게 해줄 것이다.

오키시마는 조장과 소조장에게 계책을 내려 빼돌려지는 광부가 움직이기 시작하는 순간까지 잠자코 있으라고 했다.

장명찬은 그런 줄도 모르고 늘 보던 중국 음식점의 작은 방으로 후루야를 불러냈다. 장은 가지가 언제 특수 광부들을 데리고 분뇨 건조장으로 가는지를 알고 싶었지만 후루야는 소장과 이야기를 나눈 후로 생각이 바뀌었다. 모두가 신경을 곤두세우고 있는 특수 광부의 일로 위험한 다리를 건너 작은 이득을 취하기보다도 지금은 소장을 기쁘게 해줄 만한 대책을 강구해두는 편이 더 큰 이득을 볼 수 있을 것 같았기 때문이다.

그는 애가 달아 있는 장명찬에게서 특수 광부들의 탈주에 관한 간단한 계략을 들을 수 있었다. 의외인 것은 가지의 심복인 첸이 연락책을 맡고 있었다는 것이다. 의외이긴 했지만 이것이야말로 자신의 복안을 실행에 옮길 좋은 기회가 아닌가.

"가지를 습격하지 말고 다시 한 번 해보는 건 어떻겠나?"

후루야가 꾀었다.

"가지는 이제 특수 광부들을 분뇨 건조장으로는 데리고 가지 않을 거야. 게다가 유사시에는 그자가 꽤 강해."

"세 번째가 진짜라는 말이 있지?"

장이 고개를 가로저으며 말했다.

"세 번째는 위험해. 난 바보가 아니니까. 크게 해먹고 잽싸게 튀는 거야. 후루야 씨와도 한동안 안녕이야."

"그래?"

후루야의 어두운 눈이 웃었다. 어차피 이런 놈들이 하는 짓이다. 물러갈 때는 뒷발로 모래를 끼얹고 갈 것이다. 악행에서 손을 떼기에는 지금이 적기일지도 모른다.

이때 후루야의 머릿속은 소장에게 인정을 받아 안전한 자리를 획득하기 위해 남을 밀어낼 책략으로 가득 차 있었다.

17

"가지 씨, 소장님 명령인데……."

마쓰다가 가지의 책상에 기대며 말했다. 가지의 얼굴을 마주 보며 말하는 것은 첸의 밀가루 도둑질 이후 처음이다.

"밀가루와 기름을 내주겠소."

가지가 얼굴을 드는 것을 기다렸다가 다시 말을 이었다.

"물론 일본인에게만……."

주위의 일본인 노무계원들은 희색을 띠었다. 만주인 노무계원들은 봐서는 안 될 것을 보기라도 하듯 가지 쪽을 힐끔힐끔 훔쳐보았다. 가지가 인상을 찌푸리고 있는 데 반해 마쓰다는 의기양양한 표정이다. 일전에 가지에게 반려된 안건이 그대로 실현된 것이다. 마쓰다가 소장에게서 그 지시를 받았을 때 일전의 경위를 이야기하자 소장은 언짢은 표정을 지었다. 이치상으로는 가지의 말이 옳기 때문이다. 그러나 소장이 가지의 존재를 무시하고 이렇게 말하기까지는 몇 초도 걸리지 않았다.

"비상시란 말이네, 마쓰다 군. 규정을 곧이곧대로 따르다가는 증산도 아무것도 못해. 효과가 높은 것이 있다면 임기응변의 조치로 착착 실행에 옮겨야 해."

돌격 월간이 성공리에 3개월째로 연장되려고 하던 때라 소장은 부하들을 위로할 필요를 느끼고 있던 참이었기 때문에 마쓰다는 크게 생색을 낸 셈이었다.

"당신은 반대겠죠, 반장님?"

마쓰다는 쾌감을 맛보면서 말했다.

"반대요."

가지의 얼굴에 어두운 그림자가 스쳤다.

"그러기 전에 하다못해 높은 실적을 올리고 있는 광부에게 배급해 줄 생각은 왜 못하는 거요?"

"지당하신 말씀이오. 광부를 가장 우선시하는 가지 씨의 입장에서는."

마쓰다는 콧방울을 벌름거리며 웃었다.

"하지만 유감스럽게도 당신은 이 광산의 소장이 아니다, 이 말씀이야."

가지는 후루야가 짐짓 아무것도 모르는 체하면서 소리 없이 웃고 있는 것을 눈치채고 있었고, 테이블 끝에서 자신이 어떻게 나올 것인가를 살피고 있는 첸을 줄곧 의식하고 있었다.

"내가 소장이 아니라서 당신에겐 다행이었겠군."

가지는 도발하듯 마쓰다를 보았다. 분노가 목구멍까지 치밀어 올랐다. 상대가 뭐라고 한마디라도 더 하면 곧장 터져 나올 판이었다.

마침 그때 건물 밖에서 소란스러운 소리가 들렸다. 이어서 바깥 유리창이 깨지는 소리가 났다. 노성과 비명이 예삿일이 아니었다. 모두 밖으로 뛰어나가서 보니 오키시마와 조장 몇 명이 장명찬을 에워싸고 있었다. 오키시마가 조장들에게 명해 쳐놓은 그물에 장이 걸려든 것이다.

"이놈, 끝장을 내주마."

오키시마가 깨진 유리창 조각으로 장을 찌르고, 때리고, 피투성이가 되어 울부짖고 있는 입을 걷어찼다.

"죽여버려!"

조장 한 명이 소리쳤다.

"오키시마 나리, 그놈을 우리 손으로 처리할 수 있게 해주십시오."

다른 조장이 침을 튀기면서 말했다.

"폭탄으로 확 날려버리겠소."

조장들에게는 그가 미울 수밖에 없다. 마지막 한 방울의 피와 땀까지 쥐어짜내기 위해 먹이고 입혀온 광부들이 빼돌려진다는 것은 주머니 속에 있는 것을 소매치기당하는 것보다도 훨씬 손해가 크다.

"너희들은 손대지 마!"

오키시마는 장을 건물 벽으로 내동댕이치고 소리쳤다.

"이 새끼야! 내가 허수아빈 줄 알아? 내가 보고 있는 앞에서 어디 한번 빼돌려봐!"

이번에는 장을 잡아 일으켜서 높이 치켜들었다가 거꾸로 내동댕이쳤다. 장은 신음하면서 땅바닥을 손톱으로 긁었다. 어떻게든 도망치려고 발버둥 치고 있는 것 같았다. 그러다가 결국 힘이 다 떨어졌다.

오키시마가 거친 숨을 내쉬며 가지를 사나운 눈빛으로 보았다.

"오늘은 말리지 않나?"

"말리길 바라나?"

"못마땅하다는 표정은 짓지 마! 이것으로 자네의 짐을 덜어준 거야."

오키시마가 가지의 정면에 서서 말했다.

"일반 광부들에게서도 손을 떼라고 한다면 바로 떼겠네. 하지만 그렇게 말하기 전까지는 난 나대로 할 거야. 자네의 휴머니즘은 훌륭하지만 잘못하면 성실하게 사는 인간의 숨통을 끊어놓고, 이런 놈들을 날뛰게 할 소지가 있어."

"당신 참 대단해."

가지가 내뱉듯이 말했다.

"마음에 들지 않는 놈은 닥치는 대로 후려갈기는군. 오카자키조차 혀를 내두를 정도야. 그 결과가 어떻게 될지는 돼보지 않고는 모르는 사람이야."

장은 땅바닥에 나동그라진 채 피가 섞인 침을 흘리며 신음하고 있었다. 진료소로 데리고 갈 필요가 있었다. 가지는 주위에 있는 사람들 중에서 후루야를 찾았다. 다 같이 뛰어나온 줄 알았는데 후루야는 어느새 사라지고 없었다.

"첸, 두세 명 데리고 이놈을 진료소로 옮겨."

가지는 쓰러져 있는 장명찬을 가리키며 말했다.

"옮길 필요 없어. 거기에 내버려두면 이놈의 대장이 찾으러 오겠지."

오키시마가 독살스럽게 말했다.

"내버려두란 말이야! 난 내가 한 일에 책임을 질 테니까."

"빨리 데리고 가."

가지가 첸에게 지시했다.

"진료전표에 도장을 찍는 건 나야."

그리고 오키시마를 향해서는 거칠게 내뱉었다.

"다음부터 이따위 짓을 하려거든 라오후링 밖에서 해."

18

문외한의 눈에도 중상으로 보였다. 급조한 들것으로 장명찬을 옮길 때 첸은 속으로 이제 살았구나 하고 생각했다. 실은 이 사내가 죽어주는 것이 가장 좋았다. 하지만 죽지 않아도 이 정도 중상이라면 필시 다시는 첸을 그 짓에 끌어들이지는 않을 것이다. 마음이 한결 가벼워졌다.

그러나 진료소 침대로 옮길 때 장이 헛소리 같은 신음 소리를 내는 것을 들은 뒤로 첸은 다시 불안해지기 시작했다. 장이 고통을 못 이기고 무의식중에 사건의 내막을 폭로하지나 않을까 걱정되었던 것이다.

의사가 손을 씻고 있는 동안 장은 눈을 뜨고 첸의 얼굴을 보았다.

"후루야를 불러줘."

장은 쉰 목소리로, 중국어로 말했다.

"걱정하지 마, 꼬마야. 입이 찢어져도 폭로하지는 않아."

첸은 바로 마음이 놓였다. 그리고 이 순간은 이 악당이 누구보다도 착한 사람으로 보였다.

노무계 사무소로 돌아가는 길에 첸은 후루야가 부르는 소리에 걸음을 멈췄다.

"가지는 어쩌고 있어?"

이것이 후루야의 첫 말이었다.

"뭐라고 하지 않았어?"

"아니요. 사무소에 있겠죠."

"저쪽은 어때?"

후루야는 진료소 쪽을 턱으로 가리켰다.

"후루야 씨를 찾고 있어요."

후루야는 첸을 한번 흘겨보았다.

"네가 나를 알고 있는 것보다, 내가 널 더 잘 아는 것 같아."

후루야의 입가에 스며 나온 웃음을 보고 첸은 섬뜩함을 느꼈다.

"사무소로 돌아가거든 가지에게 부상은 대수롭지 않은 것 같다고 말해. 진료소로 오지 못하게 하는 게 좋아. 널 위해서도."

쳰의 가슴속에 갑자기 무거운 덩어리가 생겼다. 한 고비를 넘기고 나니 또다시 한 고비가 기다리고 있다. 악의 인연은 끊을 수 없는 것인가 보다.

사무소로 돌아온 쳰은 후루야가 말한 대로 가지에게 보고했다. 그러나 가지는 쳰이 생각하던 것과는 전혀 다른 각도에서 반응을 보였다.

"그자는 여기 사람이 아니라 진료 절차가 까다롭군. 갔다 와야겠어."

쳰은 당황한 나머지 말이 헛나갔다.

"후루야 씨가 절차를 밟지 않을까요?"

"후루야가?"

가지는 고개를 갸웃했다.

"이상하군. 아까는 후루야가 없었는데, 만났나?"

"……네."

쳰은 잠깐이긴 했지만 가지의 눈이 자신의 가슴속을 꿰뚫어보는 듯한 느낌에 휩싸였다. 그 느낌을 감추기 위해 쳰은 다시 말했다.

"후루야 씨는 익숙하니까 괜찮을 텐데요?"

"익숙할지는 모르지만……."

가지는 이미 걸음을 옮기며 말했다.

"노무계가 다치게 한 거니까 잘못했다간 일이 커지게 돼."

"어지간히 심하게도 팼더군요."

진료소의 의사가 멍청하게 웃으며 말했다.

"왼쪽 쇄골 골절과 흉부에 내출혈이 조금 있습니다. 외상은 대단치 않습니다. 여긴 좁아서 더 둘 수가 없으니 본사 병원으로 보내는 게 좋겠군요."

가지는 고개를 끄덕였다.

의사의 손이 가리킨 문을 밀고 치료실로 막 들어가려는데 칸막이 뒤쪽에서 말소리가 들렸다.

"후루야 씨, 무타 씨한테 전보를 보내서 오키시마란 놈을……"

목소리가 갑자기 끊기고 무거운 침묵이 칸막이 뒤쪽에 낮게 깔렸다. 후루야가 황급히 장명찬의 입을 틀어막은 모양이다. 가지는 갑자기 온몸이 불처럼 뜨거워졌다. 이놈이었구나! 지난번에 첸이 두 사람의 수상한 관계를 암시한 일이 번갯불처럼 스쳤다. 좀 전에 후루야가 현장에서 모습을 감춘 것도 그 때문이었다. 이놈이었어! 칸막이를 걷어차고 뛰어 들어가고 싶은 충동을 느꼈다.

환자의 신음 소리가 길게 꼬리를 끌었다. 가지는 발소리를 죽이고 문밖으로 나왔다. 양의 탈을 쓴 늑대 같은 놈! 날 끝까지 속일 수 있을 줄 알았더냐!

담배를 한 대 피울 만큼의 시간이 흘렀다. 후루야가 나왔다. 가지를 보자 후루야의 눈 속에서 그림자가 어지럽게 흔들렸다.

가지는 담배를 던지고 짓밟았다.

"내가 올 줄은 생각 못했나 보군."

후루야는 가지의 강렬한 시선을 정면으로 받지 못하고 쩔쩔맸다.

"그자가 오키시마 씨를 고소하겠다고 해서……."

"고소하는 걸 도와주지그랬어? 각별한 사이 같던데."

가지는 말하고 나서 다짜고짜 후루야의 멱살을 잡고 끌어당겼다.

"쓸데없는 변명은 하지 마라! 날 언제까지 우롱할 수 있을 거라 생각했나?"

가지는 후루야를 업어치기 한 판으로 던져버리고 싶은 욕망을 겨우 참고 멱살을 힘껏 뿌리쳤다. 후루야는 벽에 부딪혀 쓰러지는 것은 면했지만 다시 일어섰을 때는 이미 배짱이 두둑해져 있었다. 만약 네놈이 나의 지난 잘못을 폭로한다면 네놈의 특수 광부 관리 보고의 허위와 탈출을 묵인한 일을 헌병대에 밀고해주마. 누가 더 난처해질지 두고 보자, 고.

"돈이 필요했나? 날 난처하게 만들 작정이었어?"

가지가 물었다. 후루야는 대답하지 않았다.

"양쪽 다겠지. 난 소장에게 일러바칠 생각은 없으니까 그 점은 안심해라. 대신 내 밑에는 있지 않는 게 좋을 거다."

후루야는 고개를 숙이고 있었다. 자신의 얼굴에 어떤 표정이 스쳐가더라도 상대방이 결코 알아채지 못하도록. 그리고 또 어떤 잔소리도 머리 위를 그냥 지나가도록.

"나도 자네한테는 더 이상 일을 맡기지 않을 생각이니까. 그렇다고 자네가 먼저 나간다면 몰라도 내가 먼저 자네를 쫓아내지는 않겠다. 자네가 나와 겨뤄볼 생각이라면 그것도 좋고."

가지가 차갑게 말했다.

"어느 쪽으로 할 텐가?"

"나는 노무계에 10년 동안 있었습니다……"

후루야는 고개를 숙인 채 대답했다.

"노무계 외의 일은 할 줄 모릅니다."

"먹을 게 많아서 그만둘 수 없다는 말인가? 차라리 회사를 그만두고 이 광산의 조장이 되어 날 더 속여보지그래?"

가지는 증오에 차서 비웃었다.

"진료소에 있는 자네 동료를 본사 병원으로 보낼 절차를 밟아. 비용은 무타가 부담한다. 물론 자네가 내도 상관없어. 그 정도는 벌어놨을 테니까. 노무계에선 내지 않겠다."

가지가 시야에서 사라질 때까지 후루야는 끝내 고개를 들지 않았다.

19

"알겠나, 가지 군?"

소장은 만면에 거만한 웃음을 띠며 말했다.

"그때그때의 상황이라는 것이 있는 거네. 자네는 오카자키의 사건으로 몹시 흥분해서 내게 덤벼들었네만 오키시마를 상해죄로 고발할 수는 없겠지? 자네는 우정 때문에 그렇게 할 수 없겠지만, 난 국가적으로 중요한 이 일 때문에 오카자키가 부정을 저질렀어도 굳이 눈을 감았던 거네. 알겠나?"

"……알겠습니다."

가지는 입을 굳게 다물었다. 오키시마와 후루야의 얼굴을 온힘을 다해 후려갈기는 공상만이 머릿속을 차지하고 있었다.

"오키시마 군에게는 내가 말하겠네. 큰일을 앞두고 사소한 일에 구애받아서는 안 돼. 본말이 전도되지 않도록 하게."

소장이 이번에는 위엄 있는 어조로 말했다.

"자네 같은 간부직원들의 최고 덕목은 광물을 한 덩어리라도 더 캐내서 전선으로 철을 보내 전쟁을 승리로 이끌 수 있는 발판을 마련하는 거야. 이것이 그 어느 것보다도 중요한 일이네. 다른 것은 모두 사소한 일이라는 걸 명심하게. 알겠나?"

"……알겠습니다."

가지는 습관적으로 대답했다.

그날 밤 늦게 가지와 미치코가 막 잠자리에 들려는데 거칠게 문을 두드리는 소리가 났다. 무슨 일인가 싶어 서둘러 나가서 문을 열어보니 술 냄새를 풍기면서 평소의 부리부리한 눈을 더욱 크게 번뜩이며 오키시마가 서 있었다.

"내가 없는 게 일하는 데 편할 것 같으면 그렇다고 말해주게."

오키시마가 뜬금없이 말했다.

가지는 경계하며 잠자코 있었다. 오키시마가 다시 말했다.

"어렵게 생각할 필요 없네. 그러면 그렇다고 말하면 돼."

미치코가 다테마키伊達卷(여성용의 폭이 좁은 잠옷 띠-옮긴이)를 매고 나와서 "올라오세요."라고 말해도 오키시마는 흘낏 쳐다보기만 하고 인사도 하지 않았다.

"어때?"

"취했군."

"취해서 술주정하러 온 줄 아나? 지금까지 소장님 집에서 술을 마시긴 했어도 취하진 않았어."

취하긴 했지만 필름은 끊기지 않은 모양이다.

"그럼 묻겠는데……."

가지는 오키시마의 눈의 움직임을 보며 말했다.

"갑자기 뭣 때문에 그렇게 난폭해진 건가? 경험이 일천한 내가 조급하게 구는 것을 눌러줄 줄 알아야 당신의 관록이 빛날 텐데."

오키시마는 쓸쓸하게 웃었다.

"소장도 그렇게 말하더군."

거기서 오키시마의 사고가 갑자기 다른 쪽으로 미끄러진 것 같다.

"그렇지 참, 핫뉴스가 있어."

전혀 다른 말투로 말한다.

"소장이 증산 목표를 달성해서 기분이 아주 좋더군. 돌격 월간의 공로자를 표창하겠다는 게야. 후보자가 누굴 것 같나? 현장의 오카자키는 당연하고……. 그런데 증산의 원동력이 된 노무계에서도 한 명의 스타하노프(소비에트 연방의 광부, 독자적으로 고안했다는 채탄 공정 혁신을 통해 석탄 채굴 신기록을 세운 것이 널리 알려지면서 일약 사회주의의 노동 영웅이 되었다 – 옮긴이)를 배출해야 되지 않겠나? 난 표창을 받을 만한 사람은 자네뿐이라고 말했네."

가지의 눈썹이 실룩였다. 선의인지 악의인지는 모르겠지만 쓸데없는 말을 한다. 그의 마음은 동요하기 시작했다.

"소장도 같은 의견이었네."

오키시마는 상관 않고 말을 이었다.

"내심 정해놓고 있었던 모양이야. 내가 그렇게 말했더니 고참인 내가 기분 나쁘게 생각하지만 않는다면 소장도 그럴 생각이라고 하더군. 설마 내가 기분이 나쁠 거라고는 생각하지 않겠지? 표창 자체는 별 가치가 없지만, 이보게 가지, 연말 보너스가 두둑한 것은 그렇게 가치가 없지만은 않을 걸세."

가지는 애써 무관심한 척 듣고 있었지만 연말 보너스 봉투가 저절로 머릿속에 그려지는 것은 어쩔 수 없었다. 봉투가 꽤 두툼하겠지? 미치코를 시내로 데리고 가서 따뜻한 털외투도 사주고, 지난날의 잘못을 보상해줄 수 있을지도 모른다. 그녀는 보상 같은 건 필요 없다고 말했지만 이런 식의 보상이라면 기꺼이 받아줄 것이다.

그런데 가지의 가슴속에서는 차가운 응어리가 뭉치기 시작하고 있었다. 표창을 받는다면 그 명분은 전력증강에 기여한 바가 크다는 것이리라. 수많은 전쟁 찬미자보다도 자신이 전쟁에 충실하고 공로가 있었다는 것을 만천하에 입증하는 것이다. 그것만은 피하고 싶다고 생각한 함정에 스스로 빠지는 꼴이다.

그렇다면 거부하면 된다. 하지만 어떤 말로 거부한단 말인가? 아직 소장에게서 직접 들은 것도 아닌데 그런 낯 뜨거운 말을 어떻게 할 수 있겠는가.

가지는 혼란스러운 마음을 감추려고 화제를 돌렸다.

"당신은 아직 내 말에 대답하지 않았어."

"……나 말인가? 난폭한 것이 천성이라고 하면 대답이 되겠나?"

오키시마가 도발하는 듯한 웃음을 지으며 말했다.

"내가 언젠가 우릴 전쟁이라는 기계의 작은 톱니바퀴에 비유한 적이 있었지? 오늘 밤은 다른 것에 비유해보겠네. 우리가 톱니바퀴처럼 타산이 없는 깨끗한 것은 못 되니까. 우리는 말하자면 감방의 잡일꾼이네. 언젠가 자네는 죄수의 간수가 아니라며 으르렁댔지만, 잡일꾼은 간수보다도 못해. 죄수에게 잘못이 있으면 잡일꾼이란 놈은 제 몸이 위험하니까 간수의 마음에 들려고 죄수를 두들겨 패곤 하지. 그게 우리들이네. 간수는 회사의 윗대가리들이고. 혹은 헌병 새끼들이지. 그런 겁니다, 아주머니."

미치코는 오키시마의 부리부리한 눈이 갑작스럽게 자신을 쳐다보자 당황스러웠다. 무언가 절박한 공기가 두 남자를 에워싸려는 것 같았다.

그저 형식적인 웃음이나 말로는 도저히 그 자리를 넘길 수 없는 분위기였다.

"그래서?"

가지가 나서주었다.

"그뿐이네."

오키시마는 내뱉듯이 말했다.

"이런 문제를 비유로 정리해버리는 것은 잘못된 방법이야."

가지의 목소리가 차갑게 빛나고 있었다.

"진정한 결론을 내려야 하지 않을까? 진심이 뭐야? 뭔가 있겠지?"

오키시마는 가지에게 고정된 눈을 움직이지 않았다.

"자네는 언제까지 그런 태도로 나갈 작정인가?"

"무슨 뜻이야, 그게?"

"근본적인 모순 위에 서서 그걸 정당화하려는 노력을 말하는 거네."

그 말을 듣자 가지는 시선을 떨어뜨렸다. 미치코의 부드러운 하반신 곡선이 딱딱한 문제와는 너무나 동떨어진 것처럼 보였다.

"……모르겠군, 나도."

"도망치는 건가?"

오키시마의 심각한 표정이 무너졌다.

"오해가 없도록 말해두겠는데, 난 자네를 비난하고 있는 게 아니야. 난 누누이 말했듯이 자네의 방법이 옳은 길이라고 생각했기 때문에 여태 따라왔지만, 이제는 한계가 왔다는 것을 알았네. 다시 말해서 전쟁이라는 비인간적인 현실에 인간을 놓고, 그 모순 속에서 인간을 주장하면서도 한편으로는 전쟁에 협력한다는 위험한 곡예는 이제 더 이상 할 수 없다는 거야. 자네는 이 산에 왔을 때부터 그 모순을 출발점으로 해서 언제까지고 그 모순 위를 달릴 수 있는 긴 호흡을 갖고 있는 모양이네만 나는 틀렸어."

그렇게 말하고 오키시마는 자포자기에 가까운 웃음을 지었다.

"그게 언제였더라, 내가 자네를 혈통 좋은 말이라고 했더니 자네는 누가 더 오래갈지 한번 해보자고 했지? 이 점에서는 자네가 끈기가 있다는 것을 충분히 인정하네. 생각해보면 나라는 인간이 너무 순진했는지도 몰라. 난 이 전쟁이 지든지 이기든지 간에 그 속에 휩쓸려서 살고 있네. 술을 마시고, 여자를 안으면서 말이야. 나름대로는 제법 즐기면서 살고 있는 셈이지. 있는지 없는지도 모르는 인간과 비인간의 접점을 자네처럼 끈질기게 찾아다닐 수가 없단 말일세."

"……그래서 두들겨 팬다, 그래서 자포자기가 된다, 그런 말인가?"

"……그렇게 바꿔 말해도 되겠군. 화가 나면 광부를 두들겨 패지. 이건 오키시마라는 놈이 두들겨 패는 거네. 일본인이 아니야. 그런데 자네는 어디에나 있는 한 마리의 놈팡이이기 전에 일본인이네. 그 점이 다르다는 거야. 난 거짓말을 할 생각은 없네. 극단적으로 말하자면 난 행동과 사상이 분리되어도 불합리하다고는 생각하지 않아. 불합리한 것이 이미 지천에 널려 있으니까 말이야. 나 같은 흐리터분한 사내가 그 불합리한 것들을 하나하나 탓하면서 살아가는 것이 오히려 더 불합리한 거지."

"……알았네."

가지는 낮게 중얼거렸다.

"과연 나는 당신이 완곡하게 지적했듯이 출발점이, 휴머니즘이라는 것에 대한 인식이 야무지지 못했는지도 몰라. 그렇다면 난 당신한테 동조해달라고 말할 수 있는 처지가 아니지. 당신은 당신대로 말재주를 부려서 자기 자신을 만국공통의 서민이라는 개념으로 바꿔놓고, 나와는 전혀 다른 입장에 서 있는 것이라고 선언하러 온 거군. 이 또한 크게 잘못된 것이라고 생각하지만, 더 이상 말하지 않겠네. 다만……."

"다만 그런 태도로 일을 어지럽힐 생각은 하지 말라는 거지? 알았네. 내가 방해가 되면 언제든지 말해주게. 만국공통의 서민은 깨끗하게 손을 뗄 테니까."

오키시마는 돌아갔다.

잠자리로 돌아가 앉을 때까지 가지는 내내 멍했다.

"달리 어떤 방법이 있었을까?"

말하면서 미치코의 얼굴을 보았다. 마치 지금은 그 얼굴만이 구원해줄 수 있다는 듯이.

"출발점이 잘못됐다는 것이 마지막까지 잘못됐다는 걸까? 난 당신과 함께 살기 위해 휴머니즘을 팔고 있었던 걸까? 그래서 언제까지나 모순 위에서 발버둥 치고 있고……. 다시 말해서 내가 하고 있는 것은 나사가 풀려버린, 아무 짝에도 쓸모가 없는 잡동사니란 말이지? 정말 그럴까?"

미치코는 가지의 손이 찾으면 그 품에 몸을 던져서 가지를 꼭 끌어안았을 것이다. 그녀는 이 사내의 마음을 사랑하고, 이 사내의 육체를 사랑하고, 이 사내와의 긴 미래를 사랑한 것이다.

전쟁은 그것이 두 사람을 갈라놓지 않는 한 고려의 대상이 아니었다. 전쟁은 역시나 두 사람의 육체를 갈라놓지는 않았다. 그 대신 여자가 그 누구보다도 사랑한 사내의 마음을 갈기갈기 찢어놓으려고 하고 있었다. 더구나 그녀가 사내의 고통을 함께 괴로워하는 방법을 겨우 깨닫기 시작했을 때.

"제가 없었다면 당신은 본말을 전도하거나 하지는 않았겠죠?"

미치코가 생각다 못해 물었다.

"아니."

가지는 쓴웃음을 흘렸다.

"당신이 없었다면 난 아직도 나의 어리석음을 깨닫지 못했을지도 몰라. 인간으로서의 진정한 용기가 없었기 때문에 인간다움을 가장하고 있었던 거지. 용기가 없으니까 그곳을 애정이라는 것으로 메우려고 했을 거야. 당신을 휩쓸리게 하고 싶지 않다고 말하면서 실제로는 당신을 휩쓸리게 하고 싶어서 안달하고 있는 거지."

미치코는 고개를 가만히 가로저으면서 하염없이 가지를 바라보고 있었다.

20

한바탕 소나기라도 퍼부을 것 같은 하늘이었다. 첸은 특수 광부의 저녁 급식 준비를 서두르고 있었다. 짐마차에 실은 식량을 점검하고 있을 때 후루야가 나타나서 하늘을 올려다보았다.

"비가 올 것 같아."

"네."

첸은 떨떠름하게 대답했다. 후루야가 빨리 가 주길 바랐다. 그런데 짐마차를 뒤로 하고 가 버린 것은 식량을 다 실은 창고계원이었다. 후루야가 그가 가기를 기다렸다가 불쑥 말했다.

"비오는 날 밤은 탈출하기에 좋겠지?"

늘 졸려 보이는 눈으로 첸의 표정 변화를 살핀다. 짐을 묶은 끈을 점검하고 있던 첸의 손이 떨리기 시작했다.

"첸, 급식 때문에 안에 들어가거든 전과 같이 준비되어 있으니까 오늘 밤에 탈출하라고 전해. 의심받지 않도록 조심하고."

후루야가 주위에 신경을 쓰면서 첸에게 다가섰다.

"변전소 야근자는 오늘 밤 추이가 아니고 궈야. 알고 있지? 말처럼 생기고 키가 큰 놈 말이야. 노무계의 가지가 책임질 테니 전류를 끊으라고 말하고 와."

"가지 씨가?"

"그렇게 말하면 돼."

후루야는 더 바싹 다가왔다.

"말하지 않으면 네가 한 짓을 모두 헌병대에 고발할 거야. 그렇게 되면 너는 물론 너를 믿어준 가지도 목이 달아나겠지? 그래도 좋아?"

첸은 순간 눈앞이 캄캄해졌다. 생각하려고 해도 몸의 중심부부터 떨려서 생각할 수가 없었다. 간신히 말했다.

"……장명찬이 없는데 어떻게 한다는 거죠?"

"묻거든 만두집 영감이 뒤를 봐줄 거라고 전해. 다른 일은 네가 걱정할 필요 없어. 난 소장의 명령을 받고 하고 있는 거니까. 알았어? 가지에게는 말하지 마. 만약에 조금이라도 말했다간 너는 물론 가지도 끝장이야. 네가 진동푸와 공모해서 주선하고 있는 것도, 가지가 그것을 알고도 묵인하고 있는 것도 다 알고 있어."

첸은 살아 있는 것 같지가 않았다. 절망감이 마음속 구석구석까지 먹어 들어가서 후루야의 속셈이 무엇인지 도무지 짐작할 수가 없었다.

"네가 나에게 협조만 해준다면 결코 나쁜 일은 없을 거야. 어때, 할 거야?"

"……그래도 가지 씨는……."

"널 때린 놈을 걱정하는 거야? 걱정 마. 네가 제대로만 하면 가지에게도 피해가 가지 않도록 할 테니까."

"도망가게 하고 나서 잡아들이려는 겁니까?"

"글쎄, 내가 어떻게 할 것 같아?"

후루야가 입꼬리를 살짝 올리며 웃었다.

"만약에 그렇더라도 네가 잡히는 것보단 낫겠지?"

첸은 이미 완전히 후루야의 손 안에 있었다.

"비가 오기 전에 급식을 끝내. 그리고 길에서 야근하러 가는 궈를 기다려."

후루야가 조용히, 하지만 불응할 수 없는 강압적인 어조로 말했다.

"그게 끝나면 진둥푸와 자든 말든 네 마음이다. 하지만 잊지 마라. 오늘 밤 일은 어느 누구한테도 모른 척해야 해. 네가 사는 길은 그것밖에 없어."

21

비가 내리기 시작했다.

짐마차에서 식량을 나눠주며 첸이 까오에게 물었다.

"왕시양리는?"

"아직 산에서 내려오지 않았어."

그 말을 듣고 첸은 마음이 조금 놓였다. 늘 냉정하고 머리가 좋은 왕시양리를 상대로는 아무래도 거짓말을 할 자신이 없었던 것이다.

"만약에 탈출할 생각이 있으면······."

첸은 아무렇지도 않게 말했다.

"오늘 밤밖에 없어."

비를 맞아 얼굴을 찡그리고 있던 까오의 눈이 크게 떠졌다.

"왜 그렇게 서둘러?"

첸은 얼른 대답할 말이 떠오르지 않아 주위를 둘러보았다.

"형편이 여의치 않으면 하지 않아도 돼. 단지, 내 친구가 오늘 밤을 끝으로 주간 근무로 바뀌게 되어서 그래."

정말 그럴싸한 거짓말이었다. 미리 그렇게 말할 생각이 아니었는데도 자연스럽게 나왔다.

두 사람의 대화가 도중에 끊겼다. 잠시 배식이 이어졌다. 배식이 끝났을 때 까오가 말했다.

"틀림없겠지?"

"……내가 두 번이나 전기를 끊게 한 것을 잊었어?"

첸은 너무 두려운 나머지 한기를 느끼며 창백한 얼굴로 말했지만, 그것이 오히려 화난 것처럼 보였다.

"그럼, 부탁해볼까……."

까오는 거듭 생각하고 나서 말했다.

"왕은 반대하겠지만……. 이번에 조심하지 않으면 위험하다고 했으니까. 자넬 믿고 해보지 뭐. 지난번과 같겠지?"

첸은 하마터면 고개를 옆으로 흔들 뻔했다. 사실은 이렇다고 목구멍까지 치밀어 올라온 말에 황급하게 고개를 끄덕였다.

"당신도 할 거야?"

"아니, 난 빠질 거야. 쑹이 하고 싶다고 했어."

"조심해야 하는데……."

첸은 짐마차를 돌려 허둥지둥 도망쳤다.

노무계로 돌아오자 입구에서 나오는 가지와 마주쳤다. 가지는 빗속으로 두세 걸음 나가다가 돌아보았다.

"첸, 마쓰다가 일본인에게 특별 배급을 하고 있으니까 내일이라도 내 전표를 갖고 가서 밀가루를 타다 써."

첸은 우물거렸다.

"하지만 가지 씨, 사모님이……."

"미치코? 집사람은 마음을 비웠어. 남편이 나 같은 융통성 없는 사람이라……."

가지는 미소를 남기고 빗속을 걷기 시작했다.

첸의 가슴은 마구 뛰었다. 털어놓으려면 지금밖에는 없다. 순간 후루야의 경고를 잊고 첸은 빗속에 대고 소리쳤다.

"가지 씨!"

가지는 뒤를 돌아보았다. 후루야의 경고가 금세 바이스(공작물을 끼워 나사로 죄어 움직이지 않게 고정시키는 기계 - 옮긴이) 같은 무서운 힘으로 첸의 가슴을 옥죄기 시작했다.

"……아무것도 아닙니다."

첸은 빗방울과 함께 눈물을 흘렸다.

"셰셰(감사합니다)라고 말하고 싶었습니다."

가지는 기쁜 얼굴로 웃었다.

"셰셰는 내가 할 말이야. 네가 내 마음을 더 이상 받아주지 않으면 어쩌나 걱정했거든."

가지의 기쁨은 더욱 커졌다. 오키시마와도 어딘지 모르게 서먹해진 지금 첸의 마음이 가지에게서 멀어지지 않았다는 것은 고립감을 막는 유일한 보루와도 같은 것이었다.

"늦었지만 어머님을 기쁘게 해드리게. 알았지?"

첸은 가지가 멀어지는 것을 배웅했다.

마지막 기회가 멀어진 것이다. 그렇게 느꼈다. 이제부터 변전소의 귀를 기다렸다가 후루야의 지시대로 전달한다. 새벽 1시의 사이렌을 신호로 특수 광부 몇 명이 탈출한다. 그들을 후루야가 체포한다. 체포된 자들은 헌병대에 넘겨져서 사살될 것이 틀림없다. 어쩔 수 없다. 만약 싫다고 했다간 자신이 헌병대에 넘겨질 것이다.

첸은 잿빛 황혼녘에 쏟아져 내리고 있는 빗속을 보았다. 가지는 본관 사무소로 이어지는 언덕길을 올라가고 있었다.

노무계의 유리문을 열었을 때 첸은 가장 먼저 후루야의 시선이 자신의 몸에 휘감기는 것을 의식했다. 노무계원들은 퇴근 준비를 하고 있었다. 후루야는 첸이 비에 젖은 채 의자에 무너지듯이 앉자 살며시 웃었다.

"배식은 끝났나?"

"……네, 끝났습니다."

"그럼, 이만 퇴근해."

후루야는 첸이 얼굴을 돌릴 때까지 기다리고 있었다. 첸은 절대로 후루야 쪽을 보지 않겠다고 생각하고 있었다. 그러나 그 노력은 30초도 채 가지 못했다. 퇴근하는 자들의 움직임에 이끌려 힐끗 곁눈질을 한 것이 마지막이었다. 후루야가 턱짓으로 불렀다. 첸은 꼭두각시 인형처럼 일어나서 갔다.

"소장에게 너한테 시킨다고 말해놓았어."

후루야가 나지막한 목소리로 으름장을 놓았다.

후루야의 책상 뒤로 사람이 지나갔다.

"안색이 안 좋군. 첸, 어서 돌아가서 쉬어."

두 사람을 주의 깊게 보는 사람은 아무도 없었다.

"네가 걱정할 건 아무것도 없어. 말한 대로 궈에게 전달하기만 하면 돼. 이번 일이 잘되면 너도 소장에게 포상을 받을 거야."

첸의 비에 젖은 몸이 부들부들 떨렸다. 열이 나는 것 같았다. 이 자리에서 혼절해버리면 좋겠다고 생각했다.

"이만 돌아가. 나머진 내가 잘 처리할 테니까."

첸은 그 말을 멍한 기분으로 들었다.

괴로움이 송곳 같은 날카로움으로 마음을 찌른 것은 빗속을 걷다가 앞에서 구부정한 자세로 걸어오는 덩치 큰 사내의 모습을 보고 난 뒤였다. 말상의 키가 큰 궈다. 첸은 멈춰 서서 지금 이 몇 초 동안 남을 죽이느냐 자신을 사지로 몰아넣느냐를 결정해야 했다.

덩치 큰 사내는 등을 구부린 채 주위도 살피지 않고 곧장 걸어왔다.

그러다가 하마터면 첸과 부딪힐 뻔하고는 고개를 들었다.

"별나긴! 빗속에서 무슨 생각을 하고 있는 거야?"

귀가 누런 이를 드러내며 말했다. 첸은 잠자코 몸을 비켰다.

"어디 아파?"

첸은 고개를 가로저었다. 상대는 잇몸까지 드러내며 웃었다.

"그렇다면 여자든 돈이든 둘 중 하나겠군? 아니면 둘 다인가? 대개가 그렇지."

첸은 다시 고개를 가로저었다. 덩치 큰 사내는 빗속에서 정신이 나간 듯한 청년을 상대하는 자신이 바보같이 느껴졌다. "잘 가게." 하고 성큼성큼 뛰어갔다.

첸은 갈피를 못 잡는 기묘한 기분으로 뛰어가는 그를 보고 있었다. 후루야를 배신함으로써 복수한 것 같은 기분이 들었다. 그와 동시에 일본인 밑에서 살며 입신을 꾀하는 길이 이제는 영영 닫혀버린 것 같은 기분도 들었다. 뿐만 아니라 당장 내일이 어떻게 될지 걱정이었다. 내일 아침 그 무시무시한 헌병이 성큼성큼 걸어 들어와서 그를 잡아갈지도 모른다.

아니 모든 것이 끝난 것은 아니다! 어디 가서 좀 쉬자. 어디서? 그래, 진동푸에게 가자. 그런 다음 변전소에 가서 까놓고 얘기하고 오면 된다. 아니면 차라리 철조망으로 가서 까오에게 아까 한 얘기를 취소한다고 말하고, 후루야에게 반항하든가……. 장명찬과 후루야의 관계를 폭로하고 다 같이 죽는다. 그것도 재미있지 않은가. 어느 쪽이든 일단 좀 쉬고 나서다.

챈은 비에 젖은 닭 같은 몰골로 진동푸에게 갔다.

22

여인의 풍만한 육체도 챈에게 용기를 북돋아주지는 못했다. 진동푸가 도발하면 도발할수록 챈의 육체는 위축되었다. 욕정은 타오르는데 근육이 말을 듣지 않았다.

"왜 그래? 짜증나 정말!"

여자가 경멸하듯이 말했다. 챈은 여자의 젖무덤 사이에 얼굴을 묻고 신음했다.

"난 이제 어쩌면 좋지?"

여자는 사내의 얼굴을 들어 올리고 침착함을 잃고 초조해하는 눈빛을 보았다.

"이제 당신과도 만나지 못하게 될 거야, 아마."

여자의 몸이 움찔 떨렸다.

"들켰어?"

"그 정도가 아니야. 내가 함정에 빠진 것 같아."

진동푸는 이야기를 듣고 나서 돌처럼 잠자코 있었다. 사내의 몸을 위에 태운 채 이번엔 여자의 육체가 위축되어갔다.

날은 완전히 저물고 비는 점점 거세졌다. 두 사람은 함석지붕을 두드리는 불길하고도 요란한 빗소리를 듣고 있었다.

"어떡할 거야?"

여자가 생각다 못해 물었다.

"어떻게 할지를 모르겠어. 어느 쪽이든 결과는 나쁠 거야. 어쩌면 좋을까?"

"……변전소에 가서 끊게 해."

여자의 말투가 강하게 변했다.

"돌을 금으로 바꿀 수는 없잖아!"

"내가 붙잡히게 한 걸 알면 그들은 날 틀림없이 죽이려고 들걸?"

"일본인에게 부탁해서 업무를 바꿔달라고 해봐."

"당신은 남의 일이라고 참 쉽게 말해."

첸은 여자에게서 몸을 떼고 불만스러운 듯 말했다.

"체포하고 나서 탈출 계획이 이랬구나 하고 우릴 전부 잡아들이지 말란 법도 없잖아."

"그럼, 어떡할 건데?"

첸은 내리치는 빗소리를 잡아먹을 듯이 천장을 뚫어져라 쳐다보고 있었다.

"날 놀라게 하지 마. 후루야의 꾐에 넘어가놓고 이제 와서 그런 소리를 하면 어떡해?"

"날 끌어들인 건 당신이야."

첸은 여자의 얼굴을 보았다. 그러고 나서 시선을 떨어뜨려 여자의 알몸을, 마지막으로 여자의 음부를 보았다. 방금 전까지 그의 피를 끓게 하고, 그에게 황홀한 쾌락을 안겨준 그 부분은 거무칙칙하니 정말이지 불결하게 보였다.

느닷없이 일어나 앉은 사내의 몸에 여자는 황급히 팔을 감았다.

"어쩌려고?"

"가서 까오에게 그만두라고 해야겠어."

"문으로 들어갈 수 있어?"

"아니, 밤에는 안 돼."

"이렇게 비가 오는데, 아무도 밖으로는 나오지 않을 거야."

"……어쨌든 가 볼 거야."

여자는 사내의 몸을 감은 팔에 힘을 주었다.

"잠깐만. 좋은 생각이 났어. 춘란이를 보내면 어때? 그게 낫겠어."

그게 나을지도 모른다. 첸은 빗소리를 들으면서 생각했다. 만약에 후루야에게 들켜도 양춘란이라면 안심이다.

사내의 몸에서 힘이 빠진 것을 알고 여자는 일어나서 사내를 침대 위에 밀어 쓰러뜨리고 나갔다.

잠시 후 돌아온 진동푸는 첸 위에 몸을 던지고 그녀 자신이 공포를 잊기 위해 사내의 육체를 파고들었다.

양춘란은 좀처럼 돌아오지 않았다. 우비 대신 마대를 뒤집어쓰고 사랑하는 사내를 만나러 간 그녀는 철조망 옆 어둠 속에 웅크리고 앉아 흠뻑 젖은 채 하염없이 기다리고 있을 것이다.

첸은 기다리다 못해 속이 바작바작 타들어갔다. 애욕에 찬 여자의 기교만으로는 마음속에 깃든 초조함과 불안을 달랠 수 없었다. 진동푸는 소주를 가지고 와서 신경질적으로 마시기 싫어하는 첸에게 입으로 물어다 몇 번인가 억지로 마시게 했다. 그러는 동안 젊은 사내는 자포자기의 심정이 되었다. 동푸는 잔에 찰랑찰랑하게 술을 따랐다.

"쭉 들이켜. ······어머, 옆방에선 축제가 시작되었네?"

첸은 귀를 기울였다. 얄팍한 벽 너머에서 옆방의 남녀가 몸을 섞는 소리가 들렸다. 남자와 여자는 이렇게 서로를 속인다. 큰 소리로 외치고 싶었다. 첸은 소주를 단숨에 마셨다. 목이 타들어가는 것 같았다. 갑자기 칸막이벽이 일그러져 보였다. 여자의 얼굴이 점점 보랏빛으로 변하기 시작했다. 파도에 흔들리고 있는 듯했다. 여자의 팔이 목에 감겨왔다. 방금 전 불결하게 느꼈던 여자의 음부도 불결하지 않았다.

양춘란이 비에 흠뻑 젖어서 추위에 떨며 돌아왔을 때 첸은 잠에 빠져 있었다.

"못 만났어요."

춘란은 이를 딱딱 부딪치면서 말했다.

"그이가 정말로 탈출한다고 했어요?"

"누구한테도 들키지 않았지?"

동푸는 춘란의 시체처럼 싸늘한 몸을 방 안으로 끌어들이며 목소리를 죽이고 물었다.

"캄캄했는데 뭐. 비는 억수같이 쏟아 붓고. 아무것도 보이지 않았어요. 그런데 정말로 그이가 탈출한다고 했어요?"

"정말로 아무한테도 들키지 않은 거지? 속 타 죽겠다!"

두 여자는 서로 전혀 다른 얘기를 하고 있었다.

"어쩌지?"

진동푸는 머리카락을 쥐어뜯었다.

"그이가 혼자서 도망가 버리면 난 죽어버릴 테야!"

양춘란은 아직도 핏기가 돌아오지 않은 손을 비비며 말했다.

"전류를 끊게 해야 돼! 일본인을 화나게 하면 어떻게 될지 몰라……"

동푸는 이성을 잃은 눈으로 좁은 방 안을 둘러보았다. 첸은 고뇌를 잊은 채 잠에 빠져 있었다.

차가운 비는 더욱 더 세차게 쏟아지고 있었다.

23

위안소의 낡은 시계가 들릴 듯 말 듯한 소리로 12시를 알렸다.

첸은 침대에서 일어나 앉아 사발을 뒤집어쓴 것처럼 무거운 머리를 흔들었다. 머릿속이 뿔뿔이 흩어져 제각기 놀고 있는 것 같았다.

"어떡하지?"

진동푸는 같은 말을 몇 번이나 되풀이하며 첸에게 매달렸다.

"가장 좋은 방법은……"

첸이 힘이 전혀 없는 목소리로 말했다.

"가지 씨한테 모든 걸 털어놓는 것일지도 몰라."

"그건 안 돼, 그것만은!"

동푸가 거의 소리치듯이 속삭였다.

"그 사람은 평소엔 다정한 것 같지만 그런 사람이 더 무서운 법이야. 화가 나면 무슨 짓을 할지 모르잖아!"

그것도 그렇다. 가지를 화나게 했다가 어떤 일이 벌어질지 모른다. 첸은 피가 울부짖고 있는 듯한 머릿속에서 그때의 일을 떠올렸다. 무서울 정도로 창백해진 가지의 얼굴과 날카로운 눈이 떠올랐다.

생각해보면 그때부터 첸의 발은 진흙탕 속에 빠지게 되었다.

첸은 침대에서 일어나 감겨드는 여자의 손을 뿌리쳤다.

"시간이 없어. 어떻게든 해야 돼."

첸은 방 밖으로 나왔다. 여자가 말했다.

"곧바로 돌아와서 어떻게 됐는지 말해줘, 응? 당신과 난 같은 배를 타고 있는 거야!"

여자의 얼굴에 진땀이 맺혀 있었다. 첸이 처음 품은 여자. 포옹은 했지만 인생은 잿빛이었다. 그렇게 격렬하게 살과 살을 맞대고도 시간이 흐르고 나면 그것이 어떤 것이었는지 도무지 생각나지 않았다. 허무했다. 무엇 때문에 그렇게 발버둥 쳤는지 통 그 까닭을 알 수 없었다.

비는 약해져 있었다.

"변전소로 가는 거지?"

여자의 목소리를 등 뒤로 듣고 첸은 다리를 건넜다.

전류를 끊게 할 생각은 없었다. 마음은 짓물러 있었지만, 동포를 팔 결심은 서지 않았다. 철조망 쪽으로 걸음을 옮겼다. 어떻게든 될 것이다. 4호 숙소 근처로 가서 창문에 돌을 던져 까오를 불러내어 탈출을 중지시킬 것이다. 그리고 그길로 가지의 집으로 가서 이번에야말로 모든 것을 털어놓으리라. 두들겨 맞아도, 발길에 차여도. 그 다음이 어떻게 될지는 생각하지 않았다.

4호 숙소는 거기에 있었다. 창문 불빛이 어둠 속에서 작고 누렇게 보였다. 쥐 죽은 듯 고요했다. 한 시간쯤 후에 무슨 일이 일어나리라고는 생각할 수조차 없었다.

첸은 젖은 풀숲으로 발을 들여놓았다. 발밑에서 두 개의 그림자가 불쑥 일어났다. 소리를 지를 틈도 없었다. 팔이 비틀려 넘어져서 정신이 아찔해질 정도로 두들겨 맞았다. 손전등이 한 번 빛나더니 바로 꺼졌다.

"이럴 줄 알았어."

서 있는 사내가 말했다. 후루야의 목소리였다. 첸은 자기 위에 올라탄 사내가 가슴에 딱딱한 것을 들이대고 있는 것을 알았다. 모젤 2호 권총이다. 결국은 살아날 구멍이 없지 싶다. 어둠 속에 아직도 많은 복병이 숨어 있는 것 같았다. 후루야가 비번인 현장 경비를 출동시켜 철조망 주위에 배치해놓은 것임을 알았다.

"양다리를 걸치면 목이 달아나, 이 멍청한 새끼야."

후루야가 쭈그리고 앉아서 말했다.

"이 새낄 어떡하지?"

올라탄 사내가 물었다.

"이 자식, 심부름을 시켜놓았더니 막상 일이 시작되려니까 무서워졌겠지."

후루야는 첸의 상반신을 잡아 일으켰다.

"내가 말한 대로 했지?"

첸은 이가 덜덜 떨렸다. 어둠 속이라 잘 보이지는 않았지만 코끝에 들이대고 있는 모젤 2호가 언제 불을 뿜을지 모를 일이다.

"……했습니다."

떨면서 겨우 대답했다.

"그만큼 주의를 줬으니 가지에게는 말하지 않았겠지?"

"……말하지 않았습니다."

후루야는 어둠 속에서 씨익 웃었다. 가지는 모른다. 내일 자기가 도망자를 체포했다는 것을 알면 어떤 표정을 지을까? 후루야는 입술을 적시고 있는 차가운 빗방울을 핥았다. 가지는 지금쯤 미치코를 끌어안고 자고 있을 것이다. 미치코의 잘록한 허리와 포동포동한 엉덩이가 후루야의 눈앞에 아른거렸다.

그래, 실컷 엉덩이나 만지며 놀아라. 그러는 것도 이제 얼마 남지 않았다. 오늘 밤 일만 제대로 끝나면 네 허위 보고서를 헌병대에 밀고해주마. 난 도망자를 체포한 공로자다. 넌 쫓겨날 게 분명해. 네가 쫓겨나면 본사에선 이제 아무도 보내지 않을 거야. 따라서 내 지위가 올라가게 되고, 업무상 필요한 인물로 소집을 면제받는 특별 신청도 하게 될 거야.

후루야는 학교를 나온 지 4년밖에 안 된 자가 10년을 이 산에서 파묻혀 지낸 자신보다 행복하게 사는 모습이 도저히 참을 수 없었던 것이다.

내가 먼저 쫓아내지는 않겠다, 고? 후루야는 진료소에서 가지에게 들은 말을 떠올렸다. 자네가 나와 겨뤄볼 생각이라면 그것도 좋다, 고? 재미있군! 그래, 겨뤄보자. 겨루기를 해서 내가 널 쫓아내주마!

"네가 내 말대로 했는지 어떤지는 이제 곧 알게 되겠지."

후루야가 첸에게 말했다.

"만약 배신했다면 대가리에 한 방 제대로 먹을 줄 알아라. 각오는 되어 있겠지?"

모젤 2호를 든 사내가 총구를 첸의 머리에 쿡 찔렀다.

"난 도망자의 길잡이를 하는 널 보고 사살한 것이 되겠지."

그 사내가 재미있다는 듯 말했다.

"금일봉감이군. 띵호와!"

첸은 궈에게 전류를 끊게 하지 않은 것이 천추의 한으로 남을 것만

같았다. 그는 당황했다. 지금이라도 변전소로 달려갈까?

"후루야 씨."

그 목소리는 메마른 목구멍에 달라붙어서 밖으로 나오지 않았다. 말할 기회를 놓친 첸은 입을 다물어버렸다.

어쩌면 아무 일도 일어나지 않을지도 모른다. 왕시양리는 산에서 내려와 숙소에 있을 것이다. 이번엔 조심해야 한다고 했다니까 탈출을 중지시킬지도 모른다. 냉정한 왕이라면 그럴 수도 있다. 당황하면 어이없는 꼴을 당할 수도 있다. 만약 탈출이 결행된다면 여기서 보고 있다가 그때 소리치면 된다.

비는 멎었다. 어둠은 마치 때를 기다리고 있는 듯 고요했다. 첸은 바들바들 떨고 있었다.

"나왔다!"

모젤 2호를 든 사내가 나지막하게 소리쳤다.

철조망 안쪽에서 몇 개의 검은 그림자가 움직인 듯했다. 그 그림자는 곧장 어둠 속에 묻혀서 보이지 않게 되었다. 필시 땅바닥에 엎드렸지 싶다. 갑자기 어둠 전체가 달려드는 듯한 공포가 첸을 사로잡았다. 그것은 가슴을 짓누르고 목을 졸랐다. 첸은 나지막하게 신음 소리를 냈다. 후루야가 첸의 옆구리를 찔렀다. 첸은 절망적인 힘을 짜내 후루야에게 속삭였다.

"후루야 씨, 변전소는 아직……."

"뭐?"

후루야가 되묻는 것과 동시에 산 중턱에서 사이렌이 울기 시작했다. 첸은 철조망 쪽으로 소리치려다가 순간 주저하며 모젤 2호를 보았다. 그리고 나서 일어서려고 했다. 그때 철조망에서 불꽃이 몇 번 튀었다. 무시무시한 비명소리가 어둠을 찢었다.

"개새끼!"

후루야가 첸의 멱살을 잡았다.

"죽고 싶어?"

첸은 후루야의 손을 뿌리쳤다. 어둠도, 불꽃도, 공포도, 여자도, 이미 아무것도 없었다. 첸은 뛰기 시작했다. 뛰고 넘어지며 그대로 철조망으로 뛰어들었다.

24

전류가 멎고 새카맣게 그을린 다섯 구의 시체가 철조망에서 끌려나올 때까지 가지는 어둠 속에서 말뚝처럼 우뚝 서 있었다. 옆에서 후루야가 오키시마에게 자초지종을 이야기하고 있었다. 가지의 심복인 첸이 가지의 신뢰를 빌미로 탈출의 길잡이 노릇을 했다는 것은 바꿔 말하면 가지가 얼마나 맹목적이었느냐는 말이 된다. 그것을 후루야는 돌려 말하기는 했지만 계속 빈정거리면서 오키시마에게 말하고 있었다. 오키시마는 아무 대답도 하지 않았다.

"난 분명히 맹목적이었어."

가지가 불쑥 후루야에게 말했다.

"하지만 내가 맹목적이었던 것은 첸을 신뢰한 것이 아니라 자네가 이토록 악의적으로 사건을 조작하고 있다는 걸 알아차리지 못했다는 거야."

후루야는 왔다 갔다 하는 노무계원이 들고 다니는 칸델라르의 흔들리는 불빛으로 가지의 안색을 살폈다. 똥을 씹은 것 같은 표정에 눈만 강렬한 빛을 뿜고 있었다.

"가서 소장님한테 자네의 공을 자랑하고 와."

가지가 억눌린 목소리로 말했다.

"오키시마 씨 앞에서 자네에게 확실히 말해두지. 난 자넬 해고할 권한은 없지만 노무계의 인원 배치는 내 권한이야. 오늘부터 자네는 책상을 지문실로 옮기도록 해. 자네가 앞으로 취급하게 될 것은 만주인들의 지문계로서 만주인 광부들의 손가락뿐이야. 노무 현장의 일에는 일체 관여하지 마. 받아들이지 못하겠다면 소장님한테 말해. 소장님이 뭐라든 내가 있는 한 자넨 지문실에서 나올 수 없어. 다른 일을 하고 싶다면 소장님에게 말해서 날 해고시켜야 할 거야."

후루야는 오키시마의 안색을 살폈다. 오키시마는 미소조차 짓지 않았다. 후루야는 그 자리를 떠났다.

숙소 담 곁으로 특수 광부들이 시커멓게 몰려들었다. 그 무리들 속에서 까오가 가지를 사나운 눈초리로 보고 있었다. 이번 참사는 저놈의 못된 꾀에서 비롯된 것으로밖에 볼 수 없어. 기회만 되면 저놈을 철조망에 매달고 말겠다! 까오는 마음속으로 몇 번이나 그렇게 맹세했다.

가지는 왕시양리를 찾아 걸어갔다.

"왕, 또 종이와 연필을 줄까? 이번 일도 쓰고 싶겠지? 자기비판을 말이야. 너만 항상 옳은 것은 아니다. 이게 내 경고를 무시하고 네가 잘못된 지도를 한 탓이라고는 생각하지 않나?"

왕은 완벽하게 무표정한 얼굴로 잠자코 있었다. 오키시마가 옆에서 말했다.

"마침내 인간 구이가 만들어졌군. 먹지는 않을 건가? 너희들은 우릴 믿지 않았다. 우리가 한 말이 실행되는 것을 직접 눈으로 보기 전까지는 결코 믿지 않기로 결심하고 있었다. 너희들은 자기 머릿속에 뇌수가 들어 있는 것도 믿지 않을 것이다. 자기 눈으로는 그것을 볼 수 없을 테니 말이다. 그 결과가 인간 구이다. 자업자득이라고 생각해라."

오키시마는 말이 끝나자마자 가지를 힐끗 보더니 휑하니 가 버렸다.

가지는 오키시마에게 남아달라고 부탁하려다가 그만두었다. 자기가 손을 떼라고 한 사람에게 이제 와서 남아달라고 할 수는 없는 노릇이었다.

가슴속을 싸늘한 바람이 지나가는 듯했다. 특수 광부들은 여전히 검은 덩어리가 되어 가지를 지켜보고 있었다. 칸델라르 불빛의 흔들림에 따라 몇 십 개인지 모를 눈이 어둠 속에서 기괴하게 반짝였다. 넌 살인자다, 우리들의 동료를 죽였을 뿐만 아니라 자기 부하까지 태연하게 죽인 놈이다, 라고 말하면서.

가지는 옥죄어오는 고독감에 몸부림을 쳤다. 광부들은 가지가 그 고독감 때문에 자멸할 것을 알고 있기라도 한 듯 아무 말 없이 지켜보고만 있다. 만약 다음 일이 일어나지 않았다면 그는 검은 집단의 침묵과 참혹한 죽음의 압박을 견디지 못하고 오키시마처럼 폭력으로 활로를 찾으려고 하거나, 미친놈처럼 소리를 지르며 날뛰었을지도 모른다.

마침 그때 아직 채 밝지 않은 어둠 속을 양춘란이 머리카락을 흩날리며 뛰어왔다. 그녀와 진동푸는 밤새 첸이 돌아오기를 기다리고 있었다. 그러다 차츰 불안이 심해져서 참을 수 없게 된 춘란은 동푸가 말리는 것도 뿌리치고 어둠 속으로 나왔다. 철조망 쪽에서 칸델라르 불빛이 몇 개나 분주하게 왔다 갔다 하는 것이 보였다. 예삿일이 아니었다. 그것은 곧장 까오의 신변에 변고가 일어난 것으로 연결되었다. 춘란은 이미 앞뒤 분별도 없이 뛰기 시작했다.

그녀는 철조망 바깥쪽에서 오른쪽으로 뛰고 왼쪽으로 비틀거리면서 사내의 이름을 부르짖었다. 부끄러움도 망설임도 내팽개치고 여자의 본능을 있는 그대로 드러내듯 미쳐 날뛰는 그녀의 부르짖음은 그때까지 검은 바위처럼 침묵에 잠겨 있던 집단을 뒤흔들었다.

까오는 동료들에게 떠밀려 앞으로 나왔다. 춘란은 사내를 본 순간 다리가 꺾인 듯 털썩 주저앉더니 메마른 소리를 지르며 울기 시작했다. 단편적으로 호소하는 종잡을 수 없는 여자의 말을 짜 맞춰서 가지는 겨우 첸이 연락을 취한 것은 까오였다는 것, 춘란은 까오가 철조망에 걸려서 죽은 줄 알고 있었다는 것을 알 수 있었다. 까오는 여자가 미쳐 날뛰는 것이 너무 이상해서 달래줄 말도 생각나지 않는 듯 무의미하게 동료들 쪽을 돌아볼 뿐이었다.

"죽은 건 쑹이야."

가지가 말했다.

"쑹과 세 사내와 노무계의 첸이야."

양춘란은 흐느껴 울면서 철조망이 닿을락말락한 곳까지 무릎걸음으로 다가왔다.

"도망갈 리가 없다고 생각했어요. 그렇게 말했어요! 그렇게 말했다고요!"

사내를 갈구하듯 보고 있는 여자의 눈은 굶주리고 고독한 야생의 암컷 그대로였다.

"춘란, 실수로 동료들을 죽인 자의 얼굴을 잘 보고 돌아가."

가지가 또 말했다.

"그리고 돌아가서 진동푸에게 전해. 난 더 이상 추궁하지 않겠다고."

밤은 아직 밝지 않았다. 시커멓고 거대한 산등성이에 몰래 다가온 새벽이 조심스레 산마루를 붉게 물들이고 있었지만…….

25

사건 뒤처리를 끝내고 가지가 집에 돌아가려고 했을 때 날은 완전히 밝았다. 비를 뿌리던 하늘은 산뜻하고 파란 피부를 드러내기 시작했다.

미치코는 촉촉이 젖은 숲속 길로 가지를 맞으러 내려갔다. 가지가 오는 모습이 저만큼 멀리서 보였다. 항상 떡 벌어져 있는 어깨가 조금 꾸부정하니 처져 있는 것 같았다. 가지는 미치코와 얼굴이 마주칠 때까지 그녀가 나와 있는 줄도 몰랐다. 또 하나 새롭게 생긴 부담이 잿빛 표정에 새겨져 있었다.

"……너무 신경 쓰지 마세요."

미치코가 다 안다는 얼굴로 따뜻하게 말했다.

"어떻게 알았어?"

"날이 새기 전에 오키시마 씨가 창문 너머로 보이기에 물어봤어요."

"첸, 그놈이……."

말을 뚝 멈췄다. 이제 와서 무슨 소용이 있단 말인가. 첸은 이미 죽었다. 어제 저녁, 빗속에서 첸과 가지는 짧았지만 그런 만큼 진실한 말로 화해했다. 그것이 아무 도움도 되지 못했단 말인가.

"왜 나한테 말하지 않았을까?"

"두려웠을 거예요, 아마."

"내가 때릴까 봐?"

미치코는 고개를 가로저었다. 그렇지 않다고 믿고 싶었다. 그럴지도 몰랐다. 그렇다 해도 가지와 첸은 화해했고, 미치코는 미치코 나름대로 가지를 대신해서 진심으로 사과할 생각이었다. 첸은 용서해주었을 것이다.

"오키시마 씨가 그랬어요. 당신이 이번 일 때문에 또 굉장히 마음을 쓸 거라고요. 오키시마 씬 참 따뜻한 사람이에요. 요전날 밤에는 그렇게 무섭더니."

"신경 쓰지 말아야지."

가지는 자기 자신을 부추기듯이 말했다.

"내 개인적인 잘못은 고치면 되고, 고칠 거야. 하지만 고쳐지지 않는 것도 있겠지?"

미치코는 가지의 매달리는 듯한 시선을 받으며 고개를 끄덕였다.

"내가 일본인인 것은 내 죄가 아니야. 그런데 내 죄 중에서 가장 큰 죄는 내가 일본인이라는 거야. 첸은 내가 때렸어도 당신을 좋아했고 내 기분조차 이해해주었어. 그런데 이렇게 되고 말았어. ……후루야, 이 죽일 놈!"

가지의 목소리가 갑자기 거칠어졌다. 돌이킬 수 없는 슬픔과 후회는 분노 쪽으로 방향을 바꾸고 있었다.

"그 새끼를 날뛰게 만든 건 소장이야. 이제 다시는 아무도 광부들과 관련되어서 멋대로 날뛰게 놔두지 않겠어."

미치코는 고개를 끄덕였지만 새로운 불안을 느꼈다. 앞으로 더 큰 문제가 생길 것 같은 예감이 드는 것이었다. 그녀는 분위기를 바꾸려는 듯 웃으며 말했다.

"집에 가요. 가서 뜨거운 된장국을 마시고 기운 내요."

"으응, 그래."

가지는 골짜기의 광부 숙소를 한 번 돌아보고 나서 다시 말했다.

"그렇게 하자."

골짜기를 메운 광부 숙소에서는 하얀 연기가 피어오르고 있었다.

26

첸의 죽음은 자살이었기 때문에 첸의 노모는 규정에 따라 100일분의 일급에 해당하는 회사의 조의금도 받을 수 없었다.

가지는 40명의 노무계 직원들에게 조의금을 모았다.

"자네와 내가 금액의 3분의 1쯤 부담하세."

오키시마가 제안했다.

"죽기 전에 돈을 그만큼만 줬어도 죽지 않았을 거라고 첸은 말하겠지만 인생이 그런 거지 뭐. 항상 지나고 난 뒤에 깨닫게 돼."

가지는 하고 싶은 말이 잔뜩 있었지만 한 마디도 할 수 없었다. 그저 쓴웃음만 지었을 뿐이다. 하지만 쇼하이가 후루야의 돈을 가지고 왔을 때는 거친 목소리로 쏘아붙였다.

"가지고 가서 후루야에게 전해. 조의금을 보태고 싶으면 직접 나한테 가지고 오라고."

쇼하이는 눈을 껌벅이면서 다시 가지고 돌아갔지만 후루야는 오지 않았다.

일급 100일분을 웃도는 조의금에 밀가루 한 포대를 더 들고 가지가 병든 노모를 문안하러 갔다. 처음 보는 첸의 어머니는 가지가 상상하던 대로 몸집이 작고 전족纏足(중국에서 여자의 발을 인위적으로 작게 만들기 위해 헝겊으로 묶던 풍습-옮긴이)을 했으며, 관자놀이와 이마 한가운데에 고름을 빼낸 검붉은 흉터가 있고 미간에 늘 주름이 잡혀 있는 노파였다.

그녀는 온돌방에 누워서 가지가 내민 돈을 받더니 얼른 베갯맡에 있는 빈 양철 깡통에 넣고 자줏빛이 된 입술을 우물우물 움직였다. 고맙다는 말 같은 건 하지 않겠수다, 줄 걸 줬으면 어서 돌아가요, 라고 말하는 듯한 험악한 표정이었다. 그녀의 목소리는 끝내 한 마디도 들을 수 없었다. 눈물도 목소리도 이미 말라버렸는지도 모른다. 산둥山東에서 그 작은 전족으로 비트적비트적 건너와서 여기서 인생의 후반부를 보내고 지금은 인생의 종점에 누워 있는 그녀는 이승에서의 마지막 추억으로 고향에 돌아가 허풍을 떨고 싶은 마지막 희망이 산산이 깨진 것이다.

가지는 노무계 사무실을 드나들 때마다 비어 있는 첸의 자리를 쳐다보는 버릇이 생겼다. 또 그 순간에는 첸을 그 상황으로 몰아넣은 최초의 동기가 된 자신의 폭력 행위가 증오에 가까운 고통과 후회를 동반하여 꼭 생각났다. 가지의 주먹이 첸의 얼굴로 날아가지만 않았다면, 그는 무시무시한 파멸의 구렁텅이로 굴러떨어지지는 않았을지도 모른다. 하지만 그렇다고 해도 왜 첸이 중도에 그만둘 수 없었는지, 그 답을 알고 있을 후루야는 가지의 증오를 피하듯 지문실에서 숨소리조차 죽이고 있었고, 진동푸는 그 육덕진 몸뚱아리를 밤이고 낮이고 사내들의 욕정 아래에 굴리고 있었다.

어느 날 소장이 가지를 불러 말했다.

"자네로서는 하고 싶은 말도 있겠지만, 어쨌든 그 일이 있고 난 후 탈출이 어느 정도는 저지된 건 사실이니까 자네도 이제 그만 후루야에 대한 화를 풀게나."

"후루야한테 듣지 못하셨습니까?"

가지가 소장에 대한 불만도 담아서 딱딱하게 말했다.

"소장님의 명령이라도 저는 후루야를 다시 원래 자리에 앉히지는 않을 겁니다. 제가 해고되기 전에는요."

"들었네."

소장은 쏩쏠하게 웃었다. 가지의 언행은 분명 용서할 수 없는 반항의 선언이지만, 후루야의 소행만을 옳다고 할 수도 없고, 이번 일에는 소장 자신도 간접적이긴 해도 깊은 관계가 있었기 때문이다.

"그렇게까지 자네가 분개하는 것은 내가 모르는 사정이 있기 때문이겠지만, 지금은 그런 것에 얽매여 있을 때가 아니니 잠시 보류해두세."

"보류해두자고요?"

이번에는 가지가 쏩쏠하게 웃었다.

"저는 이 광산에 일하러 왔습니다. 제 일은 광부들을 인간답게 취급한다는 것이었습니다. 누가 뭐라든 말입니다. 저는 작은 부분에서는 성공하고 큰 부분에서는 실패한 것 같습니다. 보류하시지 않아도 됩니다."

가지는 말하고 나서 이상한 느낌에 휩싸였다. 지난 수개월 동안 무슨 일이 있을 때마다 그의 마음을 점령하던 소집면제라는 그의 특전이 지금 이 순간에는 먼 남의 일처럼 여겨지는 것이었다.

"난 아직 소장이니까."

소장의 살찐 얼굴이 굳어졌다.

"이곳의 인사는 내가 결정하네. 내가 잠자코 있는 한 자네는 자네에 대한 회사의 조치에 큰 잘못이 없는 것으로 알고 잠자코 일만 하면 돼. 자네를 눈앞에 두고 이런 말을 하기는 좀 뭣하지만, 자네가 하는 일은 대체로 성공적이네. 나도 만족하고 있어. 그래서 자네가 불필요한 신경을 쓰며 뭐랄까, 심리적으로 침체된다고 그러던가, 하여간 그런 일이 있어서는 안 돼. 전쟁은 점점 더 바쁘게 돌아가고 있단 말이네."

소장은 증산 공로자로서 이 청년을 표창하면 이 '창백한 인텔리'의 미망은 당장에 흔적도 없이 사라져버릴 것이라고 생각하자 우스워서 견딜 수가 없었다.

같은 시간 가지는 소장의 뒤쪽 벽에 걸려 있는 지도를 보고 있었다. 인간이 아귀다툼을 벌이는 이 산속에서 몸부림치고 있는 그의 행동 전부가 현재 솔로몬 군도 주변에서 되풀이되고 있는 처참한 사투와 수천 마일을 사이에 두고도 확실하게 이어져 있다는 것은 그 지도 위에 그어진 한 줄의 직선처럼 명료했다. 만약 소장의 말대로 그의 일이 대체로 성공적이라면 그는 후루야 같은 자보다 인간을 더 존중하면서도, 후루야 같은 자보다 훨씬 더 많은 인간을 죽이고 있는 셈이다.

27

며칠 후, 인간 살육의 예비행위에 관한 논공행상의 기묘한 의식이 지극히 약식으로, 그러면서도 제법 그럴싸하게 본관 사무소 앞에서 거행되었다.

일본인 종업원 전원이 모인 자리에서 서무계 직원이 먼저 현장 감독인 오카자키를 호명하고, 이어서 노무계의 가지를 호명한 뒤 이 두 명에게 표창장이 수여된다고 발표했을 때 본관의 여사무원들이 요란한 박수를 보냈다. 오키시마가 대열 속에서 가지의 옆구리를 찌르며 웃었다.

"기분이 나쁘지는 않지?"

기분이 나빴다. 다른 명목이라면 표창을 받을 만한 이유가 있었을지도 모른다. 하지만 이 명목으로는 절대 아니었다! 그리고 더욱 기분이 나쁜 것은 어떤 명목이건 표창을 받는다는 경사스러운 일이 이유를 배제하고 감정을 부추기고 있다는 것이었다. 가지는 은근히 이름이 불리기를 바라고 있는 자신을 의식하고 있었고, 그래서 더욱 불리지 않기를 원했다. 그런데 이름이 불리고 말았다.

뚱한 표정으로 대열에서 앞으로 나아가 오카자키와 나란히 소장 앞에 섰다.

본사의 이사장 이름으로 된 표창장을 소장이 읽은 바에 따르면 오카자키는 '현장의 진두지휘가 참으로 뛰어나기에'였고, 가지는 '어려운 문제가 산적해 있는 노무계의 사정을 잘 타개'하여 '전력증강에 기여한 점은 전 사원의 모범이 되기에 충분하다', 그래서 '이에 표창장을 수여한다'는 것이었다.

오카자키는 군인처럼 경건하게 상장을 받았다. 가지는 자기 차례가 왔을 때 자신이 몽유병자처럼 비트적거리고 있는 것은 아닌가 하고 생각했다.

그러나 소장 앞으로 나아가는 두세 걸음 사이에 갑자기 용기를 얻어 군자표변君子豹變(군자는 허물을 고쳐 올바로 행함이 아주 빠르고 뚜렷함-옮긴이)하는 장면을 상상했다. 수상을 거부하는 것이다. 난 표창을 받기에 적합한 인간이 아니다. 적합하지 않은 것은 나에게 그만한 업적이 없었기 때문이 아니라 이 표창을 조금도 명예롭게 생각하지 않기 때문이다, 라고. 또한 나는 이 상장을 인간성에 대한 모욕이라고 생각한다, 회사 당국은 우리를 우롱하고 자본의 주구로 써먹기 위해 가장 저렴하고 가장 졸렬한 방법을 선택한 것이다, 라고 말했을 때 군중들 사이에서 일어날 동요가 가지를 유혹했다.

짧은 순간이지만 정말로 그럴 마음이 생기기도 했다. 그러나 그러고 난 뒤의 수습하기 어려운 혼란으로 상상의 날개를 펼치고 있는 동안 소장은 표창장을 다 읽고 앞으로 내밀었다. 자, 이것이 자네에게 주는 상이네, 기쁘지? 라고 말하듯이 소장의 짐짓 점잔을 빼는 얼굴에서 눈이 웃고 있었다. 박수가 터져 나왔다. 가지는 공손하게 표창장을 받고 말았다. 군자표변은커녕 모범사원인 척하고 있었다.

식이 끝난 직후 간부직원들이 소장실에 모여 이야기하고 있을 때 본사 부장에게서 소장에게 전화가 왔다. 소장은 부장과의 용건이 끝나자 가지를 불렀다.

"부장님이 자네에게 할 말이 있다는군."

가지가 전화를 받자 부장의 먼 목소리가 불쑥 이렇게 말했다.

"기분이 어떤가?"

그러고 나서 상사의 위로와 조롱이 뒤섞인 듯한 웃음소리가 들렸다.

"나도 기쁘네. 자네라면 그 정도는 해낼 거라고 생각했네. 이제 나도 구로키 군에게 불평을 듣지 않아도 되겠어. 어쨌든 축하하네."

"……감사합니다."

가지는 전화기에 대고 그렇게 대답하고 있었다.

마음을 의지할 데가 없었다. 축하할 만한 것은 그의 인품밖에 없지 싶었다. 내부에 어떤 사상이 깃들어 있다 해도 입에서 나오는 말이 감사합니다, 라면 도금이 벗겨져서 바탕쇠가 드러났다고 할 수밖에 없을 것이다.

집에서는 미치코가 애타게 기다리고 있었다. 안정되지 않는 마음은 그녀도 마찬가지였다. 가지의 수상이 기뻐해야 할 성질의 것이 아닌 것은 확실하지만, 뒤에서 이런저런 좋지 않은 비난이 쏟아지고 있는 게 뻔한 가지의 역량의 일면을 이제는 산 전체가 인정하지 않을 수 없게 되었다는 것만은 분명 기쁜 일이다.

얼빠진 사람 같은 표정으로 돌아온 가지에게 미치코는 말을 붙일 수가 없었다. 가지는 책상 위로 상장을 내던졌다.

"어쩔까? 이제 와서 이걸 찢어봤자 아무 소용이 없겠지? 이렇게 이미 받아버렸으니……."

미치코는 난처한 얼굴로 미소만 지었다. 함께 괴로워한다는 것이 야스코의 말처럼 결코 쉽지만은 않다는 것을 그녀에게 말해주고 싶었다.

"오카자키 씨와 같이 받다니 정말 얄궂게 됐네요."

할 수 없이 그렇게 말하자 될 대로 되라는 우울한 웃음이 가지의 얼굴을 추하게 일그러뜨렸다.

"오카자키와 같이 준 것은 소장도 나름 머리를 굴린 거야. 절묘한 콘트라스트 아니야? 그자는 순수한 살인자이고, 난 본성을 숨긴 살인자란 말이지. 순수하다면 아직 괜찮아. 난 더러운 거야. 상장을 받고 박수를 받았을 때 본관의 여사무원들이 날 보고 있거나, 당신이 어디선가 나를 지켜보고 있는 것 같은 기분이 들었어. 난 낯간지러울 정도로 좋아하고 있었고. 전쟁이 이렇다 저렇다 불평만 하던 내가 말이야. 우쭐거리고 있는 나에게 당신이, 당신답지 않아요, 라고 말했다면 난 아마도 불쾌했을 거야. 하지만 당신은 그렇게 말했어야 했어."

"하지만 어떻게 그런 말을 해요?"

"할 수 없다고? ……정말 염치없는 말이지만, 난 당신이 진심으로 기뻐해주든가, 비난해주길 바랐어. 당신마저 나와 마찬가지로 이 잘난 종잇조각 앞에서 우물쭈물하는 것은 참을 수 없단 말이야."

가지는 입을 다물고 벽걸이 접시를 바라보았다. 여느 때 같으면 오늘 밤 같은 날은 접시의 그림처럼 남자는 사랑하는 여자를 마음 놓고 안을 수 있었을 것이다. 여자도 틀림없이 그러기를 바라고 있을 것이다.

"고분고분하게 기뻐하고 포옹이나 할까?"

가지가 메마른 목소리로 말했다.

"아무도 우리가 망설이고 있다고 칭찬해주진 않을 거야."

미치코는 가지의 진의를 의심하듯 바라보고만 있었다. 그러면서도 안아주기를 기다렸다. 기쁨 없는 포옹이 될 것 같았지만, 이러지도 저러지도 못하고 그저 바라보고만 있는 것보다는 나을 것이다. 그러나 가지는 안아주지 않았다. 아무 말도 없이 부엌문으로 가더니 신발을 신고 뒤뜰로 나가 버렸다. 미치코는 따라가려다가 말았다. 혼자 있게 해주는 게 나을 것 같았다.

잠시 후 저녁 어둠 속에서 가지의 목소리가 들렸다.

"미치코, 그거 태워버려."

미치코는 부엌문으로 얼굴을 내밀었다. 가지는 닭장 앞에 웅크리고 있었다.

"증거가 남는 건 싫어. 사실은 없어지지 않겠지만."

미치코는 고개를 끄덕이고 들어왔다. 미치코에게 상장은 전쟁에 협력한다는 증거라기보다도 사랑하는 남자의 능력과 노력의 증서였다. 태워버리기에는 아까웠다. 필시 가지의 마음속에도 그런 생각이 남아 있을 것이라고 생각했다. 가지는 그것을 두려워하고 있는지도 모른다.

미치코는 돈뭉치를 불 속에 던져 넣는 심정으로 상장을 목욕탕 아궁이에 던졌다.

28

 소장은 독신자 숙소의 자기 방에 각 작업장의 간부들을 불러놓고 주연을 베풀었다. 2할 증산의 예정선을 돌파했으니까, 이번에는 3할 증산을 목표로 하기 위해 책임자들을 위로도 하고 기합도 넣자는 심산이었다. 그가 보기에 광석과 광부는 무리하게 몰아치면 몰아칠수록 좋은 결과를 내는 것 같았다. 3할 증산은 물론 머지않아 5할 대증산의 기록을 세워서 본사로부터 자신에 대해 결정적인 평가를 내리게 하는 것도 불가능하지 않다.

 술안주는 중국요리와 초저녁에 간부직원의 부인들이 취사장에 나와 솜씨를 부려서 만든 것이다. 술 시중은 서무계 남자 직원이 눈치 빠르게 여사무원을 몇 명 보내주어서 색채를 더했다.

 소장은 기분이 좋았다. 쭉 늘어앉은 부하 간부들을 둘러보며 잔을 들었다.

 "난 오늘 밤처럼 즐거운 적이 없다. 돌격 월간의 연속된 강행군에도 제군들이 잘 견뎌주어서 훌륭한 성과를 거둔 데 대해 크게 감사하는 바이다."

 모두가 잔을 높이 들어 화답했다.

 그 후로는 일본인들이 주연을 벌일 때면 거의 공통적으로 보이는 형식대로 진행되었다. 잔을 권하고, 잔을 돌려준다. 그러면서 자연스럽게 따라오는 과도한 친밀감의 표시. 실제로는 있지도 않은 감정의 과장과

언어의 범람.

차츰 자리가 흐트러지기 시작한다. 그렇게 되지 않으면 재미가 없다. 누군가가, 그것도 꼭 음치이자 목소리도 형편없는 자가 나서서 모두에게 자신의 숨은 재주를 억지로 보게 한다. 그러고 나면 외설스러운 망상이 너나 할 것 없이 혈관 속에서 발효되기 시작한다. 정력이 음탕한 모양을 띠지 않을 때는 공연히 싸움으로 흘러가고 싶어 한다. 이런 순서가 놀랄 정도로 단시간 내에, 즉 수십 년 동안의 생활이 고작 한두 시간 내에 뒤집혀버리는 것이다.

1채광구 주임인 히구치가 노에부시(일본의 지방 속요-옮긴이)를 고래고래 부르자, 2채광구 주임은 구로다부시(일본 속요의 하나-옮긴이)로 꽥꽥 고함을 지른다. 운수계가 걸쭉한 소리를 내자, 공기계가 역겨운 정사 장면을 노래했다. 여사무원들은 귀가 새빨개져서 흥분된 교성을 질렀다. 오카자키가 그중 한 명의 큼지막한 엉덩이를 만졌다.

"터널 개통식은 마쳤나?"

호들갑스럽게 비명을 지르며 도망가는 그녀를 굴진 반장이 붙잡아서 억지로 잔을 들게 했다.

"구멍을 파는 것은 내 전문이니까, 날 부른 거군."

"어머, 무례해요!"

여자는 큰 소리로 화난 척했으나 정말로 화낸 것이 아니라고 해도 그 젊은 여사무원을 비웃어서는 안 된다. 여자는 거의 예외 없이 자신의 아름다움 때문에 능욕당하는 것이라면 무엇이든 용서하는 법이니까.

소장은 벌건 얼굴로 웃으면서 좌중을 둘러보고 있었다. 그날 밤은 라오후링 채광소 역사상 가장 즐거운 밤이었다.

오키시마는 잘 먹고 잘 마셨다. 이마에 푸른 힘줄이 튀어나오고, 큰 눈동자가 번뜩이기 시작했다. 가지는 오키시마가 또다시 난폭해질 것 같은 기분이 들었다.

술을 잘 마시지 못하는 가지 앞에 잔이 벌써 몇 개나 밀려와 있었다. 떨어져 앉아 있던 오카자키가 그것을 보고 말했다.

"어이, 가지 씨. 그 잔들 좀 돌리지그래? 꼭 당신 한 사람만 축하받는 것 같잖아."

"마시지 못해서 이런 건데."

가지의 대답을 2채광구의 감독인 가와시마의 꽤 아름다운 목소리가 지웠다.

"멈춰라, 소동, 소동, 소동, 소동."

"어기여차."

누군가가 장단을 맞췄다.

"바다의 큰 배, 파도가 부서지면 나는야 저 아이의 가랑이를 벌린다. 조금은 우아하게, 요염하게, 자, 영차."

"아, 영차, 영차."

장단을 맞추는 소리와 함께 가와시마가 술병 두 개를 들고 일어서서 가지 앞으로 왔다.

"가지 씨, 이거, 아무쪼록 잘 부탁드립니다요."

술에 취한 듯 지나치게 공손히 고개를 숙였다.

"당신은 젊지만 대단한 것 같아. 아니, 정말 대단해! 당신이 처음 온 날, 그게 3월이었던가, 4월이었던가, 눈 오는 날 말이야……"

"아니, 바람이 심하게 불던 날이었습니다."

"그래그래! 바람이 부는 날이었어. 소장실에서 우리랑 말다툼을 벌였는데, 그때 난 생각했지. 뭐야, 이 애송이는? 너 같은 놈이 이 거친 산사내들을 제대로 다룰 수나 있겠느냐고 말이야."

오키시마가 옆에서 빙그레 웃었다.

"그런데 웬걸, 멋지게 해냈어. 당신 말대로 됐다고. 대단해! 이 산에서는 이사장의 표창장을 받은 사람이 10년이나 일한 오카자키와 반년 안팎의 당신 둘뿐이야. 정말 대단해! 나 같은 놈은 도저히 따라갈 수가 없어. 그런데 말이야, 가지 씨. 이렇게 보니까 술을 통 마시지 않더군. 난 당신들과는 다른 인간이오, 하는 얼굴로 말이야. 그거 좋지 않아. 실제로 정말 좋지 않다고. 응? 인간은 말이야, 세상 물정에 좀 더 밝아야 돼. 그런 의미에서 나랑 술 시합을 한 번 벌여보자고. 뭐야 그, 의기투합이라고나 할까. 응?"

"아무래도 난……"

가지는 꽁무니를 뺐다.

"그러지 말라고. 내가 당신한테 이길 수 있는 게 술밖에는 없는 건 같은데……"

"난 이미 졌소."

"아니, 그러면 재미없지. 해보지도 않고 졌다는 게 말이 되나. 자, 다들 여기 좀 봐주쇼!"

가와시마가 좌중에 대고 소리쳤다.

"불초 가와시마가 현장을 대표해서 앞으로의 친목을 위해 노무계의 가지 반장에게 술 시합을 신청합니다."

가지는 그제야 겨우 깨달았다. 골탕 먹일 속셈이다. 떡이 되도록 취하게 해놓고 추태라도 부리게 할 작정이다. 햇병아리는 잘난 체하지 말라는 것이다.

"난 항복이오. 아무래도 맞상대를 할 수 없을 것 같아."

"우, 어서 시작해라!"

여기저기서 아우성이었다.

"노무계 사내들은 술이 세. 조장들한테 늘 얻어먹고 다니니까."

오카자키가 말했다.

"계집도 마찬가지여."

공기계의 목소리가 들렸다.

"창녀들을 끌어안고는 할 짓 안 할 짓 다 하고."

모두가 박장대소했다. 오키시마의 이마에서 푸른 힘줄이 부풀어 올랐다.

가지는 정말 난처한 표정으로 말했다.

"정말로 난 못한다고."

그러자 말석에 있던 배급반의 마쓰다가 이때다 하고 말했다.

"가지 씨, 그 대단한 위세는 나한테 소리를 지를 때뿐인가?"
"어서 시작해! 더 이상 빼지 말고 사내답게 하란 말이야!"
오카자키가 적의를 노골적으로 드러내며 말했다.
가지는 도움을 청하듯 오키시마를 보았다. 오키시마는 빙그레 웃으며 대접의 물을 비우더니 그것을 가와시마에게 내밀었다.
"기왕 할 거면 이걸로 해."
가지는 순간 오키시마를 진심으로 증오했다. 이 사내는 역시 자신을 질투하고 있었다.
오키시마는 가지의 기분 따위는 아랑곳 않고 말했다.
"가끔은 인사불성으로 취해서 벌거숭이가 되어보게."
가와시마가 대접에 술 두 병을 다 따랐다.
"시작이다, 시작이야!"
공기계가 말하고 나서 손바닥으로 나무 치는 소리를 냈다.
가지는 더 이상 뺄 수가 없었다. 술은 약하지만 체력은 지지 않는다고 생각했다. 그 기분이 대접을 받게 했다. 황금색 액체가 찰랑찰랑 흔들리고 있었다. 눈을 감고 쭉 들이키기 시작했다. 맛이 쓴 것은 술 맛이 아니라 사내의 하찮은 허영심의 맛이다. 다 마시고 나자 정신이 아득해지는 것 같았다. 박수 소리가 멀리서 들렸다. 겨우 호흡을 가다듬자 그의 몸속에는 술을 강요한 악의에 대한 분노와 독약 같은 액체만이 남았다. 그동안 가와시마는 가볍게 대접을 비우고 있었다.
"자!"

대접이 가지에게 돌아왔다.

"2회전!"

"더는 마시지 못하겠어."

가지는 가와시마를 충혈된 눈으로 보았다.

"그렇게 냉정하게 말하면 안 되지."

가와시마가 시비를 걸었다.

"산에는 산의 인의라는 게 있어. 그 몸으로 마시지 못하겠다니 말이 돼? 부인하곤 몇 번이나 하나?"

"마시지 못하겠다면 마시지 못하는 거야. 억지로 권할 필요는 없잖아? 내게 무슨 불만이라도 있는 거야?"

말투가 의외로 강했던 모양이다. 좌중이 소리를 죽였다.

"좋아. 다음 잔은 내가 받지."

오키시마가 대접을 빼앗았다.

"노무계가 조장들에게 얻어먹고 다닌다고 했지? 창녀들을 끌어안고 할 짓 안 할 짓 다 한다고? 좋아. 술이고 계집이고 다 가지고 와. 내가 받아주지."

가지는 잠자코 자리에서 일어났다. 처음엔 복도로 나가 창문으로 차가운 밤공기를 마실 생각이었다. 그런데 복도로 나왔다가 요리를 가지고 온 오카자키의 부인과 마주쳤다.

"어머, 가지 씨, 벌써 돌아가시게요? 이렇게 빨리 돌아가셔봤자 부인께선 아직일 텐데요."

깔깔깔 웃고 허리를 비틀며 교태를 부렸다.
"이번에 상 받으신 거 축하드려요. 그런데 오키시마 씨는 화가 좀 나시겠다."
가지는 여자를 힐끗 보기만 하고 인사도 없이 긴 복도를 걸어갔다.
"뭐야, 저 인간! 별스레 새침이나 떨고……. 잘났어 정말!"
오카자키의 아내는 가지의 뒷모습을 흰자위로 노려보았다. 그녀는 초저녁에 취사장에서도 가지의 수상에 대해 미치코에게 넌지시 비아냥대듯 다른 여자들에게 말했다. 그녀에겐 그녀 나름대로 이유가 없는 것도 아니다. 햇병아리 시절부터 흙먼지와 땀을 뒤집어쓰면서 일해온 오카자키가 책밖에 모를 것 같은 청년과 동격으로 나란히 수상한다면 세상에서의 고생은 아무 의미가 없지 않은가.

가지는 밖으로 나왔다. 어두운 언덕을 내려가 철조망 근처까지 갔다. 특별한 이유도 없이 발이 그를 데리고 갔다. 뼛속까지 추웠다. 이제 곧 겨울이다. 밤하늘의 별이 얼어붙기 시작했다.
감전 사건이 있고 나서 증설된 전등 불빛이 어둠을 하얗게 도려내고 있는 곳에서 철조망이 무심하게 가냘픈 벌레 울음소리를 듣고 있었다. 가지는 멈춰 섰다. 아마도 이 근처에서였을 것이다. 첸이 죽음의 그물로 몸을 던진 것이.
첸을 죽인 것은 자신일지도 모른다. 가지는 보호자인 척하면서 첸의 마음을 위에서 내려다보고 있었던 것에 지나지 않는다. 마치 특수 광부들을 관리자로서 내려다보고 있는 것처럼. 기회가 될 때마다 그의 고민 속으로 내려가 보려고 했지만 무슨 일이라도 생기면 바로 본색을 드러내고 말았다. 왜냐하면 그는 일본인이고, 그들은 중국인이니까. 그가 속해 있는 민족이, 그들이 속해 있는 민족 위에 폭탄을 터뜨려서 화해와 이해의 길을 파괴해버렸으니까.

가지는 경비에게 문을 열게 해서 안으로 들어가고 싶어졌다. 왕시양리를 깨워 이야기를 나누고 싶었다. 왕은 가지에게는 누구보다도 다가가기 쉬운 상대였고, 또 가장 다가가기 어려운 상대이기도 했다. 만약 가지가 헌신적인 노력을 기울여서 특수 광부의 이익을 옹호한다면 그것을 가장 정당하게 평가해줄 사람은 왕시양리일 것이고, 또 그럼에도 불구하고 여전히 탈출을 조직하여 현재로선 책임자인 가지를 무정하게 사지로 몰아넣는 것도 틀림없이 왕시양리일 것이다.

어떻게 하면 나와 넌 친구가 될 수 있을까? 가지는 불안한 불빛이 새어나오는 숙소의 작은 창문을 바라보고 있었다. 싸늘한 밤공기에 떨고 있는 벌레들의 울음소리에 섞여 답이 들리는 것 같았다. 일본이 침략을 위한 전쟁을 포기하면 된다고. 그리고 네가 침략자의 일원으로서 저지르고 있는 잘못을 모두 바로잡으면 된다고.

벌레들의 울음소리는 가지를 고독의 밑바닥으로 유혹하여 빠지게 했다. 벌레는 열흘을 넘기지 못하고 죽을 것이다. 가지와 그 민족의 만가를 부르듯이 가냘프게 울고 있었다.

주연 자리는 점점 더 난잡해졌다. 몹시 취한 오카자키는 아내가 술을 따르고 다니고 있는 모습을 보자 오히려 못된 장난을 대놓고 할 수 있다고 생각한 모양이다.

"엉덩이가 참 탐스럽구나."

젊은 여사무원이면 누구를 가리지 않고 엉덩이를 쓰다듬으며 희롱하곤 했다.

"복숭아 같은걸."

그 정도는 아직 봐줄 만했다. 그가 처음에 눈독을 들인 엉덩이가 큼지막한 여사무원이 그가 하는 짓이 두려워서 이리저리 피해 다니는 것을 알아챈 오카자키는 아내가 그만해요! 하고 말리는 것도 듣지 않고 그 여자에게 비틀비틀 다가갔다.

"벗겨줄까?"

사내들이 킬킬 웃었다.

"벗겨줘. 벗겨주라고. 어차피 한번은 홀랑 벗겨질 거잖아."

여사무원은 소장 쪽을 보며 도움을 청했지만 마음과는 달리 여색으로부터 멀어져 있는 소장은 취한 눈을 가늘게 뜨고 음탕하게 웃으면서 잔을 기울이고 있을 뿐이었다.

사내들은 오카자키가 설마 이 자리에서 행패는 부리지 않겠거니 하고 생각하고 있는 한편으로 여자의 매력적인 하반신이 오카자키의 거친 손길에 벗겨지는 상상을 즐기며 더욱 음탕하게 웃고 있었다. 믿을 곳이 없어진 여사무원의 눈에 믿음직스럽게 비친 것은 심하게 취했지만 바위처럼 앉아 있는 오키시마였다. 그녀는 오키시마의 뒤쪽으로 도망쳤다. 모두가 시끄럽게 놀려댔다.

"이야! 호색한! 최고야!"

"오카자키 나리는 배신감이 더 크겠는걸?"

"계집을 다루는 것은 증산 돌격처럼 안 되나?"

오카자키는 말리려는 아내의 손을 뿌리치고 음흉하게 웃었다. 사냥감을 노리는 맹수 같았다. 오키시마는 부리부리한 눈으로 어지러운 좌중을 둘러보았다. 오카자키의 발이 오키시마의 상 앞까지 왔을 때 오키시마가 메마른 음성으로 말했다.

"그만두지 못해? 그 나이에 발정이라도 난 거냐?"

"그래. 아무래도 발정난 것 같군."

오카자키가 정색하고 나섰다.

"그래서 어쩌라고?"

"씨는 자기 밭에나 뿌려!"

오카자키의 아내도 있는 자리였기 때문에 이 말이 좌중을 일제히 웃음바다로 몰아갔다. 오카자키의 삼백안이 거칠게 움직였다. 취중에도 웃음거리가 된 것은 사나이의 체면을 잃은 것이라고 생각한 모양이다.

"너무 건방 떨지 마, 응? 오키시마."

목소리가 갑자기 험악해졌다.

웃던 자들은 별안간 찬물을 뒤집어쓴 것처럼 조용해졌다. 그것이 오히려 오카자키의 흥분을 부추긴 모양이다.

"너나 가지나 평소 태도가 너무 건방져. 산을 통째로 짊어지고 있는 것 같은 낯짝을 하고 있는 게 마음에 안 든단 말이야. 증산 목표를 돌파했다고 해서 너희들이 콧대를 세울 건 없잖아. 응? 오키시마. 노무계가 현장에 쓸데없는 참견을 하지 않았다면 난 진작 목표를 돌파했을 거야. 거짓말 같으면 우리 주임한테 물어봐."

"웃기는군."

오키시마의 눈빛도 사나워졌다.

"이봐, 오카자키, 노무계가 그 참견을 하지 않았다면 넌 지금쯤 살인 전과 10범쯤 돼서 콩밥이나 먹고 있을 거다. 고마운 줄 알아."

말이 끝나자마자 오카자키가 으르렁거리며 오키시마의 상을 걷어찼다. 오키시마는 그것을 예상이라도 한 듯 재빨리 자세를 바꿨다. 허리를 조금 굽히고, 술병을 거꾸로 쥔 채 역시 상대 못지않게 분노에 차서 말했다.

"여기서도 이제 나나 가지가 할 일은 끝난 것 같군. 언제든지 그만둬 주겠다. 싸움을 걸어오면 언제든 받아주마."

오카자키는 상대를 조금 잘못 보고 있었다. 그 기세를 보면 한눈에 알 것을 부주의하게 덤벼든 것은 취했기 때문이기도 하지만 평소의 두려움을 모르는 방자함 탓이기도 했다. 오카자키는 자세를 낮춘 오키시마에게 다리가 걸려서 무거운 쌀가마니가 내동댕이쳐지듯 보기 흉하게 나동그라졌다. 그리고 바로 오키시마가 술병으로 머리를 세게 내려쳤다. 산 사내의 돌대가리는 술병을 산산조각 냈지만 피가 흘렀다. 그

뒤론 걷잡을 수 없는 혼란이었다.

소장은 화가 나서 자리를 뜨고 말았다.

가지는 여전히 철조망 불빛 아래에서 꼼짝도 않고 있었다. 술이 깨자 추위가 더 심해졌다. 머리가 빠개지는 듯한 통증을 느꼈다.

미치코가 숨을 헐떡이며 달려왔다.

"역시 여기 계셨군요!"

그러고는 숨 가쁘게 소동이 일어났다는 것을 전했으나 가지의 표정은 창백한 가면처럼 움직이지 않았다.

"내버려둬. 주정꾼에게는 볼일이 없으니까."

"그래도 어떻게든 수습해야지, 소장님께 죄송하잖아요."

"내일 해도 돼."

가지는 첸이 죽었을 때 개가 죽은 것만큼도 관심을 보이지 않던 소장을 떠올렸다. 주정꾼의 싸움은 확실히 개의 죽음만도 못하다. 이곳에 있는 인간들은 모두 난폭해져 있었다. 전쟁이라는 거친 숫돌에 모든 것이 깎여나가서 뾰족해졌다. 깊은 어둠에 싸인 불빛의 작은 동그라미 안에 떠오른 미치코의 곱고 하얀 피부만이 매끄럽고, 부드럽고, 아름다웠다. 가지는 잠에 취한 듯한 목소리로 말하고 미치코의 어깨에 팔을 둘렀다.

"집에 가자."

29

 소장은 오키시마에게 2주일 동안의 출장을 명했다. 오키시마와 오카자키가 얼굴을 마주하면 어떤 일이 벌어질지 몰랐고, 그로 인해 모처럼 상승 곡선을 그리고 있는 출광량에 지장을 주는 것이 소장의 가장 큰 걱정거리였기 때문이다. 출장 명목은 가지가 만들었다.

 그날 아침, 가지는 오키시마를 정기편 트럭까지 배웅하면서 이렇게 말했다.

 "소용없을지 모르지만, 부장님한테 특수 광부를 일반 광부와 동등하게 취급할 수 있도록 헌병대와 교섭해달라고 부탁해주지 않겠나?"

 오키시마는 잠자코 있었다. 가지는 황급히 덧붙였다.

 "당신한테 손을 떼라고 한 내가 이런 부탁을 하는 것이 너무 뻔뻔하겠지?"

 "상관없어. 얘기하지."

 오키시마는 빙그레 웃고 싶은 것을 참고 트럭에 다 왔을 때 불쑥 말했다.

 "왜 아무 말도 없는 거야?"

 "무슨 말이야?"

 "내 무용담 말일세."

 "말해서 무슨 소용이 있겠어?"

 가지는 한 마디 한 마디 생각하면서 말했다.

"당신 표현을 빌리면 난 언제까지나 같은 모순 위를 당당하게 돌아다니고 있고, 당신은 무용담이라는 원시적인 방법으로 전쟁 사회의 식객이 되려고 하고 있는데. 어쨌든 6개월 전에는 우리가 인간답게 하는 방법을 발견하기 위해 의논했지만 지금은 서로 인간의 조건을 대부분 잃어버렸네. 그렇지 않나?"

"전쟁 사회의 식객이라……."

오키시마는 탄식했지만 이내 본래의 억센 얼굴로 돌아왔다.

"그렇지만도 않아. 난 자네 말대로 주인 나리가 지나가시면 자, 이리 가시지요, 하고 길을 비켜줄지는 모르지만, 따라갈지 말지는 내 마음대로 하는 놈이야. 옛날부터 백성이란 그렇게 하지 않으면 살아갈 수 없었단 말이네."

"……편리하군."

가지가 중얼거렸다.

"당신은 그렇게 살아갈 수 있겠지."

"자넨 역시 막다른 곳에 다다라서 죄를 저지르고 만 인간의 올바른 삶이란 것을 내게 보여줄 생각인가?"

"그런 대단한 생각까지는 하지 않지만……."

가지가 멍하니 대답했다.

"결과는 그렇게 될지도 몰라."

어떤 결과가 되든 가지가 주저하면서 추구해온 삶의 나아갈 길은 결국 그곳으로 향하게 될 것이다.

오키시마는 트럭에 탈 때 가지에게 큼직한 손을 내밀었다.

"난 이 낡은 트럭에 타네. 자네는 휴머니스트 전용차에 늦지 않게 타려고 기를 쓰고 있는데 말리지는 않겠네. 아무리 비싼 요금이라도 자네는 치를 각오가 되어 있는 것 같으니까."

두 남자는 손을 잡고 오랜만에 미소를 나누었다.

오키시마가 탄 트럭이 라오후링을 나와 한 시간쯤 달렸을 때 전방에서 달려오는 사이드카와 엇갈려 지나갔다. 오키시마는 그것을 보고 침을 뱉었다. 사이드카는 와타라이 중사가 운전하고 고노 대위가 타고 있었다. 그 모습이 흙먼지 저편으로 사라지자 오키시마의 가슴속엔 왠지 모를 불길한 예감이 막연하게 고개를 들기 시작했다.

30

본관 사무소의 현관 앞에서 낯익은 사이드카를 보고 나서 가지의 마음은 바짝 긴장되었다. 필시 열여덟 명이나 되는 포로가 탈출한 사건이 들통 난 것이리라. 그렇다면 후루야가 밀고했을 것이다. 만약 헌병이 그 일로 온 것이라면 어쨌든 무사할 수는 없다. 가지는 각오했다. 먹히지 않을지라도 반격할 작정이었다. 포로를 민간회사에 불하하고, 그 탈출에 대한 책임을 추궁하는 권한이 군의 어디에 있느냐고.

가지는 소장실로 당당하게 들어갔다. 두 헌병은 그가 처음 봤을 때

와 거의 같은 자리에 같은 자세로 앉아 있었다.

소장이 말했다.

"가지 군, 어떤가, 500명쯤 더 보내주시겠다는데……."

가지는 맥이 풀렸다. 웃고 싶었다. 500명을 더 보내겠다고? 이젠 500명이든 500만 명이든 마찬가지다.

"수용 능력이 안 됩니다."

"수용 능력? 관리 능력이겠지!"

와타라이가 군도를 다리 사이에 세우고 말했다.

"그럴지도 모릅니다."

"관리자를 한 사람 더 늘리면 어떤가?"

고노 대위가 소장을 보았다.

"도움이 되기야 하겠지?"

"그야 여부가 없습죠!"

소장은 자기보다 나이가 훨씬 어린 장교에게 애처로울 정도로 아첨을 떨면서 웃었다.

"덕분에 저희도 증산목표를 돌파해서 군의 요청에 응할 수 있게 되었습니다."

"허어."

고노 대위는 그냥 의례적인 탄성을 질렀다.

"바로 얼마 전에도 증산 공로자의 표창식이 있었습니다. 저희 광산에서도 이사장 표창 수상자를 두 명이나 배출했습죠. 이 자리에 있는 가지 군도 그중 한 명이고요."

가지는 고개를 숙였다. 와타라이가 가소롭다는 듯 피식 웃은 것이 분명하다고 생각한 순간 피가 거꾸로 솟았다.

소장은 어쨌든 헌병들을 대접해서 돌려보내야 했기 때문에 또 다른 수상자인 오카자키도 동석시켜서 헌병들에게 이곳의 어려운 실정과 그럼에도 불구하고 증산을 이뤄낸 사실을 들려주는 것이 좋겠다고 생각했다. 또 술자리가 되겠지만, 설마 헌병 앞에서 오카자키와 가지가 싸우지는 않을 것이다. 그는 현장으로 전화를 걸었다.

전화를 하는 동안 와타라이 중사가 고노 대위에게 말했다.

"그 500명을 계속 거기에 놔둘 수는 없지 않겠습니까?"

"……놔둬."

고노 대위는 대수롭지 않게 대답했다.

"참모부에서 생각할 일이야."

가지는 두 헌병의 등 뒤에서 굶주림과 피부병에 괴로워하고 있는 민간인 포로 500명의 해골 같은 집단을 떠올렸다. 어딘가에서, 누군가가, 잡담을 하다가 담배를 물고는 서류 바구니에서 그 500명에 관한 서류를 꺼내 도장을 찍을 때까지 그들은 '방치되어' 있을 것이다. 차라리 그 500명을 받아들일까 하는 마음이 일었다. 소장실에 들어왔을 때와는 정반대로 마음이 움직였지만, 어차피 고생은 매한가지다. 와타라이의 손안에 있는 500명의 암흑 같은 운명을 자신의 손으로 조금이라도 밝게 바꿔주고 싶다는 적대의식이 점점 강해지기 시작했다. 동시에 그것이 어쩐지 지독히도 유치한 영웅주의에 지나지 않는다는 느낌도 서서히 농후해졌다.

　문이 열리고 여사무원들이 마을의 중국 음식점에서 시킨 요리를 가지고 들어왔다. 두 헌병이 갑자기 목석같은 얼굴이 되어 의자에 기대앉는 것을 보고 있는 동안 가지는 아무 말도 하고 싶지 않았다.

31

　소장의 전화를 받은 오카자키는 통동通洞(갱구가 지표로 관통된 갱도 중에서 광체에 도달하는 관문적인 역할을 하는 갱도로 주로 운반, 배수, 통기 등에 사용됨 - 옮긴이) 대기소에서 나오는 길에 저광장貯鑛場 쪽을 보았다. 일부러 보았다기보다 습관적인 본능으로 그곳에서 작업을 '태만'하게 하고 있는 것을 느낀 것이다.

　저광장은 완만한 경사를 그리고 있는 철광석 언덕이다. 능선 위를 광차가 느릿느릿 오가고 있었고, 넓은 비탈을 몇 쌍의 특수 광부들이 광주리를 단 천칭봉天秤棒(어깨에 나무 봉을 올려 메고 양쪽에 물건을 매달고 가거나 둘이서 나무 봉의 양쪽 끝을 어깨에 걸치고 중앙에 물건을 매달고 가는 것 - 옮긴이)을 메고 개미처럼 왔다 갔다 하고 있었다. 오카자키는 비탈 군데군데에서 쉬고 있는 광부들을 발견했다. 저광장 여기저기에 일본인 현장 직원이 서 있었지만, 그곳에서는 사각死角 지대라 광부들의 태업이 보이지 않는 모양이다.

　오카자키는 채찍으로 가죽 정강이 싸개를 철썩 때리고 저광장으로 걸음을 옮겼다.

까오는 동료와 광석을 담은 광주리를 메고 비탈을 내려오면서 양춘란 생각에 빠져 있었다. 최근까지 그는 일본인에 대한 증오 외에는 아무것도 생각하지 않았다고 해도 과언이 아니다. 포로가 된 후로 2년 동안 그는 그 증오를 생명의 양식으로 삼아 살아온 셈이다. 일본군이 부모를 사살하고, 집을 태우고, 여동생은 욕보인 것도 모자라 납치하여 일본군 전용 위안부로 삼은 원한 등은 도저히 잊을 수가 없는 것이었다. 그는 언젠가는 일본인 마을에 침입하여 일본인 노부모를 무자비하게 사살하고, 일본인 계집을 강간함으로써 복수할 생각이었다. 왕시양리가 언젠가 그 얘기를 듣고 웃었다.

"그러면 자네는 일본군과 똑같아."

"뭐가 똑같아?"

까오는 덤벼들었다.

"그럼 나보고 그냥 참고 있으란 말인가?"

"천만의 말씀!"

왕은 씁쓸하게 웃었다.

"자네는 화가 나 있네. 증오하고 있어. 그것은 실로 대단한 힘이야. 하지만 그 힘을 잘못 사용하면 자네는 아무것도 하지 못하고 일본군의 기관총에 사살되고 말걸세. 왜냐하면 자네는 자신의 복수심 때문에 그러는 것일 뿐 누구를 위해서도 아니고, 누구의 이익을 지키기 위해서도 아니네. 그래서 아무도 자네를 지켜주려 하지 않기 때문이야. 요컨대 가령 내가 나 하고 싶은 대로 하다가 위험해졌다면 자네는 목숨을 걸면서까지 날 지켜줄 수 있겠나? 그럴 수 없을걸?"

까오는 마지못해 고개를 끄덕였다.

"우리에겐 5억의 동포들이 있네. 모두가 자네나 나처럼 고통을 안고 있는 사람들뿐이야. 모두 일본의 폭력에 대해 분노하고 있고, 일본군을 증오하고 있어. 이 힘을 크게 하나로 모으면 어떤 일도 할 수 있다고는 생각하지 않나?"

"어떻게 모은다는 거지?"

"조직이네, 하나의 강철 같은 의지를 지닌."

"그런 게 가능할까?"

까오는 내뱉듯이 말했다.

"아마, 백 년도 더 걸릴걸? 그럼 난 이미 죽었을 거고. 난 내 눈으로 직접 보고 싶네. 놈들이 형편없이 당하는 꼴을 말이야."

"볼 수 있어. 그건 지금 실제로 일어나고 있네. 날마다 강해지고 커져가고 있으니까."

"입으로는 무슨 말을 못할까?"

까오가 시비조로 말했다.

"그렇다면 왜 우리가 이런 꼴을 당하고 있나?"

그러자 왕은 차분하게 말했다.

"지금 갑자기 자네에게 믿으라고 한들 자네가 믿겠나? 그러니까 지금은 자네와 관련된 것부터 생각해보도록 하게. 예를 들면 이 철조망 안쪽을 보자고. 여긴 하나의 작은 중국이네. 모두가 자네와 같은 생각을 하고 뿔뿔이 흩어졌다고 가정해보세. 그러면 누가 좋아하겠나? 쪽발이들이 아닐까? 왜냐하면 우리는 숫자는 많지만 모두가 각자 따로 노니까 아무것도 못할 것이라고 얕잡아보고 한 명 한 명으로부터 고혈을 짜내며 뒈질 때까지 혹사시킬 것이네. 만약 그렇게 된다면 우리는 승리의 그날까지 살아 있을 수도, 평화로워져서 고향으로 돌아갈 수도 없을 거야. 그렇지 않겠나?"

까오가 잠자코 있자 왕은 조용하지만 확신에 찬 목소리로 좀 더 많은 이야기를 했다. 즉, 역사 위에 놓인 후진국으로서의 중국의 위치와 그 역할, 이번 전쟁이 후진국들에 주고 있는 민족 해방의 가능성, 어떻게 해야 까오를 비롯한 수억 명에 달하는 동포가 받은 모욕과 고통이 보상되느냐는 것 등이었다.

까오는 그 논리의 절반 정도밖에 이해할 수 없었다. 복수하고야 말겠다는 열정이 앞서서 이해하고 싶지 않다는 마음을 가동시키고 있는 것이다. 저자는 배운 게 있으니까 모든 걸 어렵게 생각하고 있어. 그런 생각이 들지 않는 것도 아니었다. 하지만 그도 자기 이상으로 고통과 모욕을 받은 사내다. 믿을 수는 없었지만 무턱대고 반대할 수도 없었다.

그러던 까오가 어느 날 밤을 경계로 동물적인 사랑에 빠졌다. 양춘란의 육체는 까오의 뼈를 녹이고 영혼을 앗아갔다. 이것은 복수에 대한 갈망이 치유되지 않았다 뿐이지 그 격정적인 마음은 정욕이 대신한 것인지도 몰랐다.

여자는 또 한 남자에게 모든 애욕을 불사르면서 자신의 더러운 직업과 더러워진 육체를 지탱하는 듯했다. 까오가 만약 혼자 탈출하는 일이 벌어진다면 춘란은 철조망에서 자살하겠다고 말한 것도 마음에 없는 말을 아무렇게나 나오는 대로 지껄인 것은 절대로 아닌 듯했다. 비참한 남자를 불쌍한 여자가 열정적으로 사랑한다. 이것은 흡사 상처받은 야생의 수컷과 암컷이 서로 그 상처를 핥아주며 아물기만을 애타게 기다리는 모습과도 같았다. 까오는 왕시양리가 두 번째 탈출의 지휘자로 그를 선임했을 때 거절했다. 사랑하는 여자를 남겨두고 떠나면서까지 돌아갈 곳은 이 드넓은 대륙 어디에도 없었기 때문이다.

저광장의 비탈을 내려가면서 까오는 가지가 철조망 안으로 여자를 들여보내지 않은 일로 가지를 더욱 증오했다. 자애로운 보호자인 체하며 결혼까지 시켜주겠다고 했던 사내가 하필이면 같은 민족의 배신자를 이용하여 자신을 속이고 네 명의 동료를 전기 철조망에 걸어 죽이지 않았는가. 다음엔 여자를 미끼로 삼아 언제 자신을 죽일지 알 수 없는 일이다. 춘란에게 가지에게는 결코 마음을 터놓지 말라고 말해둘 필요가 있었다.

까오는 가련한 얼굴에 어울리지 않게 풍만한 춘란의 알몸을 숨 막히는 마음으로 떠올리고 있었다. 같이 천칭봉을 메고 있는 동료는 그런 여자가 없기 때문에 까오의 야릇한 환상을 알 리 없었다.

"어디까지 내려갈 거야?"

그가 불만스럽게 말했다.

"이 근처면 됐어."

까오는 겨우 멈춰 섰다. 둘이 광주리의 줄을 잡고 탄력을 주어 광석을 쏟는 순간 줄이 끊어졌다. 다시 묶어보아도 낡은 줄은 아무 도움이 되지 않았다. 다른 광주리를 가지고 올 때까지는 시간이 꽤 걸린다. 농땡이를 피우기에 좋은 핑곗거리가 생긴 셈이다. 두 사람은 비탈에 쏟아지는 햇볕을 즐기면서 천천히 걸었다.

비탈의 움푹 팬 곳에서 동료 다섯이 앉아 이야기를 나누고 있는 모습이 보였다. 그들은 이 시간에는 무시무시한 오카자키가 저광장에는 절대로 나타나지 않는다는 것을 알고 있었고, 조수들에게 발각되어도 넓은 저광장이기 때문에 바로 일어나 움직이면 멀리서 일부러 달려와 때리지는 않을 것이라고 대수롭지 않게 생각하고 있었다.

까오와 짝패가 그곳으로 내려가자 다섯 동료들은 갑자기 이야기를 멈췄다. 냉랭해진 분위기를 보니 희생자 네 명을 낸 까오의 실책이 화제였던 모양이다.

"내가 와서 불편한가?"

까오가 날카로운 목소리로 말했다. 모두들 아무 말도 하지 않았다.

"난 모두한테 사과했어. 너희들도 들었을 거야."

"우리한테 시비를 걸 일이 아니지."

한 명이 싸늘하게 말했다.

"우리가 네 기분을 맞춰주어야 할 이유라도 있다는 거야?"

까오는 잠자코 있었다.

"앞으로는 탈출할 거면 역시 현장에서 해야겠어."

다른 자가 까오를 무시하고 말했다.

"위험한 것은 틀림없지만 일본인 경비는 전기와 달라서 눈에 보이니까 처리하기가 쉬워."

"왕은 당분간 중지한다는데……"

다른 사내가 말했다.

"그 사람은 머리가 좋지. 가지가 무슨 꿍꿍이가 있는지 훤히 꿰뚫고 있거든."

"그런데 아무도 소식이 없는 건 어떻게 된 거야?"

까오의 짝패였던 자가 동료들을 둘러보았다.

"황과 리우란 놈은 지들은 무사히 탈출했으니까 남아 있는 우리 같은 건 잊어버린 게 아닐까?"

까오는 손에 든 광석 덩어리를 가만히 내려다보고 있었다. 부주의한 실책 때문에 동료들에게서 외면당하는 고독감은 비애보다도 분노를 불러일으켰다. 그를 마치 배신자처럼 배척하고 있는 동료들 앞에서 이 광석 덩어리를 가지의 얼굴에 던져 원한을 풀고 싶었다. 그 장면을 상상하자 생리적인 쾌감까지 밀려와서 몸이 부르르 떨렸다.

하지만 그 쾌감은 금세 사라져버렸다. 그의 폭행을 이유로 일본인은 그를 비롯해 많은 동료들을 잡아다 가차 없이 학살할 것이다. 양춘란도 붙잡혀서 발가벗겨진 채 온갖 고초를 당하다 살해될 것이다. 까오는 광석 덩어리를 만지작거리면서 생각의 고리를 끊임없이 이어가고 있었다. 그러자 한 가지 계획이 이미 오랫동안 생각해온 것처럼 선명한 형태를 갖추고 떠올랐다.

 구실을 만들어서 가지를 철조망 안으로 불러들여 그를 인질로 사로잡아서 가시철사 문을 열게 하는 것이다. 만약 경비가 싫다고 한다면 가지를 당장 철조망에 던져 태워버린다고 협박한다. 그러면 경비는 반드시 문을 열 것이다. 문이 열리면 모두가 당당하게 나간다. 경비를 무장해제하여 무기를 빼앗는다. 식량창고를 습격하여 식량을 강탈한다. 마음만 먹으면 간단한 일이다. 특수 광부는 500명 이상이나 되지만 일본인은 200명밖에 안 된다. 여태 왜 이 방법을 생각해내지 못했을까? 가지는 이미 처음 네 명이 탈출했을 때 이 방법을 암시하며 그들의 무기력과 비겁함을 비웃지 않았던가.

 까오는 자신의 생각이 마음에 들었다. 이런 거친 일은 학자인 체하는 왕시양리가 할 일이 아니다. 그때야말로 자신이 선두에 나서서 지휘하는 것이다. 오명을 만회할 수 있는 절호의 기회다. 까오는 그를 따돌리고 있는 동료들을 도발하듯 보았다. 그 눈이 문득 움푹 팬 곳의 가장자리를 본 순간 그는 벌떡 일어났다.

 "도망쳐!"

 사내들은 허를 찔렸다. 자리에서 일어서는 것과 동시에 오카자키가 뛰어 들어왔다. 까오는 동료들을 도망가게 하기 위해 오카자키의 떡 벌어진 가슴팍을 들이받았다. 채찍의 뜨거운 일격이 목덜미로 날아들었다. 까오의 저항은 짧았지만 그동안 여섯 명의 사내는 많은 동료들이

오가고 있는 능선 쪽으로 도망갈 수 있었다.

까오는 채찍을 맞고 나가떨어졌다. 그의 손은 아직 광석 덩어리를 쥐고 있었다. 방금 전까지만 해도 가지의 안면을 때리려고 했던 그 광석 덩어리로 까오는 자신의 가슴께로 뻗어온 오카자키의 손을 사정없이 후려쳤다. 오카자키가 잠시 주춤한 틈에 까오는 오카자키의 채찍에서 간신히 벗어나 여섯 명의 동료들 쪽으로 비틀거리면서 뛰었다.

오카자키는 격노했다. 그때까지는 태만한 광부들을 징계하는 습관적인 폭행이었던 것이 손에서 피가 나는 것을 보고 난 후 갑자기 흉악한 살의로 변했다.

그는 날카롭게 호루라기를 불었다. 현장 직원들과 조수들이 안색이 바뀌어서 사방에서 뛰어오는 것을 보자 일곱 명의 사내가 어떻게든 그 속에 섞여 들어가려고 생각했던 동료들은 겁에 질려서 저마다 뿔뿔이 흩어졌다. 넓은 광석 언덕의 비탈을 일곱 명이 겨우 뛰어 올라왔을 때 눈에 들어온 것은 자신들을 향해 질주해오는 수많은 현장 직원과 조수들뿐이었다. 우연이었지만 추격자들은 교묘하게 포위망을 친 형태가 되었다. 일곱 명 앞에 열려 있는 도피처는 능선 너머의 반대쪽 비탈뿐이었다. 그들은 몰이꾼에게 몰린 산토끼처럼 필사적으로 뛰어 내려갔다.

오카자키가 능선 위에서 불어대는 호루라기는 멀리 아래쪽에 쳐놓은 철망 울타리에서 태평하게 햇볕을 쬐고 있던 다섯 명의 경비를 긴장시켰다. 그들은 허공을 향해 발포하면서 뛰어 올라가기 시작했다. 일곱 명의 광부들은 총성을 듣고 멈춰 섰다. 생각과는 달리 사태가 점점 심각해지고 있었다. 그들은 다시 옆으로 도망치려고 했다.

"쏴라! 쏘란 말이야!"

오카자키가 붉으락푸르락한 얼굴로 소리를 지르면서 뛰어 내려왔다. 경비 두 명이 앉아쏴 자세로 발포했다. 총알이 일곱 명의 앞쪽에 있는 광석 덩어리에 맞고 튀어 올랐다. 쫓기는 사내들은 도망갈 기력을 잃고 창백한 얼굴로 마주 보았다. 산토끼는 이미 그물 안에 있었다.

일곱 명이 붙잡힌 곳으로 뛰어 내려오던 오카자키의 다리가 갑자기 멈추더니 천천히 걷기 시작했다. 까무러칠 때까지 흠씬 패주겠다고 살기로 가득 차 있던 그의 머릿속이 갑작스러운 변화를 일으킨 것이다. 쫓기던 일곱 명은 만약 울타리가 없고 발포도 하지 않았다면 끝까지 도망갔을 것이다. 그렇다면 그들은 도망자다. 도망자로서 다루는 것도 불가능하지 않다. 현장에서 탈출하려고 하는 자를 체포했다고 하면 여러 차례나 광부들이 탈출한 사건에 속수무책이었던 노무계의 코를 납작하게 해줄 수 있다. 여기서 오카자키는 가지의 얼굴을 떠올렸다. 신참인 주제에 오카자키와 정반대의 입장에 서서 사사건건 오카자키의 일에 훼방을 놓고, 그 결과 건방지게도 하필이면 표창식에서 오카자키와 어깨를 나란히 한 그 가지의 얼굴을.

우선 가지를 경악케 할 수 있다는 것이 가장 큰 매력이다. 그리고 이어서 그 술자리에서 자신에게 수치를 안겨준 오키시마를 이번엔 공공연하게 비웃어줄 수 있다는 참기 힘든 쾌감도 큰 수확이다. 다음은 산

전체에서 유일한 증산 공로자인 오카자키가 소장의 골칫거리가 된 특수 광부들의 탈출에 대해서도 첫 번째이자 가장 큰 공을 세운 것이 된다. 그리고 현장에 관한 한 광부들은 이제 절대로 오카자키의 명령을 거역할 수 없게 된다는 것이 세 번째 수확이다. 오카자키의 아내는 "역시 당신이 아니면 광산은 돌아가질 않네요!"라고 반주를 한 병 더 내놓을 것이고, 이웃집 아낙네들에게 "우리 집 양반은 누가 뭐래도 현장에서 잔뼈가 굵은 사람이니까!" 하고 자랑스러워 할 것이다. 이는 사생활에 있어서 무형의 수확이라 할 수 있다.

그는 조수들에게 명령했다.

"이놈들을 묶어라!"

32

소장실은 기름진 요리 냄새와 담배 연기로 가득 차 있었다.

"……그 연못에 말이야."

고노 대위가 지난날을 떠올리며 미소를 지었다. 늘 냉혹해 보이는 깡마른 얼굴도 잔뜩 먹고 마신 탓인지 완전히 풀어져 있었다.

"중국인 젊은 꾸냥(처녀)의 사체가 떠 있었는데, 그게 실오라기 하나 걸치지 않은 알몸이었지. 보나마나 군인들이 실컷 가지고 놀다가 내버렸겠지만 연못에 있는 물고기들도 좋아서 난리더군. 그 여자의 몸을 쪼아 먹는데, 물고기란 놈들도 생각이 있는 동물이야. 노림수가 참 좋았어."

두 헌병과 소장은 폭소를 터뜨렸다. 인상을 찌푸렸다고 생각한 가지 역시 쓴웃음을 짓고 있었다.

"전장에서는 고생이야 말할 것 없겠지만, 그런 재미도 쏠쏠하게 있나 봅니다."

소장이 자신은 아직 경험한 적이 없는 살벌한 쾌락을 상상하며 붉은 얼굴을 더욱 붉혔다.

"그야 그렇지. 군인들에게서 여색을 끊어버리면 전투 의욕을 잃고 말아."

고노 대위가 태연하게 말했다.

"민간인들이야 모르겠지만, 결전을 앞두고 군인들이 내일의 목숨과 맞바꾸며 갖고 싶어 하는 것이 뭔지 아나? 바로 계집의 거기야. 한 명의 예외도 없이."

셋은 또다시 큰 소리로 웃었다. 가지는 이번엔 쓴웃음조차 지을 수 없었다. 만약 그가 전장에 나간다면 전투 전날 밤 그의 존재를 지배하는 것은 미치코의 하얀 육체와 뒤엉켜 있는 야릇한 망상임이 틀림없을 것이기 때문이다.

세 사람의 너털웃음이 잦아들 무렵 오카자키가 의기양양하게 들어왔다.

"소장님, 방금 전에 특수 광부 도망자 일곱 명을 체포했습니다."

가지의 몸은 급속히 경직되었다. 마른하늘에 날벼락이었다.

"체포했다고?"

와타라이가 군도로 마루를 강하게 내려쳤다.

"잘했다! 정말 잘했어!"

"저항하던가?"

고노 대위가 붕대를 감은 오카자키의 손을 보았다.

"지독한 놈들입니다!"

오카자키는 가지를 경멸하듯 곁눈질했다. 그자들을 삶아 먹든 구워 먹든 이번엔 내 마음대로다.

"하마터면 놓칠 뻔했습니다."

"탈출은 갱내에서였습니까?"

가지가 오카자키의 표정을 주의 깊게 보면서 물었다.

"저광장에서였습니까?"

"저광장이야."

"그건 좀 이상하군. 이런 대낮에."

오카자키의 삼백안이 사납게 움직였다.

"당신은 여기서 짱꼴라 요린지 뭔지 먹고 있었는데 저광장이 어땠는지 어떻게 알겠어?"

"내가 알고 싶은 것은 이런 벌건 대낮에 어떻게 탈출하려고 했느냐는 거요."

"날 광석 덩어리로 때린다는 것은 웬만한 각오가 아니면 못해."

"그것이 탈출이라고 보는 이유입니까?"

"이봐! 현장을 본 것은 나 혼자뿐만이 아니야. 내 부하들이 열네다섯 명이나 뛰어다니면서 겨우 잡을 수 있었다고."

"울타리 안에서?"

"그래."

"울타리 안에서 도망 다니는 것이 탈출입니까?"

오카자키는 말문이 막혔다. 잠깐 소장 쪽으로 시선을 돌렸으나 이내 험악한 표정으로 대들 듯이 소릴 질렀다.

"짱꼴라 두둔일랑 그만 좀 해! 현장 책임자인 내가 말하는 거야. 나를 뭘로 보는 거야? 그놈들이 탈출 얘기를 하고 있는 자리를 내가 덮쳤어. 그래! 저광장의 움푹 팬 곳이었지. 한 3분만 늦었어도 틀림없이 놈들은 다 도망갔을 거야."

"믿을 수 없어!"

가지가 강하게 말했다.

"가서 조사하고 오겠습니다."

"조사를 해?"

오카자키는 가슴팍을 내밀고 다가왔지만, 그 삼백안은 좌우로 바쁘게 움직이고 있었다.

"조사할 필요는 없다!"

옆에서 와타라이가 윽박질렀다.

"그놈들을 어디로 보냈나?"

"주재소 유치장으로 연행했습니다."

오카자키는 와타라이의 도움에 마음을 놓은 듯 말했다.

"어떻게 조치할지 지시를 내려주십시오."

와타라이가 차렷 자세로 상관에게 말했다.

"어떡할까. 늘 자네가 말하던 대로 할까?"

고노는 수도^{手刀}로 목을 자르는 시늉을 했다.

"네! 앞으로의 본보기를 위해서라도 그것이 가장 적절한 조치라 생각합니다."

고노는 고개를 끄덕이고 소장을 보았다.

"와타라이 중사는 검도의 달인이네. …… 자네가 화베이^{華北}에서 몇 명이나 벴지?"

"꽤 많이 벴습니다. 정확하게 기억나지는 않습니다."

"어쨌든 이 사나이한테 찍히면 끝장이야."

대위는 메마른 소리로 크게 웃었다.

"잠깐만 기다려주십시오."

분위기가 무섭게 돌아가자 가지는 낯빛이 달라졌다. 오카자키와의 대화로 탈출이 아니라는 것만은 분명해졌다. 지금은 단지 지배자의 심심풀이용 잔학성만이 날뛰고 있을 뿐이다.

"탈출이라고 어떻게 단정 지을 수 있습니까?"

그 순간 와타라이의 고함 소리가 실내를 뒤흔들었다.

"뭐라고 지껄이는 거야?"

위압할 때 나오는 이 사내의 버릇이다. 느릿느릿 일어나 바위 같은 가슴을 쫙 폈다.

"목격자가 여기에 와 있다. 그래도 불만이 있나?"

잠깐 주저하다가 가지는 스스로를 격려했다.

"있습니다. 감정적으로 치닫고 있는 목격자를 전 믿을 수 없습니다."

오카자키가 채찍을 고쳐 쥐고 다가오려고 했다.

"그래. 난 당신 말을 믿지 않아."

가지가 다시 한 번 말했다.

"제대로 조사해보지도 않고 탈출이라 단정하고 처형한다면 관리에 애쓸 필요가 전혀 없을 것입니다. 철조망 안에 있는 오백수십 명은 모두 탈출에 대한 의지를 갖고 있습니다. 그렇다고 해서 그들을 전부 도망자로 단정하고 처형할 수 있겠습니까?"

"그런 물러터진 정신머리이니까 저놈들이 몇 번이나 탈출할 수 있었던 것이다."

와타라이가 한 걸음 나와 귀싸대기를 한 방 뜨겁게 날릴 수 있는 사정거리로 들어섰다.

"관리책임자로서 정신 상태가 너무 해이해!"

"잠깐."

고노 대위가 제지했다.

"자네는 행동에 앞서 한 번 더 생각해보는 게 좋아. 필요한 것은 탈출이냐 아니냐는 것이 아니야. 그런 걸 따지면서 시간을 허비할 필요는 전혀 없어. 우리가 탈출이라고 인정했다. 중요한 것은 그거 하나뿐이야.

그게 우리 지배민족의 권위라는 것이다. 놈들은 자네가 말한 대로 탈출에 대한 의지를 갖고 있다. 언젠가는 그것을 실행에 옮기려고 호시탐탐 기회를 노리고 있고. 그것을 미연에 방지하지 않으면 안 돼. 놈들을 완전하게 우리 의지하에 굴복시켜놔야 된다는 말이다. 그게 포로관리의 요점이자 자네의 임무이기도 해. 지금은 전시다. 게다가 전황이 점점 더 치열해지고 있다. 평시의 나약한 인도주의는 패배의 단초를 제공할 수 있다는 걸 명심해야 해. 유화정책은 절대로 안 된다. 추상열일秋霜烈日의 정신이 없다면 이 전시하의 난국을 절대로 타파할 수가 없어!"

고노는 군도를 잡고 일어섰다.

"와타라이, 논쟁할 필요는 없다. 내일 저녁때 도망자들을 처형하라. 방법은 자네한테 일임한다."

와타라이가 뒤꿈치를 쿵 울리면서 부동자세를 취했다. 결정된 것이다. 가지의 존재는 간단히 묵살되고 말았다.

고노가 소장 쪽으로 엷은 웃음을 지으면서 말했다.

"이의는 없겠지? 탈출 포로의 신병을 내일 저녁때까지 소장의 책임하에 두겠다. 처형 입회인은 자네다."

가지를 향한 고노의 눈은 이미 웃음기를 거두고 차갑게 빛나고 있었다.

더 이상 논의할 여지는 없었다. 권력은 일의 시비를 가리지 않는다. 원하는 대로 결정하고 명령할 뿐이다.

33

가지는 오카자키가 비웃고 있는 것을 의식하면서 현장을 조사하러 갔지만 토끼 사냥을 한 사내들이나 탈출 사건을 목격한 현장의 만주인 고용인들은 한사코 대답을 회피했다. 어차피 피해자는 그들이 아니고, 섣불리 오카자키에게 불리한 증언이라도 했다가는 곧바로 자신들에게 그 화가 미치리라는 것을 잘 알고 있었던 것이다.

몹시 못마땅한 표정을 짓고 있는 가지에게 한 나이 많은 현장 직원이 웃으면서 이렇게 말했다.

"탈출입니다. 도망갔으니까요. 맞는다고 해서 그렇게 소란을 피우며 도망 다닌 적은 여태 한 번도 없었습니다. 얌전히 맞고 있었다면 쉽게 끝날 일이었을지도 모르죠."

광부들은 맞는 것이 당연시되고 있었다. 때려서 죽인 적이 있는 사내에게 얌전히 맞고 있을지 어떨지는 이 사내의 고려 대상이 아니었다.

가지는 현장에서 조사하는 것을 단념하고, 유치장에 수감되어 있는 일곱 명의 '도망자'를 만나러 갔다. 잠깐 만에 완전히 다른 얼굴이 되어 버린 까오가 가지를 보자마자 쇠창살을 꽉 움켜쥐고 소리쳤다.

"우릴 어떻게 할 생각이냐?"

다른 여섯 명은 하나같이 잿빛으로 변한 얼굴로 가지를 보며 어두컴컴한 유치장 바닥에 웅크리고 있었다.

"우릴 당장 여기에서 꺼내줘! 그자의 손을 때린 것이 잘못이라면 나

하나만 조사해라. 뭐냐, 그 정도 일로! 날 봐!"

까오는 채찍에 맞아서 지렁이처럼 길게 부어오른 목과 어깨의 상처를 드러내 보였다.

"이래도 내가 잘못했다고 할 거냐?"

"너희들은 도망자로 간주된 거야."

일곱 명은 순간 헉 하고 숨을 삼켰다. 그러고 나서 갑자기 아우성치기 시작했다.

"시끄러워!"

만주인 순경이 뛰어와서 긴 쇠사슬로 쇠창살을 쳤다.

"조용히 하지 않으면 한 놈씩 끌어내서 이걸로 조져버릴 테다."

그러고는 다시 한 번 쇠사슬로 쇠창살을 쳤다.

"……개새끼!"

까오가 순경의 뒷모습에 대고 으르렁거렸다.

"현장에는 수십 명, 아니 수백 명이나 있었다. 탈출이었는지 아닌지 조사해보면 금방 알 수 있어. 어서 조사해봐!"

"조사해봤어."

가지가 중얼거렸다.

"아무도 탈출이 아니라고는 말하지 않았어. 너희들의 동포조차도."

까오가 이를 부드득 갈았다.

"우린 어떻게 되는 거냐?"

"난 탈출이라고는 생각하지 않아."

"우린 어떻게 되냐고!"

가지는 대답하지 않았다.

"우릴 헌병에게 넘길 거냐?"

가지는 까오의 눈 속에서 춤을 추는 불꽃 같은 빛을 지켜보고 있었다.

"우릴 헌병의 손에 넘길 생각이군!"

"……넘기지 않을 생각이다."

가지의 목소리는 어두웠다.

"넌 지금까지 날 믿지 않았어. 이번에도 날 믿지 않는 게 좋아. 저들에겐 권력이 있고, 나에겐 없다. 해볼 뿐이야. 내일 저녁때까지."

노성인지 통곡인지 분간이 안 되는 사내들의 어지러운 목소리를 뒤로 하고 가지는 유치장에서 나갔다.

34

"본보기를 보여주는 거네, 가지 군."

소장이 말했다.

"그렇게 생각할 수밖에 없단 말이네. 내 의지가 아니라 헌병대니까, 상대는. 그들의 말을 거역할 수는 없어!"

"소장님이 그만두라고 하시면 헌병들도 듣지 않을 수는 없을 것입니다. 본보기를 보여주는 거라고 하시는데, 공포의 힘으로는 극히 일시적으로 억누를 수 있을 뿐입니다."

"훌륭한 의견이군. 그런데 왜 그 말을 헌병들한테는 하지 않았나? 나도 개인적으로는 헌병들의 의견에 반드시 찬성하는 것은 아니네. 그러나 본사에 전화로 보고했더니 헌병대에 처분을 맡기라고 하더군."

"왜죠?"

"이유가 필요한가?"

"지금 인간의 목숨이 왔다 갔다 하고 있습니다. 그 이유 말고 또 뭐가 필요하겠습니까?"

소장은 말이 없었다. 불그스름한 얼굴이 창백해지기 시작했다. 이런 건방진 놈한테는 표창을 주는 게 아니었어!

"저는 일개 평직원입니다. 사회적으로 아무 힘도 없습니다. 그래서 소장님께 부탁드리고 있는 것입니다. 회사의 입장에서 반대 의견을 강력하게 주장하시면……"

"부탁하고 있는 것 같진 않군."

소장은 노여움을 생기 없는 웃음으로 나타냈다.

"자네는 늘 입바른 소리만 해. 하지만 언제나 평면적이야. 입체적인 고려는 전혀 하고 있지 않아. 전시하에서는 평시의 논리는 통하지 않는 법이네."

"그런 어처구니없는 말씀이 어디 있습니까?"

"좋아!"

소장이 차갑게 말했다.

"자넨 그렇게 생각하지 않지만 난 그렇게 생각하네. 우리 의견이 평행선을 달리고 있군. 이대로는 결말이 나지 않겠어. 자네가 끝까지 따르지 못하겠다면 자네가 직접 본사의 의향을 바꾸면 될 거 아닌가."

"물론입니다!"

가지가 말하고 거칠게 문 쪽으로 걸어가기 시작했을 때 소장이 등 뒤에서 말했다.

"자넨 지금 흥분해서 잊고 있는 모양인데, 본사도 나도 포로의 목숨 따위에 신경 쓰고 있을 시간이 없네. 부장한테 너무 집요하게 얘기해서 자네의 입장이 난처해지지 않도록 조심해."

시간이 없는 것이 아니다. 아무리 생각해도 손해를 각오하고 헌병에게 대들 만큼 포로의 목숨에 가치가 있다고는 생각하지 않는 것이다. 일본인에게는 일본인의 목숨조차 소모품에 지나지 않는 시기에 적국 포로의 목숨이 무슨 대수냐는 것이다.

가지는 노무계 사무소로 뛰어 내려가 직통 전화로 본사의 부장을 찾았지만 부장은 회의 중이어서 통화할 수 없었다. 가지가 수화기에 대고 큰 소리로 말하고 있는 동안 수화기 너머의 목소리가 바뀌더니 출장 간 오키시마가 받았다.

가지는 한 가닥의, 아니 모든 희망을 오키시마에게 걸었다.

오키시마에게서는 좀처럼 회신이 오지 않았다. 저녁때 노무계 사무소는 정시를 기해 텅 비었다. 항상 가지 옆에서 야근하던 첸은 이제 없다. 가지는 썰렁한 콘크리트 실내를 초조하게 돌아다녔다.

불이 켜지고 밤이 찾아왔다. 오키시마에게서 회신이 오기를 기다리는 것은 지루하기 짝이 없었지만 시간은 빨리 흘렀다. 가지는 두 헌병 앞에서 당당하게 반대 의견을 주장하는 용기가 없었던 것을 후회했다. 소장 앞에서는 핏대를 세워봤자 아무 소용이 없다. 가지가 권력을 두려워한 것처럼 소장도 두려웠을 것이다. 소장에게 불순한 생각이 있었을지도 모르는 것처럼 가지에게도 불순한 타산이 작용하지 않았다고는 할 수 없다. 그것이 겁쟁이라는 형태로 나타난 것이다.

가지는 책상과 의자 사이를 왔다 갔다 했다. 이따금 왕시양리의 얼굴을 떠올리고 의논해보고 싶다는 생각이 들었지만 곧 지워버렸다. 설사 왕이 지혜의 덩어리라 한들 무엇을 할 수 있겠는가. 그저 조소와 비난만 살 것 같았다. 의논 상대가 필요했다. 내 편이 필요했다. 고독감이 송곳처럼 뚫고 들어왔다. 미치코에게로 돌아가고 싶어졌다. 벽에 걸린 전화는 차가운 침묵을 굳게 지키고 있었다. 가지는 더욱 부산스럽게 왔다 갔다 했다. 책상 아래에 신문이 떨어져 있었다. 헤드라인 몇 줄이 눈에 띄어 주워들었다. 2, 3일 전 신문이다. 누군가가 도시락을 싸서 갖고 온 것 같다. 간장이 묻은 곳에 이렇게 쓰여 있었다.

'시게미쓰 외상 천명―대동아 건설 기조는 호혜평등의 대정신. 미영美英의 식민지 야욕 분쇄'

현재 외상인 시게미쓰 마모루重光葵가 호혜 평등의 대정신을 갖고 있는지 어떤지를 가지가 직접 확인할 기회는 필시 오지 않을 것이다. 가지가 봐서 아는 한 일본의 호혜 평등의 대정신이라는 것은 주지는 않고 빼앗기만 하는 것이었다. 그리고 가지 자신도 그 일에 일익을 담당하고 있었다.

가지는 성마르게 사무소 구석으로 가서 신문철을 들었다. 그날 신문에는 큼직한 글씨로 이렇게 쓰여 있었다.

'일중 동맹 조약 성립—난징南京에서 조인. 화목·안정·호혜 평등으로 영원한 기본 관계 규정. 제국, 아시아 해방 추진'

가지는 신문철을 내던졌다. 벽을 향해 소릴 지르며 울부짖고 싶었다. 아시아를 해방시키기 위해 아시아인인 일본인은 내일 아시아인인 중국인 일곱 명의 목을 벤다. 이것이 영원한 기본 관계이고, 화목과 안정, 호혜 평등의 증좌다. 시게미쓰 마모루와 왕자오밍汪兆銘(중국의 친일 정치가-옮긴이), 혹은 그 대리인들은 악수를 하고 샴페인 같은 걸로 건배했을 것이다. 과연 소장이 말한 대로다. 전시하에서는 평시의 논리는 통하지 않는다. 입체적인 고려가 이루어지고 있다. 근일 중에 도쿄에서 대동아 회의가 개최되어 일본, 중국, 태국, 만주국, 필리핀, 버마 등 6개국이 대동아 공동 선언을 발표할 것이다. 그리고 일본인이 존재하는 모든 지역에서 가지와 같은 창백한 인도주의의 유령이 호혜 평등의 카무플라주 역할을 할 것이 틀림없다.

가지는 다시 서성거렸다. 구두 소리만이 크게 울렸다. 시간은 점점 흐르고 있었다. 살을 에는 듯한 고통이 밀려오기 시작했다. 아무 이유도 없이, 아니 '본보기'로 삼는다는 목적의식 아래 일곱 명의 사내가 목이 잘린다는 것은 지금까지의 가지의 존재가 완전히 엉터리였다는 것을 의미한다. 그것은 불법 설파를 사욕을 채우는 수단으로 삼고 있는 땡추보다도 훨씬 더 추악하게 여겨졌다. 가만히 서서 생각하는 것은 참을 수 없는 고통이었다. 그렇다고 해서 계속 서성거리고 있자니 초조함만 커져갈 뿐이었다.

왕, 자네가 말했지? 철조망 밖에 있는 자가 안에 있는 자에게 넌 나보다 행복하다고 말할 수 없다고. 자네가 틀렸어. 지금은 자네가 나보다 훨씬 더 행복해. 분명히!

가지는 벽시계를 거의 1분 간격으로 올려다보았다. 바늘은 9시를 지난 자리에서 영원히 멈춰 있는 것 같았다. 오키시마는 뭘 하고 있는 걸까? 가지의 고민은 안중에도 없이 시내 카페에서 술에 취해 노닥거리고 있는 것은 아닐까?

유리창 밖을 그림자가 스윽 지나갔다. 가지는 사무소 가장자리에 있었다. 그림자가 다시 또 사뿐히 움직였다. 가지는 뛰어가서 문을 거칠게 밀어 열었다. 창백한, 홉사 유령 같은 형상을 하고 양춘란이 서 있었다.

"그이는 어떻게 될까요?"

그녀는 숨도 쉬지 않고 말했다.

"어떻게 될지 나도 알고 싶어."

가지는 무심코 일본어로 중얼거렸다.

"그이는 언제 나오나요?"

여자의 목소리는 떨렸다. 금방이라도 울음을 터뜨리거나 소리를 지를 것 같았다. 가지는 우물거렸다. 내일이다. 내일 저녁때까지는…….
춘란이 이번엔 더듬더듬 일본어로 물었다.
"까오 씨, 죽이지 않아? 죽이지 않지요?"
가지는 고개를 가로저었다.
"거짓말 하지 마! 죽이지 않아? 정말, 죽이지 않지요?"
전화기가 요란하게 울렸다. 가지는 뛰어가서 수화기를 들었다. 난폭해질 정도로 초조해져 있었다. 교섭의 경과 따위는 아무래도 상관없었다. 가타부타 한 마디만 듣고 싶었다.
"결론은!"
가지는 전화기에 대고 소리쳤다.
"조급하게 굴지 말고 들어!"
오키시마의 목소리도 거칠게 돌아왔다.
"……부장한테는 기대할 수 없겠어. 그 겁쟁이 새끼! 내일까지 기다려봐. 어떻게든 이사장을 설득해볼 테니까……."
가지는 오키시마의 목소리가 마치 멀리 지구 끝에서 들리는 것 같았다. 오키시마는 이 시각까지 부장의 집에서 매달리다 본사로 돌아와 전화하는 모양이다. 부장은 헌병의 조치에 반대할 권한도 마음도 없다는 것이다. 헌병대가 필요하다고 인정한 조치는 말하자면 국가적인 견지에서 필요한 것이므로 인정상으로는 차마 못할 짓이라도 따르는 것이 결국엔 회사의 입장에서도 유리하고, 또 필요한 조치라는 것이 오키시마가 부장에게서 받아낸 대답이었다. 오키시마는 이사장을 설득

하겠다고 했지만, 부장보다도 풍채도 크고 인품도 대범한 대신 훨씬 더 군국주의적이고 전시 내각의 각료가 되겠다는 야망을 갖고 있는 이사장이 포로의 목숨 따위에 깊은 관심을 나타내리라고는 아무래도 생각할 수 없었다.

전화를 끊었을 때 사건의 모든 무게가 가지의 어깨를 짓누르며 이제는 결코 떼어낼 수 없는 것이 되어 있었다.

"……돌아가."

가지는 양춘란에게 말했다.

"날 혼자 있게 해줘."

"그 사람을……"

여자는 꺼져 들어가는 목소리로 애원하듯 말했다.

"살려주세요!"

가지는 고개를 끄덕였다. 살려내야만 한다. 자신이라는 존재가 인간으로서 실격될 위기에 처해 있다. 가지는 다시 한 번 고개를 끄덕였다. 확신은 없었다. 어쩌면 자기 자신에 대한 절망적인 싸움을 선포하는 신호일지도 모른다.

35

'예삿일이 아니야.'

미치코는 직감적으로 느끼며 천장을 향해 반듯하게 누워 있는 가지를 보고 있었다.

"어서 자. 걱정하지 말고."

말하는 가지의 얼굴은 가면처럼 굳어 있었다.

"난 아무래도 못할 것 같아. 내 힘이 미치지 않는 일이야……"

미치코는 가지의 이마에 손을 얹었다. 뜨거웠다. 안에서 뭔가가 활활 타고 있는 것 같았다.

"당신은 이미 충분히 애썼어요. 누가 당신을 비난하겠어요?"

가지 자신이다. 왕과 오백수십 명의 그들이다. 그리고 가지는 모르지만 용감하고 올바른 마음을 갖고 있는 수많은 사람들이다. 가지는 잠자코 그 사람들의 무언의 압박을 받으며 꼼짝도 하지 않았다.

"……자, 걱정하지 말고. 나도 잘게."

"정말로 안심해도 되겠어요? 정말?"

"으응."

가지는 비로소 가만히 미소 지었다.

"잘 자, 안심하고."

미치코는 베갯맡의 불을 껐다. 미치코의 손이 가지의 손을 잡았다. 가지도 힘을 주어 미치코의 손을 꼭 잡았다.

잠들 수 없는 밤이었다. 시간이 흘렀다. 한밤중을 알리는 사이렌 소리가 들렸다. 캄캄한 시간이 흐르고 있었다.

미치코는 겨우 잠든 것 같았다. 희미한 숨소리가 들린다. 너무나 익숙한 체온이 전해져온다. 여느 때처럼 마음이 차분해지는 그 부드러운 촉감도.

창밖에서 마른 잎이 바스락거리는 소리가 들렸다. 가지는 심호흡을 몇 번 했다. 방법은 다 생각해봤다. 아무리 이성적인 방법도 공상에 지나지 않았다. 일곱 명의 사내가 내일 처형당한다. 아무 근거도 이유도 없이. 필시 아무 필요조차 없이.

가지는 살그머니 이부자리에서 빠져나와 옷을 입었다. 어둠 속에서 살랑거리는 바람 같은 기척에 미치코가 벌떡 일어났다.

"어디 가시게요?"

가지는 말없이 움직였다. 미치코가 가지의 허리에 매달렸다.

"어디 가시냐고요?"

"……그들을 놓아주어야 되겠어."

가지는 말하고 나서 정말로 그렇게 해야겠다고 결심했다. 놓아주는 것이다. 야근하는 순경을 매수하든지, 속이든지, 혹은 때려눕히든지 해서. 놓아주고 나서 이번 사태의 흑백을 가리는 것이다. 달리 방법이 없다. 설령 불법적 권력을 훗날 탄핵할 용기가 있다 해도 내일 처형될 일곱 명의 목숨은 보장하기 힘들었다.

미치코는 제정신을 가진 사람의 짓이라곤 생각하지 못하는 것 같았다. 아연실색하여 어둠 속에서 가지의 표정을 살피려고 했지만 굳게 경직된 남자의 몸에서 이상한 결의를 느끼고는 갑자기 이성을 잃고 가지의 허리를 격렬하게 흔들었다.

"그만두세요! 그런 짓을 하면 당신이 어떻게 되는지 몰라요?"

"……다른 방법을 쓸 시간이 없어."

가지는 미치코의 손을 뿌리쳤다.

"어떻게 되든 상관없어, 나 따위는. 인간이 되고 못 되고는 지금이 경계니까."

"그럼, 우린 이제 끝인가요? 이제 겨우 우리들의 삶이 시작되었는데?"

미치코는 또다시 매달리며 호소했다.

"당신은 할 만큼 했어요. 당신이 그 사람들을 놓아준다면 그 후엔 어떻게 되든 마음은 놓이겠죠. 그렇죠? 하지만 전 싫어요. 이런 일로 우리가 끝나는 건 싫단 말이에요!"

끝난다고? 그럴지도 모른다. 그렇게 될 것이다. 그렇게 되어야만 하는 것이라면?

목소리가 사라지고 나자 마치 인적 없는 구멍 같은 어둠이 두 사람 사이에 남았다.

"……날 힘들게 하지 마, 지금만은."

가지는 연기처럼 움직였다. 미치코는 필사적이었다. 불을 켜고 일어서는 것과 동시에 가지가 가는 길을 막고 소리쳤다.

"사람을 부를 거예요. 못 가요! 저걸 봐요! 저걸 샀을 때 당신은 뭐라고 했죠?"

벽걸이 접시를 가리키며 가지의 옷깃을 놓지 않았다.

벽에는 한 쌍의 남녀가 행복하게 포옹하고 있었다. 그들과 같이 되려고 그것을 샀다. 그때는 희망과 꿈으로 가득 차 있었지만, 지금은 파국이 아가리를 벌리고 있다.

"전 알아요."

미치코가 울먹이며 말했다.

"당신도 지금의 이 생활을 잃어도 된다고는 생각하지 않는다는 것을요. 그렇죠? 길을 잃는다면 함께 헤매자고 약속했잖아요. 당신은 지금 당신 혼자만의 길을 찾아서 훌쩍 떠나려고 해요. 우리가 이제 막 거머쥔 행복을 마치 더러운 것인 양 내던져버리고. 왜 이러는 거죠? 인간이 못 된다니, 그럼 제가 하는 말이 개 짖는 소리나 같다는 건가요? 물론 당신이 하는 일이 훌륭한 일일 수도 있어요. 하지만 파멸해버리면 무슨 소용이 있죠? 아니요! 반드시 파멸할 거예요. 그럼 저는 무슨 힘으로 살아가라는 거죠? 서로 맹세했던 추억만 남는데, 목소리도 모습도 없는 당신에 대한 추억만 남는데……."

미치코는 주저앉아 흐느껴 울었다.

"잔인한 사람!"

"싫어요!"

"가지 마세요! 부탁이에요."

가지는 미치코에게서 떨어져 책상 앞에 앉았다. 미치코는 여전히 흐느껴 울고 있었다. 시간이 멎은 듯했다. 가지는 꼼짝도 하지 않았다.

잠시 후 미치코가 고개를 들었다.

"미안해요."

눈물 젖은 음성이 힘없이 떨고 있었다.

"당신 마음이 시키는 대로 하세요."

그렇게 말하고 나서 눈물이 새롭게 펑펑 쏟아졌다.

"제가 틀렸는지도 몰라요. 나중에 제가 당신을 방해했다고 여겨질 바에는, 그로 인해 미움을 받거나 사랑을 받지 못할 바에는……."

가지가 보자 미치코는 창백한 얼굴을 가지 쪽으로 돌리고 눈을 감은 채 눈물이 흐르는 대로 내버려두고 있었다. 가지는 자기도 모르게 일어나서 미치코에게 다가가려고 했다. 그 동작이 긴장한 채 실랑이를 벌이고 있던 마음의 균형을 깨뜨린 모양이다. 가지는 뭐라고 말하려고 했다. 그 말로 무너지려는 자신의 마음을 일으켜 세우려고 했다. 그러나 그 말은 나오지 않았다. 엉거주춤 일어난 몸을 다시 주저앉힌 것은 의지가 아니라 기력이 한순간에 사라져버린 탓이다.

"……틀렸어, 난."

책상 위에서 머리를 감싸고 울부짖었다.

"갈 수 없게 돼버렸어……."

36

"솔직히 말하지."

가지는 서리가 내린 마른풀을 밟고 서서 철조망 너머로 왕시양리에게 말했다.

"남은 방법은 헌병대에 마지막으로 탄원하는 것과 오키시마가 본사에서 분주히 노력하고 있는 일의 결과를 기다리는 것뿐이네."

"그것에 얼마나 희망을 걸 수 있나?"

왕시양리는 가지를 주의 깊게 지켜보았다.

가지는 어젯밤부터 이어져온 번민을 말해주는 충혈된 눈을 먼동이 트는 동쪽 하늘 쪽으로 돌렸다. 그곳만이 붉게 물든 아침노을이 가지에게는 그날의 유혈을 예고하는 것으로밖에 보이지 않았다.

"희망은 백에 하나야."

"이건 우리들만의 문제가 아니네."

왕은 가지의 시선이 돌아오기를 기다렸다가 말했다.

"우리들의 동료 일곱 명이 생사의 갈림길에 서 있는 것과 똑같은 의미로 가지 씨 당신도 중대한 기로에 서 있는 게 아닐까?"

"그래."

"이 순간에 당신이 실패하면 아무도 당신을 인간으로서 신뢰하지 않게 될 거야. 당신 자신도 자신을 믿지 못하게 될 테고."

"……맞아."

"알면서 아무것도 하지 않는 건가? 서류상의 절차와 전화 연락만 하고. 친구가 하고 있는 노력의 결과만 기다릴 뿐……. 할 수 있는 일이 그것밖에는 없나?"

"어떻게 하라는 말이야?"

"철조망 밖에서 자유롭게 돌아다닐 수 있는 사람이 그걸 묻나?"

"……어젯밤, 난 영웅이 될 뻔했네."

가지는 쓴웃음을 지었다.

"마지막까지 마땅한 지혜가 떠오르지 않더군. 그래서 난 그 일곱 명을 놓아주려고 했지……."

가지의 표정이 갑자기 모든 것을 체념한 것처럼 변했다.

"그 영웅의 말로가 어땠는지 알고 싶지 않은가?"

왕은 가지에게서 시선을 돌려 지금까지 가지가 보고 있던 아침노을을 보았다.

"영웅은 여자의 눈물에 빠져버렸네. 빠진 몸을 여자의 머리카락 한 가닥이 이부자리에 꽉 묶어놓더군. 왜 안 웃지?"

"당신이 그렇게 스스로를 자학하며 쾌감을 맛보고 있는 것보다도 일곱 명에게 닥친 위험이 더 중대하니까."

왕의 목소리는 싸늘했다.

"노무계 종업원이 대략 마흔 명이라고 들었네. 그들 모두가 살인귀는 아니겠지. 그 마흔 명의 뜻을 하나로 모아서 처형을 반대한다는 입장을 분명히 한다면 당신이 혼자 움직이는 것보다 훨씬 효과적일 것이라고는 생각하지 않나? 그 운동을 정당화할 수 있는 이유는 얼마든지 있을 것이고, 시간 또한 그리 많이 필요치는 않을 걸세."

가지는 잿빛으로 흐려진 얼굴을 이번엔 본관 사무소 쪽으로 돌리고 말했다.

"소장이 내게 종종 말하더군. 자네는 언제나 옳은 말을 하지만 늘 평면적이라고. 난, 왕, 자네의 의견을 평면적이라고는 생각하지 않아. 옳아! 옳지만 난 자네처럼 훌륭한 투사는 아니야. 자네는 항일 전선의 전사야. 난 일제 침략 전쟁의 앞잡이네. 내가 자네가 원하는 대로 행동했다면 이 산에서 가지라는 사내는 벌써 흔적도 없이 사라졌을 거야."

"당신은 궁지에 몰려서도 자학을 즐기며 현실을 직시하지 않아. 그렇게 해서 자신의 기회주의를 감추려고 하는 거지. 그런 주제에 다른 일본인과의 차이점을 끊임없이 의식하고, 자긍심을 가지려고 해."

"……그래서?"

우울한 눈빛으로 가지는 숨을 죽였다.

"난 이 산에 왔을 때 일본인이라는 것을 별로 달가워하지 않는 일본인이 한 명 있다는 것을 깨달았지. 그는 다른 일본인과 마찬가지로 우리들에게 말은 심하게 하지만 마음과 행동은 그 반대로 움직이고 있었어. 난 이것을 매우 귀히 여겨야 한다고 생각했네."

왕은 가지를 똑바로 응시했다.

"내 평가가 틀렸을까?"

가지는 거의 온 힘을 다해 왕의 시선을 받아내고 있었다.

"틀렸던 것 같군."

"그래, 틀렸던 것 같아."

왕의 맑은 시선은 조금도 움직이지 않았다.

"가지 씨, 사소한 과실이나 잘못은 당신도 저지를 수 있고 나도 저지를 수 있네. 하지만 이것은 바로잡으면 용서받을 수 있는 거야. 그런데 결정적인 순간에 저지르는 잘못은 결코 용서받을 수 없는 범죄가 돼. 당신은 내가 본 바에 따르면 인간을 옹호하는 입장을 취하면서 전쟁을 옹호하는 직업 때문에 고민하고 있는 것 같더군. 이것은 다시 말해서 잘못과 과실의 긴 연속이었어……."

가지는 몇 번이나 작게 고개를 끄덕였다.

"그래도 언젠가는 이것을 바로잡을 기회가 올 것이라는 희망을 갖고 있었을 거야. 그러나 오늘, 이제부터 맞이할 순간에는 그 희망이 없어."

"그래서?"

가지는 거의 입 속에서 중얼거리듯 반문했다.

"물론 그 순간이 인도주의의 가면을 쓴 살인광의 동료가 되느냐, 인간이라는 아름다운 이름에 걸맞은 사람이 되느냐의 갈림길이 될 거야."

"알아."

가지는 지금까지 혼자 서 있었던 것처럼 걷기 시작했다.

필시 자신은 그 아름다운 이름에 걸맞은 사람은 아닐 것이다.

왕은 가지를 쫓아가지 않았다. 조용한 목소리만이 가지의 뒤를 쫓아왔다.

"당신은 폭력이 지배하는 곳에서는 인간이 고립화되고 무력화된다는 패배감에 빠져 있어. 그것도 당신 자신이 생각하는 것보다 훨씬 더 깊숙하게."

가지는 멈춰 서서 뒤를 돌아보았다.

"그리고 당신은 스스로 생각하고 있는 것만큼 인간을 믿지 않아. 당신이 어떻게 생각하든 인간에게는 인간적인 동료가 어디에나 늘 반드시 있는 법이야. 서로 그 동료를 찾아 손을 맞잡으면 되는 거지. 너무나 문학적인 표현 같지만 이 세상은 결코 살인광의 세상이 되지는 않아."

가지는 다시 걷기 시작했다.

왕, 한번 보고 싶군. 자네가 내 입장에 서 있다면 어떻게 할지.

풀숲에서 길로 나왔을 때 가지는 철조망 쪽을 돌아보았다. 왕시양리는 같은 자리에 서서 가지 쪽을 보고 있었다.

37

마른 들판에 차가운 바람이 불었다. 빨갛고 거대한 태양이 평야 저편으로 지고 있었다. 처형장은 이 마른 들판, 산기슭에 가려 마을 사람들은 볼 수 없는 곳으로 정해졌다.

오키시마의 노력도 끝내 효과가 없었다. 가지가 고노 대위 앞으로 보낸 마지막 탄원도 일축되었다. 군인은 한번 결단을 내리면 변경할 수 없다는 것이다. 처형한다고 정해진 이상 충분한 이유도 없이 그것을 철회하는 것은 권력의 무법성을 자인하는 것이나 같기 때문이다.

가지는 형장을 향해 마른 들판을 혼자 가로지르고 있었다. 어제부터, 아니 그보다 훨씬 전인 지난 몇 개월 동안의 일이 회오리바람처럼 가슴속을 휘젓고 있었다. 200일쯤 전에 단단히 마음을 먹고 희망과 야심으로 가득 차서 휴머니즘을 제창하며 이 산에 들어온 사내가 지금 이렇게 참수형의 입회인이 되어 처형장으로 가고 있다. 걷고 있는 것은 인간이 아니었다. 천박한 욕망 덩어리, 자신의 안일한 삶을 위해서는 영혼도 팔아버리는 파렴치한이었다. 그의 결심 따위는 불길 앞의 지푸라기나 다름없었다. 어젯밤에는 미치코의 격정 앞에서 다 타버리고 재만 남지 않았던가.

미치코는 어젯밤, 결의가 꺾여 책상 위에서 머리를 감싸고 있는 가지를 보면서 이루 표현할 수 없는 안도감과 함께 괴로워하는 가지가 안쓰러워서 견딜 수 없었다.

무릎걸음으로 다가가 가지의 무릎에 손을 얹고 흔들며 말했다.

"제가 반대해서 화났어요?"

가지는 대답하지 않았다. 울고 싶었다. 반대한 것은 아니었다. 어쩌면 행복을 재계약한 것인지도 모른다. 하지만 미치코에게는 그 감사를, 일곱 명에게는 사죄를, 하나의 마음으로 어떻게 하면 표시할 수 있는지 괴로웠을 뿐이다.

미치코가 말했다.

"그 일곱 명을 구하고 당신이 죽는다면 전 훌륭한 남편을 두었다고 자랑스러워해야 되겠죠?"

가지의 눈 속에서 뭔지 모를 쓸쓸한 빛이 일렁이고 있었다. 미치코는 그 눈을 보고 있는 동안 가지에게서 심하게 질책받는 듯한 느낌이 들기 시작했다.

"제가 당신한테 못할 짓을 하고 말았군요."

"그렇지 않아! 그렇지 않다고!"

남자의 손이 여자의 어깨를 뼈가 아플 정도로 꽉 움켜쥐었다.

"난 분명 당신이 말려주기를 바랐어. 위험을 피할 수 있었다고 좋아하고 있는 게 틀림없다고. 그런 내가 한심할 뿐이야. 어째서 그런 게 당신한테도 기쁨이 될 수 있다는 거지? 말해줘. 왜지? 우리 두 사람의 기쁨을 하루라도 더 연장시키자, 그 다음은 어떻게든 될 대로 되라, 뭐 그런 거야?"

미치코는 사내의 억센 손이 흔드는 대로 하얀 꽃잎처럼 흔들리고 있었다. 뭐가 어떻게 되든 이 순간만은 아무래도 상관없었다. 두 사람의 생명은 두 사람만의 것이다. 게다가 그것조차 확실하게 소유하는 것은 거의 불가능에 가까웠다. 지금 이 순간뿐이다. 나중에야 무엇이 어떻게 되든 알 게 뭐가!

두 사람이 색정이란 불꽃에 몸을 사르기까지는 많은 시간이 걸리지 않았다. 두 육체는 서로 현재를 잊고 싶어 했다. 육감(肉感)의 수렁과도 같은 망각에 빠져서 끝없는 희열이 계속되기를 바랐다.

미치코는 잔뜩 흥분된 신음 소리를 냈다.

"아아, 어쩌면 이렇게! 죽을 때까지 놓지 않겠어요!"

그 목소리가 지금도 남아 있다. 걷고 있는 것은 인간이 아니다. 동물이다. 그렇게 생각했다. 앞으로는 더 이상 인간다운 표정을 짓지 않으리라. 참수형을 입회한 뒤 집에 돌아가 그 참혹한 광경을 잊기 위해 또다시 여자의 몸을 안을 것이다. 더할 나위 없이 행복하다. 인간성은 죽어도 식욕과 성욕을 만족시킬 수만 있으면 된다!

석양은 평야 저편에서 핏빛으로 타고 있었다. 마른풀이 차가운 바람에 너울거리고 있었다.

가지는 전혀 깨닫지 못했다. 한바탕 휘몰아치는 바람이 어디선가 내던지기라도 한 듯 여자가 그의 발밑에 몸을 던졌다.

"가지 나리! 제발 그 사람 좀 살려주세요! 은혜를 베풀어주세요!"

양춘란은 땅바닥에 이마를 찧어가며 쇳소리로 울부짖고 있었다.

"그 사람을 죽이지 말아주세요!"

"난 틀렸어."

가지는 힘없이 중얼거렸다.

"알았어. ……일어나. 나에게 빌어봤자 소용없어. 난 비겁하고 무기력한 놈이야. 겁쟁이라고. 난 무서워."

가지는 여자를 피해 지나가려고 했다. 춘란은 몸을 날려 가지의 앞길을 가로막으며 메뚜기처럼 머리를 조아렸다. 완전히 핏기를 잃은 얼굴에는 필사적인 애원만이 남아 있었다. 넓은 들판 한가운데에서 가지의 앞길이 자꾸 가로막혔다. 뛰어서 달아나지 않는 한 춘란의 그 얼굴과 목소리에서 벗어날 수는 없었다. 가지는 초조해지기 시작했다. 애원은 참기 어려운 협박이었다. 춘란을 짓밟고 가고 싶었다. 한편으로는 자신이야말로 춘란 앞에 몸을 던져 울부짖고 싶었다.

"날 괴롭히지 마! 나 좀 살려줘!"

그는 그 어느 것도 하지 않았다. 마음 한구석에 문득 왕시양리를 떠올리고 그에게 말하고 있었다. 왕, 이게 나야. 자네가 인간으로 인정하려고 했던 사내가 이렇단 말이야.

가지는 마지막 힘을 다해 춘란을 부축해 일으켰다.

"춘란, 단념해. 난 못해. 용기 없는 나에게 어떤 욕을 해도 좋아. 단지 이것만은 단념해줘."

여자는 무서운 집념의 힘으로 가지의 손에 매달렸다.

"그이를 죽이겠다면 나도 같이 죽여!"

여자의 손은 이상하게 차가웠다. 달라붙은 채 떨어지지 않는 죽은 사람의 손 같았다. 가지는 여자의 손을 힘껏 뿌리쳤다. 여자는 넘어져서 마른풀을 쥐어뜯으며 통곡하기 시작했다. 가지는 여자의 갈라지는 울음소리에 쫓겨 달리기 시작했다.

38

그곳에는 깊이가 다섯 자쯤 되는 구덩이가 파여 있었다. 파낸 붉은 흙은 아직도 물기를 흠뻑 머금고 축축했다. 너 말들이 통에 물이 가득 담겨 있었다. 모든 것이 헌병의 지시대로다. 사람은 아무도 없었다.

가지는 구덩이로 다가가서 가장자리에 섰다. 찬바람이 그의 얼굴을 때리며 불었다. 붉은 석양이 들판 끝에서 요염하게 흔들리고 있었다. 하얀 조각구름이 하늘에서 빠르게 흘러가고 있었다.

산 저편에서 여러 대의 트럭이 특수 광부들을 가득 싣고 달려왔다. 구덩이에서 꽤 멀리 떨어진 곳에 내린 특수 광부들은 가로로 길게 줄을 지어 땅바닥에 앉았다. 그들에게 본보기로 삼기 위해 처형을 구경시켜주려는 것이다. 열 명 남짓의 경비가 총을 들고 경계 위치에 섰다.

마른 들판을 사이드카와 트럭이 무서운 속도로 달려왔다. 두 헌병과 무장한 1개 분대의 병력, 그리고 큰 칼을 든 경찰관이 한 명 내렸다. 군인들은 특수 광부들의 긴 횡대 앞으로 산개했다.

와타라이는 큰 칼을 든 경찰관을 데리고 구덩이로 다가갔다. 구덩이 곁에 가만히 서 있는 가지를 보더니 히쭉 웃는다.

"칼 몸에 물을 묻히면 잘 벨 수 있어. 기름이 묻지 않으니까."

와타라이가 경찰관에게 말했다.

"그리고 자세는 이렇게 잡는 거야."

그는 다리를 벌리고 자세를 취해 보였다.

"자넨 죽도는 잘 다루지만, 진검은 쉽지 않을걸?"

"그렇겠지요."

경찰관은 벌써부터 긴장해서는 조금 창백해져 있는 얼굴을 억지로 풀려고 애썼다.

"입회도 수고하게."

와타라이가 가지에게 말했지만 가지는 핏빛으로 물든 거대한 석양만 바라보고 있었다.

　마지막으로 트럭 한 대가 산기슭을 돌아 나타났다. 뒤로 결박된 일곱 명의 사형수를 네 명의 노무계원과 두 명의 순경이 호송해온 것이다.

　사형수들이 구덩이 곁에 나란히 앉았다. 낯빛이 모두 흙빛으로 변해 있었다.

　와타라이는 구덩이를 내려다보며 또다시 사납게 웃었다.

　"다 된 것 같군. 시작하지."

　그는 군도를 빼서 물에 담갔다가 두세 번 휘둘렀다.

　"돈 주고도 못하는 구경이야."

　가지를 보고 말하더니 사형수들 쪽으로 고개를 돌리고 소리쳤다.

　"어이, 다나카 상등병, 끌고 와."

　다나카 상등병은 첫 사형수의 눈을 가렸다. 그 순간부터 사형수는 목 놓아 울부짖으며 필사적으로 고개를 조아렸다.

　"나리! 나리! 탈출 안 했어요! 죽기 싫어요!"

　그는 몸부림치면서 미친 듯이 날뛰었다. 그러자 순경 한 명이 나와 다나카와 함께 그를 구덩이 근처까지 질질 끌고 와서 억지로 꿇어 앉혔다. 끌려나온 사형수는 허공을 향해 어머니를 부르고, 사방에 대고 살려달라고 애원하며 무턱대고 고개를 조아렸다. 그렇게 하면 누군가의 자비심이 그의 목숨을 구해주기라도 할 것처럼.

　와타라이가 서슬이 시퍼렇게 선 칼 몸을 사형수의 목에 댔다. 사형수는 크게 한 번 경련을 일으키더니 움직이지 않았다.

와타라이가 천천히 다리를 벌리고 자세를 취했다. 가지는 돌이 된 것처럼 꼼짝도 않고 서 있었다. 눈만 바쁘게 움직이며 특수 광부들 사이에 앉아 있을 왕시양리를 찾았다. 하지만 너무 멀어서인지, 아니면 가지가 이미 정상적인 시력을 잃은 탓인지, 왕의 모습은 찾을 수 없었다.

붉은 석양이 흔들리고 있었다. 조각구름이 하늘에서 빠르게 흘러가고 있었다. 와타라이가 천천히 칼을 들어올렸다.

드디어 최후의 순간이다. 나가서 막아야 한다! 너무나 간절하여 온통 그 생각뿐이었다. 그러나 공포가 즉시 그것을 뒤덮어버렸다. 막을 수 있는 것이라면 벌써 막았을 것이다. 심장 고동이 기분 나쁘게 울렸다. 가지는 숨을 죽이고 공허하게 눈을 크게 뜨고 있었다.

왕, 난 못하겠어. 두려워. 막으러 나간다면 나중에 어떻게 될까? 미치코, 내 곁으로 와줘. 나와 둘이서 막으러 나가자. 적어도 이 순간만은 내게 의협심을 심어줘. 움직이라고 말해줘. 움직일 거면 지금이야. 아직 늦지 않았어. 지금 숨 한 번 쉴 동안이야. 자, 말해줘, 움직이라고! 나는 움직일 수 있을까? 딱 한 걸음만 내디디면. 하지만 그 다음엔? 그 다음엔? 그 다음엔?

"이얍!"

낮고, 날카롭고, 짧은 기합소리였다. 앉아 있는 자의 목이 날아갔다. 몸은 무릎부터 벌떡 일어나더니 앞으로 고꾸라지며 구덩이 속으로 떨어졌다.

"다음!"

와타라이가 피 묻은 칼을 가볍게 흔들며 소리쳤다. 그는 자신의 뛰어난 솜씨와 예리하게 목을 잘라낸 칼에 만족한 듯 회심의 미소를 지으며 가지를 보았다.

"의외로 강심장이군. 처음 볼 때는 대개 안색이 창백해져서 불알이 오그라들게 마련인데."

가지는 얼핏 보기에 태연하게 서 있었다. 그러나 실제로는 이미 동요할 여지가 없었던 것이다. 이 한 순간으로 그의 존재는 궤멸된 것이나 마찬가지였다. 가슴속은 황량한 폐허다. 손쓰기에는 이미 모든 것이 늦었다. 앞으로 어떤 선행을 쌓고 인간다운 말을 뱉으려고 해도 그때마다 이 순간이 되살아나서 그가 인간이기를 부정할 것이다.

하지만 누구든지 자신의 입장에 서보면 알 것이라고 마음 한편에서는 생각하고 있었다. 그때 움직였다면 와타라이는 틀림없이 길길이 날뛰었을 것이다. 살인광이 흉기를 들고 언제든 덤빌 자세를 취하고 있었다. 그 칼이 번쩍하고 이 목으로 날아온다. 저놈은 분명히 그러고도 남을 놈이다. 명목은 간단하다. 공산당의 한패를 처치한다. 그렇게 이 목이 날아갔을 것이다. 저놈은 반드시 그렇게 했을 놈이다. 피에 굶주린 칼 아래로 과연 누가 목을 들이밀 수 있겠는가. 그래서 움직이지 않았다. 움직일 수 없었다. 비겁하다고 해도, 겁쟁이라고 해도, 뭐라고 욕해도 상관없다!

두 번째 사형수는 다나카 상등병과 순경 사이에 매달려 새우처럼 발버둥 쳤지만 구덩이까지 끌려나오자 등을 꼿꼿이 세우고 단정하게 앉앉다. 체념한 듯했다. 핏기를 잃은 입술이 가만히 움직이고 있었다.

와타라이는 칼 몸에 물을 적시고 희생물을 보았다. 그 시선이 움직이다 가지에게 멎더니 경멸하는 듯한 차가운 웃음이 입가에 번졌다.

"나중에 놈들에게 전해."

와타라이가 말했다.

"죽고 싶으면 얼마든지 탈출하라고. 무 베듯 싹둑 잘라버릴 테니까."

망나니 개 같은 놈! 가지는 몸을 뻣뻣이 세우고 상대에게는 결코 들리지 않을 욕설을 퍼부었다. 들리지 않아서 욕한 것인데, 그래도 분노가 가슴속에서 끓어오른 것은 이 자리에 와서 처음이다.

그러나 그것도 오래 지속되지는 않았다. 붉은 가죽장화를 신은 와타라이가 다리를 크게 벌리고 희생물 옆에서 자세를 잡은 것을 보자 가지는 속으로 덜덜 떨기 시작했다. 도움을 구하듯 멀리 뒤쪽에 있는 특수 광부들을 보았지만 역시 왕의 모습은 찾을 수 없었다.

한 사람이 죽었다. 이제 와서 돌이킬 수 있는 일이 아니다. 어차피 이미 인간으로서의 자격은 상실했다. 이제는 인간의 얼굴에 미련을 가져봤자 소용없는 일이다. 가지는 눈을 감고 싶었다. 빨리 모든 것이 끝나기만을 바랐다. 끝나서 빨리 돌아가고 싶었다. 돌아가서 뜨거운 물로 목욕하고 모든 걸 잊고 싶었다. 미치코의 얼굴을 보고 싶었다. 그 하얀 얼굴을 불러내어 이곳의 정경과 바꾸고 싶었다. 그런데 미치코의 얼굴이 도무지 생각나지 않았다. 누구도, 그 어떤 것도 그를 도와주지 않았다. 그는 당황하고 절망하며 번개처럼 스쳐 지나가는 미치코와 왕시양리의 단편적인 말에 필사적으로 매달리려고 했다.

초점이 흐려진 가지의 시야 속을 한 줄기 빛이 유성처럼 흘러갔다. 가지가 본 것은 목이 떨어진 몸뚱이가 피를 내뿜으며 구덩이 속으로 거꾸로 떨어지는 장면이었다.

땅속으로 빨려 들어갈 것 같은 피로감이 갑자기 몰려와 지각이 마비되었다. 또 한 명의 목이 잘린 것조차 거짓말 같았다. 막연하게 어딘가에 왕시양리를 대상으로 놓고 가지는 생각했다. 피에 굶주린 미치광이와 칼을 상대로 인간이 과연 무엇을 생각할 수 있을까? 인생의 질서는 그의 의지 따위와는 멀리 떨어진 곳에 있었다. 가지는 그 자리에 주저앉을 것 같았다.

"다음!"

와타라이는 물에 적신 칼 몸을 흔들면서 참수형에 자원한 경찰관을 돌아다보았다.

"해보겠나?"

경찰관은 긴장된 표정으로 고개를 끄덕였다.

세 번째인 까오는 눈가리개를 거부했다. 다나카와 순경이 일으켜 세우려고 하자 맹렬하게 저항하면서 소리쳤다.

"이유를 대라! 이유를! 난 네놈들에게 죽임을 당할 만한 짓을 한 기억이 없다!"

다나카는 어쩔 수 없이 까오의 뺨을 두세 번 후려갈기고 순경과 둘이 우격다짐으로 겨우 일으켜 세웠다. 까오는 헤엄치는 듯한 모습으로 끌려나오면서 계속 소리쳤다.

"이유를 대보라니까! 네놈들한테 죽을 줄 아느냐? 이 악귀 같은 쪽발이 새끼들아!"

참수형 자리에 앉혀질 때 까오가 눈을 딱 부릅뜨고 가지를 노려보았다. 넌 사람도 아니야! 이게 너의 정체다. 인간의 탈을 쓰고 네가 한 짓이 바로 이거란 말이다! 가지는 까오의 무시무시한 마지막 눈빛을 감당하지 못하고 시선을 돌렸다. 그래, 난 사람이 아닐지도 몰라. 이게 내 정체야. 넌 날 믿지 않았어. 네가 옳았던 거야. 난 두 사람이나 죽게 했다. 이제 또 네 목이 잘리겠지. 나에겐 그걸 막을 용기가 없어. 그래 마음껏 비난해라. 인간의 탈을 쓴 짐승이라고 비난해라. 하지만 날 비난하기 전에 생각해본 적 있나? 너희들이 내 말만 들었다면 이런 꼴은 당하지 않았을 거야!

가지는 다시 특수 광부들이 모여 있는 곳을 보았다. 이번엔 대열의 중앙에 있는 사내가 왕시양리 같다고 생각했다. 왕이 아닐 수도 있었지만 그 사내가 멀리서 자신을 똑바로 쳐다보고 있는 것 같은 기분이 드는 것이었다.

가지 씨, 사소한 과실이나 잘못은 당신도 저지를 수 있고 나도 저지를 수 있어. 하지만 이것은 바로잡으면 용서받을 수 있는 거야. 그런데 결정적인 순간에 저지르는 잘못은 결코 용서받을 수 없는 범죄가 돼. 오늘 아침 왕은 그렇게 말했다. ……언젠가 바로잡을 기회가 올 것이라는 희망을 갖고 있었을 거야. 그러나 오늘, 이제부터 맞이할 순간에는 그 희망이 없어, 라고.

가지는 대열 속의 왕이라고 여겨지는 사내에게로 달려가고 싶어졌다. 왕, 난 이미 두 명이나 죽게 내버려뒀지만, 이제부터라도 구할까?

까오는 가만히 앉아 있지 않았다. 다나카와 순경의 손을 뿌리치려고 발버둥 쳤다. 참수를 지원한 경찰관은 와타라이를 흉내 내어 차가운 칼 몸을 까오의 목덜미에 댔다. 까오는 흠칫 놀라서 몸을 떨더니 얌전해졌다. 경찰관은 몇 번이나 자세를 고쳐 잡고 큰 칼을 치켜들었다.

가지는 숨이 멎었다. 이것이 인간으로 돌아갈 수 있는 마지막 기회일지도 모른다.

해볼까?

그때 문득 미치코의 목소리가 또렷하게 생각났다. 저는 무슨 힘으로 살아가라는 거죠? 서로 맹세했던 추억만 남는데, 목소리도 모습도 없는 당신에 대한 추억만 남는데……. 그러고 나서 오키시마가 히쭉 웃은 것 같다. 내게 보여주게, 막다른 곳에 다다라서 죄를 저지르고 만 인간의 올바른 삶이란 것을 말이야.

눈 딱 감고 나가 볼까?

가지는 경찰관의 자세를 보았다. 경찰관은 또 다리를 움직이며 자세를 바꿨다. 까오가 갑자기 저주의 소리를 퍼부으며 일어서려고 했다. 경찰관은 당황해서 칼을 내려쳤다. 시퍼런 칼날이 목을 비스듬하게 베다 도중에 멈췄다. 실패한 것이다. 까오의 몸뚱이가 목을 축 늘어뜨린 채 피를 사방에 뿌려대며 뒹굴었다.

"당황하지 마라! 힘껏 내려쳐!"

와타라이가 질타했다.

경찰관은 더욱 당황해서 다시 칼을 내려쳤다. 이번엔 두개골을 깎아내고 빗나갔다. 까오는 피범벅이 되어 단말마의 몸부림을 계속하고 있었다.

"야앗!"

와타라이의 손에서 하얀 빛이 번쩍였다. 까오의 목이 날아가고 몸뚱이가 구덩이로 굴러떨어졌다.

"당황해선 안 돼! 왜 그렇게 당황하나?"

와타라이는 칼을 내리고 떡 버티고 섰다.

"턱뼈를 비켜서 베야 돼."

그 역시 거친 숨을 내쉬고 있었다.

"인간의 목이라고 생각하니까 실패한 거다. 칼날이 상하지는 않았나?"

와타라이는 경찰관의 손에서 칼을 빼앗아 살펴보았다.

"이만한 칼이면 몇 명이라도 더 벨 수 있겠군. 한숨 돌리고 다른 놈을 베어봐."

가지는 이마의 땀을 닦았다. 낯빛이 완전히 바뀌어 있었다.

이제 됐어! 난 도대체 뭘 하고 있는 걸까? 제기랄! 보여주고 말 테다. 막다른 곳에서 올바르게 사는 방법이 뭔지를! 자, 아무것도 생각하지 말고 한 걸음 내디디자. 딱 한 걸음이면 된다. 그때부터다. 왕, 정말로 인간에겐 인간의 동료가 언제나 어딘가에는 반드시 있다고 했지? 내게 그것을 믿으라고 했지? 미치코, 당신이 말했지? 내 마음이 내키는 대로 하라고. 이대로 있다간 살아 있는 시체가 되고 만다. 어차피 내 인간성이 파괴될 거라면 난 할 수 있는 데까지 해보겠다. 날 용서해줘. 날 응원해줘!

와타라이의 눈이 다음 희생물에게로 옮겨갔다. 더는 주저할 수가 없었다.

자, 가자! 움직여라! 아무것도 생각하지 마! 그냥 움직이는 거야! 내 디디는 거야! 두려워하지 마! 넌 이 산에 뭘 하러 왔지?

와타라이의 굵은 목소리가 울렸다.

"다음!"

가지의 몸이 기우뚱하니 흔들렸다. 나 같은 놈도 어쩌다 한 번쯤은 올바른 일을 할 수 있다!

"잠깐!"

소리를 지르며 뛰어나가듯 앞으로 나아갔다. 미치코가 의식의 그늘에서 하얗게 흔들렸지만 그때는 이미 그의 발이 크게 한 걸음 내디딘 뒤였다.

결국 움직였다. 앞으로 어떻게 될지는 염두에 없었다. 와타라이 앞으로 나서는 두세 걸음 동안 그는 소장에게 한 말이 번개처럼 떠올라서 마치 부적과도 같이 작용하고 있는 것을 의식했다.

저는 이 산에 일하러 왔습니다. 제 일은 광부들을 인간답게 취급한다는 것이었습니다. 누가 뭐라든 말입니다.

그래, 누가 뭐라든 간에.

"그만두십시오."

확실히 말했다고 생각했지만, 자기 목소리가 마치 남의 목소리처럼 들릴 뿐이었다.

와타라이는 뜻밖의 사태에 잠시 아연해졌지만, 가슴을 쫙 펴고 서 있는 가지를 보자 갑자기 흉포한 분노가 솟구쳤다.

"비켜라! 주제넘게 나선다면 네놈도 베어버릴 테다!"

"그것이 두려워서 여태 가만히 있었다."

가지는 온몸에 소름이 돋는 듯한 쾌감과 공포에 떨면서, 그러나 이번에야말로 자신의 목소리로 말했다.

"하지만 난 움직였다. 어디 벨 테면 베어봐라!"

와타라이는 자줏빛으로 변한 얼굴을 일그러뜨리면서 웃었다.

"좋다! 베어주마. 네놈 같은 팔로군 앞잡이는 두 동강을 내주겠다."

와타라이가 한쪽 발을 크게 뒤로 빼고 칼을 천천히 뒤로 빼면서 들어올렸다.

칼에 베인다. 왼쪽 어깨에서 반대쪽 허리까지 비스듬하게. 무명의 가지를 참살했다고 해서 와타라이 중사가 처벌을 받는 일은 없을 것이다. 그 유명한 오스기 사카에大杉榮(무정부주의자 – 옮긴이)를 죽인 아마카스 대위조차 대륙에서 법망을 벗어나 태연하게 살고 있으니까. 와타라이는 그것도 계산에 넣고 있는 것이 틀림없다. 그래도 가지는 움직이지 않았다. 이제 와서 도망갈 수는 없다. 상대가 공격해 들어오는 찰나를 노려 역공을 가해서 급소를 찌르든지 메치든지 조르든지, 이제는 운에 맡길 일이다. 가지는 순간 미치코를 떠올렸다. 이 장면을 미치코가 봐주기만 한다면!

이때 사태가 의외의 방향으로 흘러갔다. 특수 광부들이 일제히 일어서서 마른 들판을 휩쓰는 쓰나미처럼 섬뜩한 고함을 지르기 시작한 것이다. 왕시양리가 손을 높이 휘두르며 특수 광부들을 교묘하게 선동하고 있었다. 그에게는 가지와 와타라이가 맞서는 순간이야말로 남은 네 명의 목숨을 살릴 수 있는 절호의 기회였다.

고함 소리는 점점 높아졌고, 거대한 인간 덩어리가 흔들리기 시작했다. 그것은 당장이라도 성난 파도가 되어 밀어닥칠 것처럼 보였다. 경비병은 '격발 자세'를 취했다. 와타라이는 칼을 옆으로 들고 자세를 잡은 채 아우성치는 특수 광부들 쪽을 보았다. 가지는 이상한 감동을 느끼며 가슴이 두근거렸다. 경비병이 하늘을 향해 발포했다. 순간 찬물을 끼얹은 듯 정적이 흘렀지만 왕시양리의 선창을 계기로 방금 전보다 두 배나 큰 포효가 되어 마른 들판을 뒤덮었다. 위협사격은 오히려 사태를 더 급박하게 몰고 간 것 같았다. 검은 인파의 힘은 이제 오로지 밀어내고 밀어닥칠 뿐이었다.

와타라이는 칼을 급하게 내렸다.

"좋다. 처형은 중지한다."

그러고는 의외다 싶을 정도로 선뜻 구덩이 곁에서 물러났.

소동을 진압할 수 없는 것은 아니었을지도 모른다. 그래도 수십 명을 사살하지 않으면 진압할 수 없었을 테고, 일본군도 약간은 손상을 입었을 것이다. 소위 국지적으로 처리해서 암암리에 묻어버리려던 작은 일을 뜻밖의 큰 사태로 키워버린다면 와타라이 자신의 경력에 흠집이 난다고 판단한 모양이다.

가지는 빨려가듯 네 명의 사형수에게 다가가 재빨리 잡아 일으켜서 특수 광부들 쪽으로 밀어주었다. 특수 광부들의 포효는 환호로 바뀌었다.

"데리고 가라! 어서!"

가지가 호송해온 노무계원과 순경을 향해 소리쳤다.

빨간 석양은 지기 시작했다. 쪽빛으로 물든 노을이 서쪽 하늘에서 흔들리고 있었다. 어둑어둑해진 들판을 싸늘한 바람이 마른풀을 흔들고 지나갔다. 광부들은 멀리서 트럭으로 기어오르고 있었다.

가지는 병을 앓고 난 사람처럼 비틀비틀 구덩이 곁으로 돌아가면서 속으로 중얼거렸다. 제 일은 광부들을 인간답게 취급한다는 것이었습니다. 누가 뭐라든 말입니다. ……이깟 일을 나는 왜 좀 더 빨리 못했을까?

구덩이 바닥에는 눈가리개가 풀린 머리 하나가 위를 향해 떨어져 있었다. 또 다른 머리는 떨어진 곳에서 흙덩이에 턱을 박고 과거의 자신의 몸을 그리워하며 지긋이 바라보고 있었다. 까오의 머리는 보이지 않았다. 그는 몸뚱이로 자신의 머리를 덮어 감추고 아직도 일본인의 손에서 그것을 지키려고 하는 것 같았다.

가지는 자신의 행위를 저주하면서 다시 생각해보았다. 이 참극의 목격자가 되기 위해 살아 있었다는 사실이 견딜 수 없이 괴로웠다. 네 명을 살려냈으니 그 자신도 어느 정도는 구원을 받을지 모른다. 그렇다 해도 잘려나간 세 명의 목숨은 이제 돌이킬 수 없다. 너무 늦은 선의의 용기에 얼마나 의미가 있을까? 그는 사람을 죽이고 나서 사람을 구한 것이다. 마치 사람을 구하기 위해서는 몇 명의 희생이 없어서는 안 된다는 듯이……. 그의 손은 피로 더러워지지 않았다. 하지만 그의 마음은 이미 핏덩이를 뒤집어쓰고 더럽게 짓물러 있었다.

다나카 상등병이 가지에게 다가와서 말했다.

"부대로 연행한다. 마음의 준비는 되어 있겠지?"

가지는 불쾌한 눈초리로 그를 보았지만 그가 무슨 말을 하는지 그 의미를 알고 고개를 끄덕였다. 어차피 이대로 끝날 일이 아니다. 그 순간부터 인생의 방향이 바뀌어버린 것이다.

사이드카 옆에서 와타라이가 무시무시한 웃음을 띠었다.

"다나카, 그 손님을 정중하게 모셔라. 아주 정중하게 말이다. 난 여기서 볼일이 좀 있으니까 나중에 가겠다."

"타!"

다나카가 사이드카를 가리키며 말했다.

가지는 사이드카에 타기 전에 다시 한 번 주위를 둘러보았다. 특수 광부들이 탄 트럭은 황혼 속을 달려가고 있었다. 군인들은 트럭 위에서 입을 꾹 다물고 있어서 카키색의 비정한 물체로 보였다. 미치코가 애를 태우며 기다리고 있을 방향으로는 검은 산이 무정하게 가로막고 있었다.

빨간 석양은 그 둥근 어깨만이 아직도 지평선 위에 남아 있었다. 구덩이의 흙은 검붉었다. 굳어버린 핏빛과 너무나 똑같았다.

39

문 밖의 거친 발소리를 듣고 미치코는 뛰어나갔다. 가지가 어떤 얼굴을 하고 돌아올지 하루 종일 걱정되었다. 어젯밤은 참으로 두려운 밤이었지만 미치코는 여자로서의 충실감에 도취될 수 있었다. 가지를 잃느냐 그렇지 않으냐는 운명의 갈림길에서 결국은 여자의 사랑이 남자를 붙잡은 것이다. 여자의 사랑. 미치코는 그렇게 믿었다. 물론 착각일 수도 있다. 그러나 그렇다 치더라도 멋진 일이었다. 그리고 답답할 정도로 안타까웠다. 왜냐하면 필시 착각에 의해서만 남자가 여자의 것이 된다는 사랑의 본연의 모습 때문이다. 오늘 아침 그 남자는 더없이 가련한 자조의 웃음을 남기고 나갔다. 그런 그가 과연 어떤 얼굴을 하고 돌아올까?

문을 열고 들어온 것은 늠름한 몸집의 겉보기에도 날래고 사나운 헌병이었다.

"가지 군은 오늘 돌아오지 않소."

헌병이 매서운 눈초리로 쏘아보며 말했다.

미치코는 온몸이 얼어붙었다. 무릎께부터 덜덜 떨리기 시작했다.

"……저기 ……무슨 일이라도 저질렀나요?"

"무슨 일을 저질렀냐고?"

헌병은 차갑게 웃고 미치코의 몸매를 마치 암말을 감정하듯이 훑어보았다.

"팔로군의 목을 베지 말라고 하시기에 잠시 모시고 가기로 했소. 당분간 돌아올 수 없을지도 모르오, 사태가 어떻게 흘러가느냐에 따라서는. 어쨌든 집 안을 좀 살펴봅시다."

와타라이는 가죽장화를 신은 채 들어왔다. 미치코의 몸에서 달콤한 냄새가 났다. 물론 화장품 냄새이지만 이것은 유부녀의 냄새다. 몸 파는 계집에게도 없고, 설익은 처녀에게도 없는 냄새다. 지금 막 인간의 목을 베어버리고 온 사내의 두뇌는 즉각 육감적인 망상에 젖기 시작했다. 맛이 기가 막힐 것 같은 여자다. 그런 놈에겐 과분할 정도다.

"숨겨둔 것은 아무것도 없겠지?"

"네."

미치코의 탐스럽게 봉긋 솟은 가슴이 애처롭게 숨을 쉬고 있었다. 와타라이는 여자의 가슴과 허리를 다시 한 번 훑어본 후 책장 앞에 섰다.

저자 이름이 가타카나片仮名(일본의 기본문자인 가나仮名의 한 가지. 대부분 한자의 전부 또는 일부분을 따서 만든 음절 문자로, 외래어의 표기나 동식물명·전보문 등에 씀―옮긴이)로 쓰여 있는 책은 그의 눈엔 모두 수상쩍게 보였다. '빨갱이'의 원천으로밖에 보이지 않는 것이다. 톨스토이도 도스토예프스키도 예외가 아니었다.

요컨대 와타라이라는 한 개인의 인간 형성 과정에서 불필요했던 것은 모두가 불필요하고 해로운 것이다. 하긴 그렇다 해도 그것을 와타라이만의 결함으로 돌릴 수는 없을 것이다. 그는 인간이기에 앞서 군대라는 거대한 기계의 한 부품에 지나지 않는다. 그는 수년 전까지만 해도 '제국군인'이 된다는 것을 평생의 이상으로 삼은 것은 아니었다. 갑종 합격으로 현역 입대하고 나서 군대에서 먹는 밥이 시골 농가에서 먹는 밥보다 맛있다는 것을 알았다. 이것이 용감무쌍한 군인이 되는 첫 번째 근거였다고는 그도 미처 깨닫지 못한 것이다.

군대의 혹독한 내무 생활도, 고생스러운 훈련도, 가난한 농부의 들일보다는 편했다. 고참병들의 기합 따위는 그의 건장한 육체에는 큰 영향을 주지 못했다. 오히려 혹독하게 기합을 주는 고참병일수록 그가 더 좋아했다는 것은 그는 그런 남자를 진정한 남자로 생각했고, 머지않아 자신의 존재를 인정해줄 것이라는 행복한 기대가 있었기 때문이다.

군인은 요령을 본분으로 삼아야 한다는 것을 알고 난 후에는 군대 생활이 낙천지가 되었다. 동기들보다 가장 먼저 상등병이 되었고, 헌병 지원자를 모집했을 때 그는 군대에서 밥벌이를 하겠다는 결심을 굳혔다. 그에겐 제대해도 경작하기에 충분한 땅이 없었고, 군대만큼 승진의 길이 평탄한 사회는 그가 생각하기에 어디에도 없었다.

군대에서 밥을 먹는 이상 머리끝부터 발끝까지 군인으로서 완벽할 수 있도록 단련할 필요가 있었다. 그는 그렇게 마음을 먹고 그렇게 되도록 행동했다. 인간의 감성 따위는 물렁한 찰흙 같은 것이다. 생활이라는 위대한 조각가의 손에 걸리면 몇 개월 만에 완벽한 군인이 될 수 있다.

완벽한 군인은 가지의 책장 앞에 서서 인텔리 청년에 대한 증오를 새삼 다졌다. 외국 사상에 물든 책에 심취해서 반군적인 사상을 갖고, 더군다나 가지처럼 그 사상이 반항적인 행위로까지 이어지는 불온한 패거리라도 만약 와타라이가 민간인의 신분이었다면 가지가 자신의 윗자리에 서서 틀림없이 자신을 지배했을 것이다. 하지만 지금은 그렇게는 되지 않는다. 지금은 그가 권력의 행사자이고, 놈은 그의 죄수에 불과하다.

"외국 문화에 빠져 있어서 오늘 같은 일이 생기는 거요."

와타라이는 옆에서 창백하게 서 있는 미치코를 다시 찬찬히 보았다.

"그렇게 생각하지 않는 모양이군, 당신은."

그렇게는 생각하지 않아요. 미치코는 그렇게 대답하는 대신 슬프게 눈을 깜박였다. 너처럼 거칠고 막된 사내가 문화가 어떠니 저떠니 말할 주제나 된단 말이냐? 그렇게 말하고 싶었지만 말할 수 없었다. 가지의 운명은 필시 이 사내의 손에 달려 있을 테니.

젊은 아낙네의 수심은 남자의 메마른 마음에 관능을 자극하는 고통을 주었다. 그는 여자의 냄새를 실컷 들이마시고 싶었다. 가지 같은 사내가 이런 매력적인 여자를 밤낮으로 자유롭게 가질 수 있는 것이 질투가 나서 견딜 수가 없었다. 이자들은 어젯밤에도 틀림없이 그 짓거리를 했을 것이다. 충성스런 제국군인들 대부분은 밤낮으로 여자에 목이 말라 있는데도.

"책상 서랍을 여시오."

와타라이가 명령했다.

"안에 있는 것들을 하나하나 책상 위에 꺼내놓으시오."

미치코는 그의 말대로 했다. 와타라이는 미치코의 바로 뒤에 섰다. 여자의 몸과 접촉하기에는 편리한 위치다. 눈앞에 벽걸이 접시가 있었다. 남녀가 알몸으로 포옹하고 있는 모습은 충분히 자극적이었다. 잘록한 허리와 탐스러운 엉덩이가 남자의 욕망을 노골적으로 흔들었다. 범하고 싶었다. 어려울 게 없었다. 비틀어 넘어뜨리고 죽기 살기로 덮친다. 저항은 해봤자 대수롭지 않다. 네 남편이 무사하고 안 하고는 너 하기에 달렸어. 그 한마디면 충분할 테니……. 화베이에 있었을 때 중국군과 내통하여 아편 밀매를 하던 사내의 아내가 스스로 몸을 바치러 온 적도 있다. 그 여자는 한물 간 여자였다. 이 여자는 싱싱하다. 하얗고 촉촉한 피부다. 와타라이는 미치코의 머리카락 냄새를 맡으면서 음흉하게 웃었다. 이 음란한 즐거움은 〈전범령典範令〉의 어느 한 줄에도 아직은 저촉되지 않는 일이다.

와타라이가 침을 꿀꺽 삼켰다. 미치코는 남자의 음탕한 욕망을 등 전체로 느끼고 있었다. 그래도 몸서리를 칠 것 같은 혐오감의 이면에서는 가지를 위해서 자신의 매력을 유리하게 사용할 수 있는 방법은 없을까, 하고 본능적인 지혜가 꿈틀거리고 있었다.

책상 서랍을 열려고 미치코가 허리를 숙였다. 엉덩이가 뒤로 빠지며 남자의 아랫도리에 닿았다. 남자가 그대로 밀고 들어왔다. 미치코는 비키려고 했다. 그때 서랍 안의 종이 다발이 손에 닿았다. 왕시양리의 수기다. 미치코는 가슴이 쿵쾅쿵쾅 뛰었다. 그것을 꺼내지 않고 다음 서랍으로 옮기기 위해 소름 돋는 심정으로 엉덩이를 남자에게 맡겨두었다. 남자는 그러나 속지 않았다. 미치코가 다급하게 서랍을 닫으려고 하자 굵은 팔이 어깨너머로 뻗어왔다.

"잠깐, 그것 좀 봅시다."

와타라이는 연필로 쓴 수기를 집어 들고 천천히 넘겼다. 토를 달지 않은 한자에는 일자무식인 그였지만 그런 만큼 의심은 깊었다.

"중국어로군. 꽤나 중요한 건가 봐?"

그러고는 미치코의 몸을 핥듯이 훑어보며 웃었다. 미치코는 수치심에 온몸이 화끈거렸다. 실패하게 되자 이미 자신의 몸이 더럽혀진 것 같은 기분이 들었다.

"읽어보시면 알겠죠, 중요한 것인지 아닌지."

미치코는 남자의 몸에서 멀리 떨어져서 말했다.

"스스로 찾아보세요. 만족할 때까지 실컷요."

와타라이는 갑자기 강하고 싸늘해진 여자를 다시 보았다. 가지 앞에서는 아무리 부끄러운 짓이라도 기꺼이 해 보일 것이 틀림없는 이 여자가 아름다운 만큼 더욱 미웠다.

"아니, 이거 하나면 충분해. 증거는 이미 다 찾았어."

와타라이는 죽이든 살리든 내 마음대로다, 라고 말하듯이 웃었다.

미치코는 긴장한 채 극에서 극으로 동요했다. 이런 비열한 사내에겐 실컷 면박을 주고 싶은 마음 한편으로 이 사내에게 매달려서 가지를 위해 자비를 구걸하고 싶었다.

"이삼 일 있다가 오시오. 남편을 만나게 해주지."

와타라이는 다시 미치코의 몸을 눈으로 핥았다. 만나게 해줄지 어떨지도 내 마음에 달렸다. 그는 마음속으로 아름다운 남의 아내를 실컷 농락하면서 여자의 싸늘한 태도에 복수했다.

"온다고 해도 함께 재워줄 수는 없지만 말이야."

그러고는 벽걸이 접시의 알몸뚱이 남녀를 턱으로 가리키며 굵은 목소리로 웃었다. 미치코는 귀를 막고 싶었다. 그 천박한 웃음소리로 방 안의 공기가 더러워지고, 감미로운 사랑이 가져다 준 행복이 외설스런 구경거리가 된 듯한 기분이었다.

와타라이는 돌아갔다. 집 안이 갑자기 텅 빈 굴속처럼 무서워진 것은 더러운 사내의 발소리가 숲속으로 사라진 뒤였다. 갑자기 몸속을 후벼 파는 듯한 그리움과 불안이 복받쳐 올라와서 미치코는 가지가 늘 앉던 의자 등받이에 매달렸다. 어젯밤엔 역시 보내주는 게 옳았을까? 가지가 하는 일이다. 면밀하게 계획해서 설불리 실패하지는 않았을 것이다. 그렇게 생각하자 가책이 가슴속을 쥐어뜯는 것 같았다. 그때 마음이 내키는 대로 하라고 한 것은 그렇게 말하면 남자의 결심이 오히려 약해질 것이라는 의도로 한 말은 아니었다.

그러나 그렇게 말했을 때 남자가 자기를 버리지 않기를 너무나 간절히 바라고 있었던 것도 사실이다. 남자는 여자의 사랑에 빠졌다. 미치코는 그와 격정적으로 포옹했을 때 오늘이라는 날이 이렇게 되리라고는 꿈에도 생각해보지 않았다. 만약 그를 보내주었다면 이런 일은 일어나지 않았을지도 모른다.

매달려 있던 의자 등받이에서 미치코는 고개를 들었다. 눈물로 뿌예진 눈에 벽걸이 접시가 희미하게 보였다. 그것은 행복으로 가는 가교, 사랑을 맹세하는 표시였으나 지금은 비애의 씨앗일 뿐이다.

"용서해줘요……."

미치코는 그때까지 힘겹게 참아왔던 울음을 터뜨렸다. 눈물은 뜨겁고 씁쓸했다. 가지가 그 못된 헌병의 손에 잡혔다면 무사하게 돌아올 수 있다는 희망은 거의 없었다. 가지는 틀림없이 훌륭하게 행동했을 것이다. 지금까지 가지의 마음속에서 그를 괴롭혀왔던 것을 이번 일로 깨끗하게 청산했을지도 모른다. 그로 인해 지금 몸부림뿐인 슬픔이 미치코에게 남겨진 것은 이때까지 가지가 해온 고민을 이번에 미치코가 비로소 직면했기 때문이다. 가지가 참고 견디며 타개하려고 했던 것처럼 미치코도 참고 견디며 타개해야 하는 것인지도 모른다. 그래도 만약 가지가 평범하게 행동했다면 지금쯤 미치코는 가지의 목소리를 듣고, 그 눈을 보고, 그 손을 잡을 수 있었을 것이다. 미치코는 흐느껴 울면서 남자의 협기와 용기를 안타까워했고, 그 협기와 용기 때문에 남자를 더욱 사랑했다. 울지 않으려고 애쓰면 애쓸수록 구슬 같은 눈물이 더욱 더 흘러내렸다.

40

"지독한 놈이군."

다나카 상등병이 가죽 채찍을 늘어뜨리고 이마의 땀을 닦았다. 페인트칠도 하지 않은 나무의자에 앉아 있는 가지의 얼굴은 이미 엉망이었다. 눈과 입은 터져서 퉁퉁 부어 있고, 발가벗겨진 가슴까지 코피로 흠뻑 젖어 있었다.

고문은 죽도부터 시작되었다.

"이제 슬슬 손님을 정중하게 대접해봐야겠군."

다나카 상등병이 말했다.

칠도 하지 않은 마룻바닥이 이상하게도 새로운 텅 빈 방 한가운데에 가지는 앉혀졌다. 천장에 매달린 알전구가 하얗게 빛을 뿜고 있었다.

죽도는 맨살인 목과 어깨, 몸통으로 날아들었다. 온몸이 불에 덴 듯 화끈거렸다. 가지는 애써 왕시양리의 수기를 떠올리고 있었다. 왕은 몇 번이나, 아니 몇 십 번이나 도대체 무슨 생각을 하며 견뎌냈을까? 필시 일본인에 대한 증오와 모멸이라는 불구덩이 속에서 고통을 태워 없앴을 것이다. 가지는 동포에 대한 증오와 모멸의 쓴 즙 속으로 고통을 녹여버릴 수밖에 없다. 그는 이를 악물고 참았다.

죽도로는 효과가 없다고 생각한 다나카는 쇠망치를 들고 와서 말했다.

"이놈이 대가리에 한 방만 박혀도 넌 끝장이야. 와타라이 중사님이 돌아올 때까지 자백하지 않으면 큰 곤욕을 치를 줄 알아라."

가지는 퉁퉁 부은 눈을 들어 다나카를 보고 쇠망치를 보았다. 그것으로 머리를 맞으면 확실히 '한 방'이면 끝장날 것 같았다. 그리고 또 다나카는 능히 그러고도 남을 놈으로 보였다. 가지의 몸속에서 새로운 공포가 폭주하며 심장을 옥죄었다.

"손님."

다나카가 말했다.

"싹 다 털어놓는 게 좋지 않으시겠어?"

가지는 고개를 가로저었다.

"아무것도 할 말이 없다."

공포는 아직 누를 여지가 있는 모양이었다. 자기 위안에 지나지 않을지도 모르지만, 와타라이가 돌아오기 전에 다나카가 자신을 때려죽이지는 않을 것이라는 생각이 들었다. 설사 맞아 죽는다 해도 어차피 그때 그 순간에 까딱 잘못했으면 와타라이의 군도에 벌써 죽었을지도 모른다.

가지는 쇠망치를 뚫어지게 응시하면서 그 군도 아래로 나서던 순간을 떠올리려고 했다. 나는 오늘까지 겁쟁이였고, 속물이었다고 다나카를 올려다보며 마음속으로 말했다. 하지만 그 한 걸음을 내디딘 이상 다시는 겁쟁이로 돌아오지 않을 것이다.

"할 말이 있다면……"

가지는 거의 입 안에서 말했다.

"그 세 명을 죽게 내버려둔 것에 대한 후회뿐이다."

"그렇습니까?"

다나카는 씨익 웃기까지 했다.

"어쩔 수가 없군."

웃음기가 가시지도 않은 표정 그대로 다나카는 쇠망치로 가지의 넓적다리를 후려갈겼다. 그러고 나서 어깨를. 다시 넓적다리를. 이번엔 숨이 멎을 정도로 고통스러웠다. 극심한 통증 속에서 무시무시한 분노가 온몸을 휩쓸었다. 다나카를 차서 넘어뜨리고 쇠망치를 빼앗아 그 골통을 부숴버리는 것도 불가능하지는 않았다. 그렇게 하고 싶었고, 그것을 막을 윤리 따위는 이 방 안에서는 더 이상 필요하지 않았다. 그러나 가지가 참은 것은 반드시 정의가 승리한다는 것을 믿는다는 훌륭한 정신 때문만은 아니었던 것 같다. 그는 아직 미치코로 이어지는 길에 절망이 놓이는 것을 인정하지 않았던 것이다.

다나카는 내심 몹시 놀랐다. 그가 고문한 수십 명의 일본인이나 만주인은 대개 쇠망치로 두세 대만 후려갈겨도 비명을 질렀다. 놀라움은 분노로 바뀌었다. 그는 쇠망치를 내던지고 가죽 채찍을 집어 들었다. 가죽 채찍질을 견딘 놈은 없다. 그는 숨이 끊어질 정도로 가지를 마구 후려갈겼다.

가지는 몇 번인가 신음 소리를 내며 이제 그만하라고 소리칠 뻔했다. 그를 지탱하던 분노는 이미 몸 밖으로 쫓겨나고 말았다. 간신히 한 대만 더 참자, 한 대만 더 참자, 하고 생각하고 있을 뿐이었다. 그러는 동안 상대가 그만둬줄지도 모른다. 또다시 한 대, 한 대 더, 다시 한 대, 한 대만 더, 라고. 하지만 그러는 사이에 분노가 그의 몸 밖으로 쫓겨났을 뿐만 아니라 공포심까지 쫓겨난 것 같았다. 정신이 아득해지는 듯한 허탈감의 밑바닥에서 가지는 자신을 꼼짝 않고 붙들고 앉아 채찍질이 가해질 때마다 조금씩 부풀어 오르는 자존심을 발견했다.

다나카는 지쳐서 가죽 채찍을 늘어뜨렸다.

"지독한 놈이군."

그때 와타라이가 들어왔다. 그는 창가의 나무의자에 등받이를 앞으로 돌리고 앉아서 엉망으로 일그러진 가지의 얼굴을 보고 빙그레 웃었다.

"증산공로상을 받은 신사분이시네. 다나카, 좀 더 정중하게 대해드려."

와타라이의 몸속에는 미치코에 의해 자극된 풀지 못한 욕정이 끈질 기게 고동치고 있었다. 그 여자를 데리고 와서 이 장면을 보여주고 싶 었다. 미치코는 견디지 못하고 와타라이의 발밑에 무릎을 꿇을 것이다. 애원할 것이다. 어떤 일이라도 하겠으니 저 사람을 용서해주세요. 어떤 일이라도 하겠다고 했지? 좋아, 저쪽으로 가서 옷을 몽땅 다 벗어. 그리 고 내게 보여줘. 발가벗은 젖가슴도, 엉덩이도, 배꼽도, 가랑이도.

"가지!"

와타라이가 불렀다.

"아내에게 미련은 없나?"

가지는 퉁퉁 부은 눈꺼풀을 들어올렸다.

"울고 있더군. 당장 오늘 밤부터 자기 몸을 타고 올라올 사람이 없다면 서 말이야."

가지는 눈을 감았다.

"아니면 바로 대용품을 찾아서 틈을 메워줄까?"

가지는 다시 눈을 떴다.

"난 그렇게 몰인정한 사람이 아니야. 가지, 가능하다면 오늘 밤이라도 네가 마누라의 배 위에 올라탈 수 있게 해주고 싶어."

와타라이는 음탕한 장면을 상상하며 씨익 웃었다.

"그러기 위해서는 너도 조금은 내게 협력해주어야 되지 않겠나? 넌 내가 어떤 사람인지 알 거야. 난 같은 질문을 두 번 하지 않아. 알겠나? 어여쁜 마누라를 사랑해주고 싶다면 솔직히 말해."

가지는 부풀어 오른 입술을 일그러뜨리며 웃었다.

"뭐가 우습지?"

"소매치기나 날치기도 아니고……."

가지는 그제야 침묵을 깨고 말했다. 와타라이를 처음 만난 날 가지는 와타라이의 육체를 빌린 권력이 두려웠고, 와타라이 개인의 포악한 기백이 두려웠다. 그러나 지금 막다른 곳에 이르고 보니 소위 될 대로 되라는 심정이다. 그때 겁을 먹었던 것에 대해 보상을 받고 싶다는 듯 거의 절망적이었던 용기를 떨쳐 일으켰다.

"때린다고 자백할 줄 아나?"

"재미있군! 그렇다면 내가 입을 열게 해줄 때까지 자백하지 마라! 꼭 그렇게 해라!"

와타라이가 일어섰다.

"허세를 부리는 것도 지금뿐이다. 곧 비명을 지르게 해주마. 바닥을 기어 다니며 용서해달라고, 살려달라고 애원하게 해주마."

와타라이가 다가왔다. 자신의 힘을 과신하고 여유만만이었다.

"네놈은 열여덟 명을 탈출하게 해놓고도 보고하지 않았지? 어때, 인정하나?"

가지는 그 순간 후루야의 얼굴을 떠올렸다. 놈이 밀고한 것이 틀림없다. 진료소에서 광대뼈가 으스러질 정도로 패줬어야 했다.

"대답해!"

"……보고는 하지 않았다. 하지만 탈출하게 해준 기억은 없다."

순간 접시 같은 손바닥이 가지의 오른뺨을 후려갈겼다.

"첸이라는 짱꼴라 풋내기를 길들여서 놈들과의 연락책으로 쓴 것도 네놈이다."

이번엔 왼뺨을 때렸다.

"변전소의 일본인 직원이 추이가 수상하다고 충고했는데도 네놈은 그냥 내버려두었어."

다시 오른뺨을 때렸다.

가지는 그때 공표하지 않고 넘어가 주면 감사하겠다고 말한 일본인 직원의 비열한 웃음을 떠올렸다. 놈은 이번엔 와타라이에게 비굴한 웃음을 지으며 반대로 말했으리라.

"변전소 놈을 만나게 해줘."

말을 마치기도 전에 손등이 입언저리로 채찍처럼 날아왔다.

"추이를 도망가게 해놓고 네놈이 뒤집어쓸 생각이냐? 어디로 도망가게 한 거냐?"

그러면서 이번엔 가지의 정강이를 힘껏 걷어찼다.

가지는 신음하며 의자에서 굴러떨어졌다. 와타라이는 이미 속속들이 알고 있었다. 같은 곳을 연속해서 두세 번 걷어찼다. 가지는 마룻바닥을 데굴데굴 굴렀다.

겨우 한숨을 돌리고 이마에 맺힌 비지땀을 닦자 와타라이가 또다시 말했다.

"이 정도는 같잖아서 말하지 못하겠다는 거냐?"

그러고는 가슴을 심하게 걷어차여 쓰러졌다.

눈꺼풀 안쪽에 불 바퀴가 빙글빙글 도는 것처럼 몇 개의 얼굴이 나타났다가는 사라지고, 다시 나타났다. 미치코의 얼굴과 왕시양리의 얼굴, 울먹이던 첸의 얼굴, 미친 사람처럼 땅바닥에 머리를 짓찧던 춘란의 얼굴, 구덩이로 굴러떨어진 피투성이 얼굴. 그리고 마지막으로 오키시마의 얼굴. 그러나 오키시마는 평소처럼 웃고 있지 않았다.

이때 비로소 추이가 어딘가로 행방을 감췄다는 사실이 의식 속으로 흐릿한 불빛처럼 들어왔다. 추이는 위험을 감지하고 잽싸게 도망쳤다. 덧없지만 그래도 추이가 도망쳤다는 사실에는 이루 말할 수 없는 만족감을 느꼈다.

왕, 너도 안심해. 이런 말도 안 되는 일은 나 혼자서 감당할 테니까.

"일어나!"

가지는 바닥에 일어나 앉았다.

"의자에 앉아. 바닥에 눕기에는 아직 일러."

가지는 시키는 대로 했다.

"넌 운이 좋은 놈이다. 두 번의 탈출이 성공하고 세 번째 실패했을 때 첸이 자살하는 바람에 네놈은 무사할 수 있었다. 그렇지 않나? 조의금을 모아 명복을 빌어주고 싶기도 했겠지. 그러나 미안하지만 첸은 죽었어도 우리는 다 알고 있었다. 지금이라면 네 변명도 들어주겠다. 말해봐라!"

"다 알고 있다면 들을 필요도 없겠지."

이번엔 눈보라처럼 맹렬하게 좌우로 번갈아가며 주먹이 날아왔다. 가지는 열두세 번까지 셌다. 그 다음은 머릿속이 꽝 하고 울리더니 셀 수 없게 되었다. 주먹질이 끝나자 이만하면 충분하겠다 싶은지 와타라이가 씨익 웃었다.

가지는 피가 섞인 침을 뱉고 말했다.

"내가 탈출하게 한 걸로 해야 네 화가 풀리겠지. 처형을 중지시켜서 고노 대위에게 체면이 서지 않을걸?"

대답은 와타라이의 쇠뭉치 같은 주먹이 대신했다. 밑에서 붕 휘두른 주먹이 가지의 몸을 의자째 날려버렸다.

가지는 차츰 기력을 잃기 시작했다. 이대로 가다간 항복하고 말 것 같았다. 와타라이의 손에서 벗어나기라도 하려는 듯 바닥을 기어 다니며 자신을 잡아줄 수 있는 것, 격려해줄 만한 것, 그 얼굴과 목소리를 필사적으로 찾았다. 미치코도, 왕시양리도, 오키시마도, 이제 다시는 만날 수 없는 이 세상의 끝에서 자기를 보고 있는 것 같은 기분이 들었다.

가지는 상반신을 일으키고 거의 울음에 가까운 목소리를 쥐어짜냈다.

"소장과 후루야를 대질시켜줘!"

"좋다. 대질시켜주겠다. 이것이 그 약속어음이다."

와타라이의 손바닥이 무시무시한 소리를 내며 가지의 얼굴에 작렬했다.

"내가 뭘 했다고?"

가지의 찢어진 눈에서 피눈물이 흘러내렸다.

"당연한 일을 했을 뿐이다!"

"말 한번 잘했다!"

와타라이는 가지의 머리카락을 움켜쥐고 머리를 들어 올려 무릎으로 얼굴을 찼다. 가지는 얼굴을 가리고 장님처럼 마루를 더듬으며 꿈틀거렸다. 미치코, 나 좀 도와줘! 손 좀 빌려줘! 일으켜줘! 이놈 앞에서 땅바닥을 기어 다니지 않게 해달라고!

"미치코."

무심코 갈라진 신음 소리를 내자 와타라이의 한쪽 뺨이 무시무시한 웃음으로 일그러졌다.

"만나고 싶으냐?"

"미안하지만……."

옆에서 보고 있던 다나카가 말했다.

"미치코 씨는 안 계십니다."

와타라이는 다시 가지를 일으켜 세웠다.

"선물로 이거라도 가져가라!"

그러고는 가지를 업어치기로 마룻바닥에 메다꽂았다.

"하나 더 덤이다!"

숨 쉴 틈도 주지 않고 얼굴을 들어 올리더니 밑에서 올려 찼다.

가지는 짐승 같은 신음 소리를 토해내면서 마룻바닥을 뒹굴었다. 힘이 다하자 마룻바닥에 엎드려서 소리 죽여 울었다. 두려움은 이미 사라지고 없었다. 살고 싶다고도 생각하지 않았다. 불합리한 처사에 항거할 방법이 없다는 사실에 울었던 것이다. 인간 곁에는 언제나 인간의 동료가 있다는 왕의 말에 더 이상 기댈 수 없는 것을 느끼고 울었다. 그리고 또 몽롱해져가는 의식 속에서 오늘 마지막 순간에 자신이 취한 행동조차 자부심으로 남아 자신을 지탱해주는 데 전혀 도움이 되지 않는 것에 울었다.

이 모든 폭력이 자신의 비겁함과 비속한 이기심의 대가로 지금 자신에게 지불되고 있는 것인지도 모른다.

"일어서!"

딱 버티고 서 있는 와타라이의 모습이 흐릿하게 보였다. 가지는 미치코에게 도움을 청하듯 손을 뻗었다. 그러고는 짐승처럼 네 발로 마루를 짚고 몸을 일으켜서 비틀거리며 간신히 일어났다.

"이건 어떠냐!"

옆구리로 마지막 일격이 날아왔다. 가지는 막대기가 쓰러지듯 푹 고꾸라진 채 다시는 일어나지 못했다.

"각성제를 줘라!"

와타라이가 다나카에게 명령했다. 다나카는 향에 불을 붙여서 가지의 콧구멍에 쑤셔 넣었다. 각성제는 잘 들었다. 가지는 정신을 차리고 모든 것을 부인하듯 쓰러진 채 연신 고개를 가로저었다. 와타라이가 비웃었다.

"어이, 가지, 처형장에서 잘난 척하며 내 앞에 섰던 것처럼 다시 한 번 서봐! 네가 쇼와 13(1938)년에 니시간다西神田 경찰서에 검거된 적이 있다는 걸 다 알고 있다. 그때도 고문을 당했을 텐데, 이번이랑 어때? 좀 더 정중하게 대접해줄까?"

가지는 바닥에 누워서 지난날을 단편적으로 한 장면씩 떠올리고 있었다. 그때도, 지금도, 그는 거의 아무것도 하지 않았다. 자랑할 만한 기억도 없이 박해만은 누구 못지않게 받았다. 이것이 어정쩡한 정신머리에 대한 보상인 것 같았다.

"이런 놈이 후방을 교란시켜서 아군의 전황을 불리하게 만드는 거다."

와타라이가 다나카에게 말하면서 군홧발로 가지의 머리를 툭툭 차서 눈을 뜨게 했다.

"너 같은 놈이 팔로군의 앞잡이다. 벼룩의 똥 같은 놈이야. 어떤 벼룩한테서 너 같은 놈이 나왔는지 자백하지 않으면 여길 나갈 생각은 하지도 마라."

와타라이는 마지막으로 가지의 머리를 툭 한 번 가볍게 쳤다.
"다나카, 이놈을 처넣어."

41

격자문이 무겁게 닫히고 실내화가 터벅터벅 소리를 내며 멀어져갔다. 가지는 벽으로 기어가서 기댄 채 천장에 매달린 꼬마전구를 올려다보았다. 조용했다. 마을에서 들리는 소리도 없었다. 멀리서 기차의 기적소리가 들렸다. 라오후링에서 50킬로미터도 되지 않는데 수천 킬로미터나 떨어져 있는 것 같았다. 사실은 수만 킬로미터나 멀어진 것인지도 모른다.

가지는 담요를 뒤집어쓰고 마룻바닥에 누웠다. 뼈가 쑤셨다. 살이 아팠다. 그보다도 고독이 마음을 쥐어뜯었다. 가슴속을 후벼 파는 것 같았다. 외로움을 견디는 데는 고문을 견디는 것과는 전혀 다른 용기가 필요했다. 외로움엔 고집을 부릴 상대가 없다. 괜히 눈물이 날 것 같았다. 5년 전에는 애초에 고독했기 때문에 유치장에 갇혀 있어도 고독을 별로 의식하지 못했다. 하지만 지금은 한 여자가 있고 그녀와의 행복을 위해 이 길을 선택했건만 다시는 만날 수 없을지도 모른다. 어젯밤 미치코의 열정적인 애무가 가슴이 미어지도록 생각났다. 흥분으로 들뜬 속삭임이 귓가에 생생하다.

"아아, 어쩌면 이렇게……! 죽을 때까지 놓지 않겠어요!"

눈을 감고 머릿속으로 미치코를 불렀다.

"어쩔 수 없어, 미치코. 이만 단념해. 그리고 만약 가능하다면 기뻐해줘. 오늘 비로소 내가 인간다운 용기를 갖게 되었어. 이 용기가 꺾이지 않도록 날 붙잡아줘. 붙잡아줘. 붙잡아줘."

복도를 지나는 실내화 소리가 터벅터벅 들렸다. 그 소리가 사라지고 어딘가에서 문이 삐걱거렸다. 다시 조용해졌다.

42

가지가 연행되고 그 이튿날 아침, 오카자키가 출근 전에 찾아와서 미치코를 불렀다. 창백한 미치코를 보자 오카자키는 그의 아내에게서는 한 번도 느껴보지 못한 처염한 매력, 혹은 감동적이라고 해도 좋을 아름다움을 느끼고 하려던 말을 잠시 잊어버렸다. 그로서는 건방지기 짝이 없는 가지에게 복수해준 것은 기분 좋은 일이었지만, 그렇다고 해서 가지가 헌병대에 끌려가 고문까지 당하게 될 줄은 몰랐다.

"무슨 일이시죠?"

미치코는 오카자키의 삼백안을 똑바로 보며 물었다.

"아니, 그게……."

오카자키는 굵은 손가락으로 머리를 긁었다.

"이렇게까지 될 줄은 몰랐습니다. 가지 군이 나와는 의견이 다르기에 서로 대립하긴 했지만 업무상의 다툼은 업무상의 다툼일 뿐, 남의 손을 빌려가면서까지 괴롭힐 정도로 내가 그렇게 못난 놈은 아닙니다. 그 점을 아주머니께서 좀 이해해주셨으면 해서……."

"알고 있습니다."

미치코는 여전히 상대를 똑바로 응시하고 있었다. 우월한 입장에서 자신의 대인배적인 기질을 드러내 보이려고 온 걸까? 하고 그 목소리는 조용했지만 싸늘했다. 한숨으로 지샌 하룻밤이 사랑하는 남편의 적이었던 자에 대한 여자의 마음을 얼음처럼 차가운 것으로 바꿔놓은 모양이다.

"난 간단히 처리될 문제라고 생각했는데……."

오카자키는 눈앞에 있는 여자의 피부가 매끄러운 도자기 표면처럼 하얀 것에 놀라며 말끝을 흐렸다. 이것들은 도대체 뭘 먹고 자란 걸까?

"설마 가지 군이 그런 짓을 하리라곤 생각지도 못했습니다."

그러자 미치코의 푸르스름하고 촉촉한 눈이 반짝 빛났다.

"그이가 뭘 했다는 거죠?"

딱 부러지게 할 말만 하면서 치고 들어오는 엄숙함을 이 나긋나긋한 여자에게서 느끼고 오카자키는 다시 한 번 놀랐다.

"아니, 그게 그러니까……."

"아니요!"

미치코의 목소리가 비로소 열기를 띠었다.

"다들 어떻게 보고 계시는지 모르겠지만, 전 그이가 한 일은 그이가 아니면 할 수 없는 일을 했다고 생각합니다. 앞으로 다들 그이의 일을 재미 삼아 말씀들 하시겠죠? 훌륭하시군요, 정말."

"그런가요?"

오카자키의 삼백안에 마침내 사나운 빛이 움직이기 시작했다. 오카자키는 오카자키 나름대로 빈정이 상했지만 오히려 마음은 편해졌다. 이렇게 된 이상 갇힌 신세가 된 가지를 마음껏 비웃어주면 그만이다. 고상한 척하는 여자의 고독한 생활을 그야말로 재미있는 가십거리로 삼으면 그만이다.

"아주머니가 그렇게 말한다면…… 어디 마음대로 해보시죠. 도대체 가 요즘 젊은 것들은 세상 물정도 모르고 허세만 부린다니까. 난 또 조금이나마 힘이 돼줄 수 있을까 싶어서 와보았더니……."

"힘이 되어달라고 부탁하고 싶은 마음은 추호도 없습니다."

미치코는 지지 않고 대꾸했다.

"아주머니가 할 수 있는 것은 그 일곱 명이 탈출한 게 아니었다고 헌병대에 가서 증언하는 것뿐이외다. 그 외에는 아주머니의 힘을 보태서 도움이 될 만한 일은 아무것도 없어요."

오카자키가 나가고 나서 미치코는 다시 새로운 고독감에 휩싸였다. 모든 것이 죽음으로 끝날 것 같은 느낌조차 들었다. 있는 것이라곤 가지가 갇혀 있을 그 어두운 장소와 미치코가 지금 있는 공허한 장소, 그 두 곳을 사이에 두고 있는 무한한 거리뿐이었다.

오키시마의 아내가 위로하러 와주었지만 미치코는 그저 어설픈 미소만 지을 뿐이었다. 헌병대라는 권력의 요새는 여자의 연약한 손으로는 줄 하나 그을 수 없는 거대한 절벽 같은 느낌이 있었다. 미치코는 다만 거의 맹목적으로 믿을 수밖에 없었다. 그리고 기도할 수밖에 없었다. 가지가 핍박을 견뎌내고 그녀 앞에 돌아오기를.

43

사흘 후 미치코가 면회를 청하러 헌병대에 갔을 때 마침 그 자리에 있던 대여섯 명의 헌병들은 한결같이 미치코의 얼굴과 몸매를 굶주린 늑대의 눈으로 넋을 놓고 보았다. 와타라이는 그런 동료들 앞에서 의기양양하게 행동했다. 이 여자는 아름답다. 그리고 이 여자의 매력적인 엉덩이가, 비록 두툼한 옷감 너머였지만, 어쨌든 몸의 일부분에 접촉해본 것은 자기뿐이다. 마치 자기 여자 같은 기분이 드는 것이었다.

사무실 안쪽 책상에서 고노 대위가 말했다.

"와타라이, 조사는 다 끝났나?"

"좀처럼 불지 않습니다."

"음."

고노 대위는 고개를 끄덕이고 미치코에게 차가운 시선을 던졌다.

"이쪽으로 오시오. 다나카, 의자를 갖다 드리게."

미치코는 주저주저하며 자리에 앉았다. 헌병들의 시선은 하나같이 예삿사람의 것이 아니었다. 그것이 모든 각도에서 자신의 몸을 찌르는 것 같았다.

"가지 군의 행동은 군의 권위를 모독한 것이오."

고노가 새삼스레 엄격한 표정으로 말했다.

"뿐만 아니라 포로를 탈출시킴으로써 군사산업의 기밀을 적군에게 알릴 기회를 준 것은 국가에 대한 반역행위요."

미치코는 고개를 숙였다. 이미 살려낼 방도가 없다는 식으로 심각하게 들렸다.

"현재 남방해역에서는, 알고 계시겠지만, 목숨을 건 사투가 연일 계속되고 있소. 아군에는 확고한 필승의 신념이 있을 뿐 잠깐의 방심도 용납되지 않는 상황이란 말이오. 이런 비상시에 국민의 한 사람으로서 국가에 대한 반역행위를 저지르고, 군의 위신을 모독한다는 것은 언어도단이오. 당신도 일본 여성이라면 남편의 행위를 유감스럽게 생각하고 있을 것이오."

미치코는 살을 에는 것 같았다. 그녀의 사랑하는 남편이 고민하던 것은 그것이 반역행위이기 때문이 아니라 오히려 호전적인 국민보다 훨씬 더 충실하게 전쟁에 협력하고 있는 것을 고민한 것이다. 그러나 그것을 지금 여기서 밝힌다면 가지에게 치명상이 될지도 모른다. 그뿐만이 아니라 여기서 섣불리 가지를 감싸는 말을 했다간 헌병의 심기를 거슬려서 가지를 더욱 불리한 입장으로 내몰 위험이 있었다.

"……네."

울지 않으려고 떨리는 목소리로 대답했다. 유감으로 생각하기는커녕 남편의 그런 모습 때문에 그녀는 그를 더욱 사랑했다.

대위는 만족했다. 그의 단순한 언변이 여자에게 맹위를 떨칠 수 있다는 것이 통쾌했다.

"그러나 죄는 미워해도 사람은 미워하지 말라는 말이 있소."

그는 어조를 부드럽게 하며 말했다.

"당신들은 헌병대를 귀신처럼 두려워하고 있는 것 같은데, 헌병에게도 피가 있고 눈물이 있소. 젊고 앞날이 창창한 청년을 죽여버리는 게 본의는 아니란 말이오. 단지 유감스럽게도 당신 남편은 쓸데없이 허세를 부리며 반성하는 기미가 전혀 없는 모양이더군. 당신이 잘 말해서 옳고 그름을 분별하게 해주시오. 와타라이, 오늘은 만나게 해드릴 수 있나?"

와타라이는 기립해서 대답했다.

"아직 그 단계는 아닙니다."

가지의 얼굴은 아직 엉망이다. 다량의 피하출혈도 거의 그대로다. 사실은 그런 가지를 미치코에게 보여주고 싶었지만…….

"아주머니, 일주일 후에 오시오. 그때까지는 조사도 끝날 테니까."

미치코는 창백해져서 자리에서 일어섰다.

"잠깐만 기다리시오. 물어보고 싶은 게 있으니까."

와타라이가 다가왔다.

"이 수기를 왕시양리에게 쓰게 한 동기, 목적, 쓰게 한 다음 어떤 말을 했는지 듣지 못했소?"

만약 어떤 대답이라도 나오게 되면 별실로 데리고 가서 되도록 시간을 끌며 미치코의 체취를 만끽할 수 있을지도 모른다.

"이것을 감추려고 한 걸 보면 모를 리가 없을 텐데……"

"아무것도 모릅니다."

미치코는 가지를 만나기 위해서라면 바늘방석도 참을 수 있었다. 그러나 만나지 못할 바에는 1초라도 더 이곳에 있고 싶지 않았다.

"숨기면 이롭지 못해. 가지를 살리고 싶다면 당신이 솔직하게 말하는 게 좋소."

"하지만 정말 아무것도 모릅니다."

"좋아. 알아내는 방법은 얼마든지 있으니까."

와타라이가 수기를 책상 위에 내던졌다.

"돌아가시오. 오늘은 면회를 허가할 수 없소."

44

그날 라오후링에서 올라온 보고서는 와타라이의 표정을 경직시키기에 충분했다. 왕시양리 이하 30명의 특수 광부들이 야음을 틈타 현장에서 탈출했다는 것이다. 게다가 야간 순찰을 하던 경비를 꽁꽁 묶어놓기까지 했다. 사건은 처형 날로부터 이틀 후 미명에 일어난 모양이다. 와타라이는 하루 이틀 사이에 왕시양리를 체포할 생각이었다. 체포가 늦어진 것은 게으르고 무능한 통역이 수기를 번역하는 데 시간을 끌었다는 것과 가지를 아무리 족쳐도 일언반구의 대답도 들을 수 없었기 때문이다.

라오후링에서 올라온 보고서의 말미에는 '금후 어떤 조치부터 내려야 할지 지시해주시기 바람.'이라고 쓰여 있었다.

와타라이가 고노에게 보고하자 대위는 웃었다.

"네 명검도 꽤 무뎌졌군."

와타라이는 자신의 실수를 모두 가지 탓이라고 생각하자 증오심이 더욱 커졌다.

그러나 대위는 별로 대수롭지 않게 생각했다. 애초에 노동력을 확충하기 위해 사로잡아서 민간에 불하한 비군사 포로였다. 방첩상 민간에만 일임할 수 없는 측면도 있는 건 부인할 수 없지만, 엄밀하게는 소관 밖의 일이다. 지금까지 이렇게 간섭한 것은 군이 갖는 권세의 타성 때문이다. 간섭을 두려워하는 것은 좋지만 그럼에도 불구하고 탈출이 속출한다는 것은 체면에 관한 문제다.

"이쯤에서 적당히 손을 뗄까?"

고노는 와타라이의 굳은 얼굴을 보았다.

"다음 달에 신징新京에 가니까, 그때 결정하고 와야겠어."

"그자는 어떻게 할까요?"

"그놈 말인가? 네 고문을 받고도 불지 않는 걸 보면 털어놓을 게 없을지도 몰라."

"하지만 반군사상을 갖고 있는 것만은 명백합니다."

와타라이는 이렇게 되고 나니 고집 때문이라도 가지를 풀어주고 싶지 않았다.

"반군사상 말인가? 그런 건 군대에 처넣으면 사흘도 못 가서 사라질 거야."

고노 대위는 아무렇지도 않게 말하더니 일어서서 지루한 듯 크게 기지개를 켰다.

"반전사상을 갖고 있는 놈이 전선에 나가면 용감하게 싸우는 예는 얼마든지 있다. 생각도 못한 일로 부화뇌동하는 놈보다도 더 쓸모가 있어. 목숨이 위태로워지면 사상 따위는 잊어버리고 인간 본연의 모습으로 돌아가게 마련이야. 놈을 계속 잡고 있어봐야 어쩔 도리가 없지 않을까? 이걸 읽어봐."

대위는 편지 한 통을 와타라이 앞에 던져주었다. 채광부장에게서 온 것이다. 예를 갖춰서 공손하게 쓰여 있는 그 편지의 대강의 내용은 이랬다. 사무적으로 유능한 청년 직원이라고 생각해서 가지를 발탁했지만, 불온사상을 갖고 있는 줄도 모르고 헌병대에 큰 고민거리를 안겨준 꼴이 되었다. 이는 모름지기 부장의 어리석음의 소치이므로 삼가 깊은 사죄의 뜻을 표한다. 만약 아직도 폐사에 이와 유사한 사원이 있다면 그 무리들에게는 틀림없이 가장 좋은 교훈이 됐겠지만 무엇보다도 증산이 시급한 시기이므로 사건이 더 이상 확대되지 않도록 선처해주길 바란다, 라고.

내용 중에 가지의 사면을 간청하는 부분은 한 구절도 없었다. 게다가 사건 불확대를 운운한다는 것은 가지가 체포된 사실을 유야무야 끝낼 수 있도록 적당한 조치를 취해달라는 것이다.

"헌병대의 노여움을 사서는 안 되겠다 싶은 거지."

고노 대위는 웃으면서 군도를 허리에 찼다.

"지방 병사부에 연락해봐. 민간인의 심신을 단련하는 도장은 군대다. 나약한 지식인의 근성을 뿌리부터 뜯어고쳐줘야지. 아 참, 그리고 본사 간부들에게는 이렇게 하기로 했다고 통보해줘야 한다. 또다시 신세를 질 수도 있으니까."

고노 대위가 나가자 와타라이는 다나카에게 가지를 끌고 오라고 명령했다.

"네 마누라가 와서 기다리고 있다."

와타라이가 자신의 아랫도리를 톡톡 두드리면서 말했다.

"매일 밤 아랫도리가 쓸쓸해서 잠을 못 자는 것 같더군. 어때, 보고 싶지? 만나게 해줄까?"

가지는 아직 붓기가 가라앉지 않은 눈꺼풀을 들고 와타라이를 쳐다보았다. 감정을 드러내지 않으려고 애썼지만, 자신을 떠보고 있다는 걸 알면서도 가슴이 쿵쾅거렸다.

"만나게 해줄 테니까, 다 말해라. 응? 부탁이다."

와타라이는 약간 기분이 나쁠 정도로 다정하게 말했다.

"난 보기엔 이래도 몰인정한 사람은 아니다. 네 아내가 여기에 와서 울고 있는 것을 보니 내가 참을 수가 없더군. 어떻게든 널 돌려보내주고 싶다. 그러니까 어서 말해라. 아주 조금이면 돼. 네가 왕시양리에게 수기를 쓰게 한 경위를 대충 얘기해봐라. 그렇다고 내가 그것을 어떻게 하겠다는 것이 아니다."

왕시양리의 수기라는 말을 들은 순간 가지의 마음은 격렬하게 고동쳤다. 자신의 일에 정신이 팔려서 잊고 있었지만 책상 서랍에 그 수기를 넣어둔 것이 갑자기 돌이킬 수 없는 일이 되어 양심을 물어뜯었다. 처형이 있던 그날 이렇게 될 것을 예상하고 집을 나온 것은 아니었지만, 요컨대 마음가짐이 허점투성이였던 셈이다. 그로 인해 왕의 신상에 변고가 생기기라도 했다면 왕은 틀림없이 가지를 더욱 더 신뢰할 수 없는 자라고 멸시하고 있을 것이다.

가지의 이런 의구심을 뒷받침이라도 하듯이 와타라이의 음성이 싸늘하게 들려왔다.

"왕시양리는 이미 체포되어서 다 불었다. 남은 건 처형뿐이야."

가지는 피가 얼어붙는 것 같았다. 설마 그 왕시양리가. 아니, 그 왕조차 와타라이의 폭력에 굴복했단 말인가?

"······처형은 언제입니까?"

쉰 목소리로 물었다.

"왜, 마음에 걸리나?"

와타라이가 히쭉 웃었다.

"넌 왕에게 그걸 쓰게 해서 일본 군대는 이런 짓을 했다고 유언비어를 퍼뜨릴 생각이었겠지?"

가지는 경계하면서 잠자코 있었다. 대답하지 않으면 고문을 받을 위험이 눈에 보였지만, 섣불리 말했다간 터무니없는 죄상이 날조되리라는 것도 분명하다.

"뭐, 그래도 상관없다."

와타라이는 부드럽게 말했다.

"일본군이 다소 난폭한 짓을 하고 있는 것도 사실이니까. 넌 그걸 동료에게 말하거나, 지인에게 편지로 써서 보내기도 했겠지? 그 수기를 보면 누구나 그 정도는 하고 싶어진다. 어쨌든 그건 그렇다 치고, 이젠 빨리 그것을 없애야 한다. 알았나?"

가지는 돌 같은 침묵으로 와타라이의 본성을 숨긴 부드러운 목소리에 대답했다. 오늘따라 와타라이는 인내심이 강했다. 끈질기게 포획물을 희롱할 작정인 모양이다.

"이번 사건의 주모자는 네가 아니란 건 알고 있다. 네가 한 일은 네가 말한 대로 인간으로서 당연한 일이었는지도 모른다. 그러니까 널 처형시키지는 않겠다. 하지만 네가 불만을 품고 반항하는 한 내 쪽에서도 그 대응책으로 뭔가 해야만 한다. 응? 그렇게 되지 않겠나?"

가지는 거의 듣고 있지 않았다. 옆방의 기척에 귀를 기울이고 있었다. 미치코가 와 있을지도 모른다. 기다리게 했다면 어느 방일까? 왕시양리도 어딘가에 감금되어 있을지 모른다. 죽음을 향해 치닫고 있는 운명을 그는 그 냉정한 얼굴로 각오하고 있을까? 왕은 아직도 인간에게는 인간의 동료가 언제나 반드시 어딘가에 있다고 믿고 있을까?

"……왕은 언제 처형됩니까?"

말하면서 고개를 들자 갑자기 바람을 가르며 손바닥이 날아와서 뺨을 후려갈겼다.

"날 지루하게 했다간 너만 손해다. 니, 부치도마(넌 그것도 모르냐)?"

와타라이의 억세 보이는 손가락이 가지의 얼굴을 찔렀다.

"네 마누라가 와서 기다리고 있는데, 네가 아무 말도 하지 않는다면 오늘 밤은 네 마누라를 가둬놓고 천천히 심문해볼까? 그렇다고 걱정하지는 마라. 부드러운 손길로 가려운 데만 긁어주는 식으로 할 테니까."

가지는 터질 듯한 가슴으로 겨우겨우 버티고 있었다. 이제부터는 결코 아무것도 듣지 않겠다. 아무것도 말하지 않겠다. 권력의 세계는 무법의 세계다. 개인의 욕망이 권력에 대한 의지로 너무 쉽게 바뀌고 있다. 와타라이는 죽이고 싶어 한다. 왕시양리의 목을 벤 다음에는 가지의 차례가 될 것이다. 하지만 무엇 때문인가? 아마도 가지가 정말로 탈출시켰든 탈출시키지 않았든 결과는 매한가지였을 것이다. 아니, 사실 그는 내심 그들이 탈출하길 바라고 있었다. 그것은 오키시마가 벌써 간파하고 있던 대로다. 탈출시키지 않으려고 그들을 관리하는 데 고심하면서도 그 고심이 아무 의미도 없다는 걸 알고 있었기 때문에 끊임없이 그들의 탈출을 예기하고 있었던 것이다. 와타라이가 그를 죽이고 싶어 하는 것은 그 때문이다.

가지는 문득 "그래도 지구는 돈다."는 말을 남기고 불에 타 죽은 수백 년 전의 남자를 떠올렸다. 당연한 말을 하는 데도 위대한 신념이 필요했고, 그 남자는 위대한 신념을 가지고 있었다. 가지는 당연한 일을 하는 데 한 조각의 신념도 가지고 있지 않았다. 단지 그날 살인검 앞에 가슴을 펴고 섰던 충동적인 용기가 있을 뿐이었다. 그거라도 없는 것보다는 나을지 모른다. 왜냐하면 네놈은 짐승이다! 난 인간이다! 얼마 안 되는 인간의 한 사람이다! 라는 말을 남길 수 있을 테니까.

"좋다."

와타라이는 이를 드러냈다.

"오늘이야말로 계집년처럼 엉엉 우는 소리를 내게 해주마. 네 마누라가 실컷 듣도록 말이다."

가지는 이를 악물고 마음속으로 맹세했다. 설령 어떤 일이 일어나도 오늘만은 절대로 신음 소리를 한 마디도 내지 않겠다고.

한쪽 벽에서 다나카 상등병이 작은 소리로 놀리듯 노래를 부르며 고문 도구를 준비하고 있었다.

"이보시게, 가지, 가지 양반이여, 세상에서 너만큼 말귀를 못 알아듣는 놈도 없구나. 왜 그렇게 바보 같으냐."

그러고 나서 가죽 채찍과 쇠망치, 쇠막대기와 향과 물을 먹이는 가차 없는 고문이 시작되었다.

가지는 그 자리에는 없는 미치코를 벽 너머로 상상하며 그 환영을 향해 소리 없이 외쳤다.

"미치코! 좌절하면 안 돼! 버텨줘! 눈을 부릅뜨고 봐! 내게 용기를 줘! 날 응원해줘! 내가 이겨낼 수 있도록 기도해줘."

가지는 자신에게 한 맹세를 지켰다. 비명을 한 마디도 지르지 않았다. 다나카 상등병이 기절한 가지를 감방에 처넣었다.

45

"……미치코."

깊은 한숨과 함께 소리쳤다. 천장의 꼬마전구가 뿌옇게 이중, 삼중으로 겹쳐 보였다.

다나카 상등병이 쇠창살 사이로 들여다보며 히죽 웃었다.

"야, 너! 더 이상 고집 부리지 않는 게 좋다. 너만 피곤할 뿐이야. 그래 봐야 아무 의미도 없어."

가지는 묵살했다. 적어도 이때만은 와타라이나 다나카의 손이 절대로 미치지 않는 높은 세계에서 편안하게 숨을 쉬고 있는 듯한 기분이 들었다. 고집에도 의미가 있다. 비겁함과 잔머리로 늘 어정쩡한 태도만 취해온 가지 같은 사내에게는.

가지는 지금 희미한 불빛 속에 미치코의 환영을 불러내서 속내를 털어놓는 대화로 고통과 괴로움을 녹여버리려고 애쓰고 있었다. 다나카의 시선 따위는 개새끼가 쳐다보고 있는 걸로 생각하면 된다.

다나카는 세상에서 가장 완고한 죄수에게 경멸과 연민의 웃음을 남기고 실내화 소리를 울리며 사라졌다.

"미치코, 이제 우리 둘만 남았어."

가지는 어두컴컴한 벽을 응시했다.

"당신은 나 때문에 고초를 겪을지도 몰라. 용서해줄래?"

가지는 미치코의 대답을 기다렸다. 미치코가 이렇게 대답해줄 것이라고 생각했다.

"용서라니요, 어떻게 제가! 제가 말했잖아요? 방황해도 된다고요. 제가 갈게요. 당신에게 뒤처지지 않도록 열심히 따라갈게요. 당신은 방황하지 않았어요. 방황하는 것 같았지만 올바른 길을 선택했어요. 그러니까 저는 당신을 기쁜 마음으로 따라갈 거예요."

미치코는 반드시 그렇게 말해줄 것이다. 가지는 캄캄한 벽을 바라보며 슬픔에 빠졌다.

"난 돌아갈 수 없을지도 몰라."

"돌아올 거예요, 당신은 반드시!"

미치코가 검은 눈동자를 별처럼 반짝이면서 그렇게 말해주기를 바랐다.

"끝이 없는 고통이란 없어요. 끝이 있어서는 안 되는 것은 우리의 이 마음뿐이에요."

가지는 어렴풋이 미소를 지었다.

"난 말이야 미치코, 내가 이것밖에 안 되는 인간이었다는 걸 진심으로 인정하고, 또 당신한테도 애정이나 뭐 그런 것과는 상관없이 그렇다고 인정받고 이제부터 다시 출발해보고 싶어. 다시 말해서 난 그동안 입으로만 인간다운 말을 하고, 머릿속으로만 전쟁에 반대하니 어쩌니 하면서 이미 인간다운 인간이 된 것처럼 멋지게 가장하고 있었던 거야."

그러면 미치코는 슬픈 표정을 지으며 이렇게 말할 것이다.

"전쟁이 한창일 때 우리들만의 오아시스를 만들려고 한 것이 잘못이란 말인가요?"

미치코가 눈을 가슴께에서 얼굴로 들고 자신을 향해 최대로 크게 뜨고 있는 듯한 기분에 휩싸였다. 그렇게 말하는 건 아니죠? 네?

"행복한 생활을 만들려고 늘 애쓰던 당신의 열정 말이야, 혹은 오키시마가 전쟁이 어떻게 되든 나는 나대로 살겠다는 배짱, 이런 것들이 내게는 결핍되어 있었기 때문에 나는 그것과 부딪쳐가면서도 늘 버틸 수 있었어. 하지만 그것만으로는 안 되겠지."

"행복이 인간을 겁쟁이로 만든다, 그런 얘기인가요? 제가 늘 당신과 함께 사는 것을 행복하다고 했던 것이 당신을 가끔은 겁쟁이로 만들었다, 그런 말인가요?"

"내가 겁쟁이였던 것은 당신 탓이 아니야. 행복을 이해하는 내 방법이 잘못되었다는 거지. 생각대로 살았다면 만일의 경우에는, 설령 아무리 슬퍼도 부딪쳐 나갈 용기가 있지 않았을까? 설령 아무리 무서워도 말이야. 예를 들어 전쟁에 반대한다면 언제든지 몸을 던질 만한 각오와 준비를 하고 있었어야지. 그렇게만 한결같이 당신과 둘이서 살았다면 난 당신한테 칠칠치 못하게 번민하는 모습을 보이지는 않았을 거야."

"하지만 결국 당신은 그럴 만한 용기를 가지게 되었잖아요."

미치코는 외로워 보였다. 미치코가 외로워서 울고 있을지도 모른다고 생각했을 뿐인데도 가는 눈물 줄기가 가지의 볼을 적셨다.

"많은 사람들이 말이야, 미치코. 모두 나처럼 겁쟁이이고, 아주 작은 용기를 가져야 할 때 갖지 못하기 때문에 착실하게 살면서도 죽도록 고생하다 결국엔 인간으로서 실격되는 거야. 결코 되지 않을 거라 생각했던 전쟁 범죄인조차 되고 만다고. 정말로 아주 작은 용기인데 말이야! 난 그때 한 걸음 내디뎌보고 겨우 그걸 깨달았어. 용기란 게 생각만 하고 있어서는 절대로 나오지 않는 것이더군. 항상 충실하게, 미련 따위는 남지 않을 만큼 충실하게 살면서 행동하지 않으면……."

"……그럴지도 몰라요."

미치코가 고개를 끄덕이는 것이 보이는 것 같았다.

"다시 시작하자, 응? 미치코."

가지는 눈시울을 닦았다.

"우린 아직 젊으니까. 만약 우리에게도 내일이라는 날이 있다면……."

"내일…… 언젠간 오겠죠? 몹시 기다려져요!"

가지는 그 목소리가 어렴풋이 들리는 것 같았다. 하지만 그 목소리의 주인공인 미치코의 하얀 얼굴은 가늠할 수 없을 만큼 멀리 있었다. 거기엔 미치코가 없었다. 그곳은 어둡고, 좁은 사각형의 우리 안이었다.

주위는 고요했다. 멀리서 야음을 타고 가늘게 떨리는 소등나팔 소리가 들렸다.

실내화 소리가 복도를 건너왔다. 다나카가 소등나팔의 멜로디에 가사를 붙여 노래를 불렀다.

"신병님은 불쌍도 하지. 또 자면서 울고 계시네."

격자 사이로 들여다보며 다나카가 말했다.

"소변보겠나?"

가지는 고개를 가로저었다. 온몸이 타는 듯했다. 오줌은 한 방울도 나오지 않을 것이다. 그런데 온몸이 덜덜 떨릴 정도로 추웠다.

다나카는 터벅터벅 실내화 소리를 내며 물러갔다.

"미치코, 미치코, 미치코여!"

복도 끝 쪽에서 문이 끼익 하고 닫혔다. 목소리도 사라지고 쥐 죽은 듯 조용해졌다.

가지는 노란색 꼬마전구의 뿌연 불빛을 바라보며 중얼거렸다.

"잘 자, 미치코. 난 여기서 이렇게 당신을 보고 있어."

46

"나와."

무거운 격자문이 열렸다. 처음 보는 헌병이 가지의 얼굴을 복도로 스며드는 햇빛 아래에서 확인했다. 부기는 가라앉았지만 검푸른 멍이 여기저기 남아 있고, 수염이 텁수룩한 얼굴은 마치 다른 사람을 보는 것 같았다.

"따라와."

헌병이 앞장섰다. 가지는 맨발로 따라갔다. 헌병은 사무실 문 앞에서 걸음을 멈췄다.

"들어가."

가지는 문을 열더니 막대기처럼 우뚝 섰다. 가벼운 현기증에 미치코의 모습이 부옇게 보였다. 미치코 옆에 부리부리한 눈으로 웃고 있는 사내가 있었다. 그것이 오키시마라는 것을 알았을 땐 온몸에서 힘이 쭉 빠져나가는 것 같았다.

미치코는 입술을 깨물고 참고 있었다. 부들부들 떨고 있다. 미동도 하지 않은 것은 딴사람처럼 변해버린 남편의 얼굴에 고정되어 있는 눈동자뿐이다.

"어서 키스 안 해?"

창가 의자에 가랑이를 크게 벌리고 앉아 있던 와타라이가 말했다.

"체면 차릴 필요 없어."

그러고는 야비하게 웃었다. 문 옆에 있는 책상에서 다나카가 사무를 보는 척하고 있었다. 가지를 데리고 온 헌병은 이제부터 어떤 러브신이 펼쳐질지 잔뜩 기대하는 표정으로 사무실 복판에 우두커니 서 있었다.

"미치코."

가지가 메마른 목소리로 불렀다.

"이런 곳에 와서는 안 돼. 걱정하지 말고 어서 돌아가."

미치코는 당황하여 와타라이를 힐끗 보았다. 모처럼 면회를 허락받았는데, 와타라이를 화나게 해서는 곤란하다. 긴 나무의자 끝에 놔둔 보따리를 들고 미치코가 필사적으로 미소를 지으며 와타라이를 보았다.

"저기, 초밥을 좀 가져왔는데 먹여줘도 될까요?"

와타라이는 눈도 깜빡이지 않고 미치코를 쏘아보았다.

"좋아."

미치코가 찬합을 열며 말했다.

"좀 드세요."

갑자기 뜨거운 것이 치밀어 올라와서 가지는 입맛을 다셨다. 고개를 끄덕였다. 눈이 반짝 빛났다. 미치코는 울음이 터질 것 같아 황급히 찬합으로 고개를 숙였다. 색색들이 초밥이 부옇게 보였다. 가지가 더러워진 손을 뻗어 초밥 하나를 집어 들었다. 그 손에서 가슴, 가슴에서 얼굴로, 미치코의 부릅뜬 눈이 기어 올라갔다.

"미치코, 앞으로 무슨 일이 생기거든 오키시마 씨와 상의해."

가지는 집었던 초밥을 책상 끝에 놓았다.

"오키시마 씨, 부탁하리다."

"오키시마 씨는 전근 가신대요."

눈물 한 방울이 미치코의 뺨을 타고 흘러내렸다.

"작별 인사를 하러 왔네."

아니나 다를까 오키시마가 웃음을 잃고 침통하게 말했다.

"……그렇군."

가지가 곤혹스러운 시선으로 미치코와 오키시마를 번갈아 보았다.

"부장 놈에게 지랄을 좀 떨었더니 보잘것없는 광산으로 귀양을 보내더군. 난 자네와 앞으로도 조금은 더 다투고 싶었건만."

"그랬었군."

가지는 숨이 막혔다. 이것으로 산 안팎의 사정을 대충은 알 것 같았다. 오키시마는 멀리 외따로 떨어진 작은 광산으로 쫓겨 가고 가지는 여기 권력의 요새 안에 버려진 것이다.

"내 후임으로는 후루야가 앉게 되었네."

오키시마가 말했다.

"그 자식, 기세가 등등해져서 지문실에서 나오더군. 흡사 자신의 전성시대를 맞이했다는 표정이었어."

가지는 말없이 초밥을 먹기 시작했다. 미치코의 정성이 깃든 음식을 모처럼 먹는 것이었지만 아무런 맛도 느낄 수 없었다. 그저 미치코가 놀랄 정도로 허겁지겁 초밥을 삼킬 뿐이었다.

"필요한 거 없어요?"

미치코가 가지에게서 한시도 눈을 떼지 않고 물었다.

가지는 손을 멈추고, 입을 멈췄다.

필요한 거? 그래. 두 가지가 있어. 당신. 그리고 흘러간 시간이야. 여길 나가서 처음부터 다시 시작하는 거야.

가지는 와타라이를 보았다. 와타라이는 미치코의 허리께를 음탕하게 보고 있었다. 가지가 대답했다.

"아무것도 없어."

수염이 텁수룩하게 자란 입언저리가 경련을 일으켰다.

"군대에선 뭐든지 주게 되어 있으니까."

날카롭게 찌르는 비아냥거림으로 들린 것은 미치코와 오키시마뿐인 것 같다. 미치코가 겁에 질린 시선을 던졌지만, 와타라이는 여전히 수컷의 시선으로 미치코를 보고 있을 뿐이었다.

"……이젠 못 보게 되겠군."

가지가 오키시마에게 말했다.

"당신한텐 여러 가지로 배운 게 많아."

그래, 참 많이 배웠지. 일하는 요령도, 싸움의 호흡도, 그리고 목욕탕에서 아내와 재빨리 끝내는 사랑의 방법까지. 하지만 이젠 그것을 할 기회를 잃어버린 것 같군. 가지는 가슴이 쓰리고 아팠다.

"자넨 요금을 너무 비싸게 치르긴 했지만, 그래도 휴머니즘이라는 전용차를 탔어."

오키시마가 촉촉이 젖기 시작한 부리부리한 눈을 웃음으로 바꾸며 말했다.

"그런데 왕이 말이야……"

그렇게 말하기 시작한 순간 와타라이가 거친 소리를 내며 일어섰다.

"누가 쓸데없는 얘기를 하라고 했나?"

오키시마는 화가 치밀었지만 가지의 신상을 걱정하는 미치코의 창백한 얼굴을 보자 반격하기를 포기했다.

"시간 됐다. 면회 끝!"

와타라이가 가지를 데리고 온 헌병을 향해 턱짓을 했다.

미치코는 충동적으로 일어섰다. 그녀의 젖은 눈동자에 깃든 붉은색 빛이 무섭게 흔들렸다.

"몸조심하세요!"

가지는 가슴이 터질 것 같았다. 몸을 돌려 뒤도 돌아보지 않고 나갔다.

47

와타라이 중사는 창문으로 밖을 내다보고 있었다. 오키시마와 나란히 가는 미치코의 뒷모습이 정문에서 마을로 멀어져가는 것은 그가 가진 권력으로도 막을 수 없는 것이었다.

"제기랄! 엉덩이 정말 죽이는군! 좀 드세요, 라고 했겠다?"

중얼거리면서 뒤로 돌아서서 다나카 상등병을 쳐다보는 눈은 탐욕으로 이글거리고 있었다.

"저런 새끼가 예쁜 계집이나 꿰차고 마음껏 즐기라고 우리들 국가의 간성이 군무에 정진하는 건가, 다나카 상등병?"

희롱거리지 않고는 직성이 풀릴 것 같지 않았다.

"몸조심하세요!"

그 하얀 살결이 괴로움에 경련하고, 그 검은 눈동자가 그리움에 불타오르며 안타까운 나머지 그렇게 말했다.

와타라이에게는 어떤 여자도 그렇게 말해주지 않았다.

"어이, 다나카, 좀 드세요, 라고 말해줄 계집을 데리고 와서 내게 좀 바쳐봐. 본관은 더 이상 참을 수가 없단 말이다."

다나카는 웃으면서 책상에서 작은 소리로 노래를 불렀다.

"미치코, 미치코, 미치코여."

48

가지는 그 후 며칠 동안 아무 일도 없이 방치되었다. 심문도 받지 않았고, 고문도 당하지 않았다.

그는 왕시양리가 이미 처형된 줄로 알고 있었다. 왕의 생애에 비한다면 가지의 생애는 확실히 무사태평한 것이었다. 하지만 왕이 이성에 근거해서 자기 민족의 승리를 믿고 있었을 때 가지는 패배밖에 믿을 수 없었다면 가지가 훨씬 불행한 것인지도 모른다.

왕은 역사의 길을 걸었다. 무명이지만 인간의 역사에 위대한 전사로 남을 만한 자격을 갖추고 있었다. 글쓰기를 좋아했기 때문에 그의 영혼은 묘비에 무언가를 새기고 싶어 할 것이다. 가지는 그 글귀를 왕시양리를 대신해서 생각했다. 왕은 말하자면 새벽이 오기 전에 죽은 것이다. 하지만 밤은 반드시 밝을 터. 그렇다면 왕시양리의 묘비에는 이런 글귀를 새기면 되리라.

'새벽을 보지 못하고 나는 죽노라. 동포여 새벽빛 속에 나의 주검을 묻어다오.'

가지의 경우는? 왕이 글귀를 고른다면 어떻게 쓸까? 기껏해야 이렇게 쓰는 것이 고작 아닐까?

'방황하는 사람, 살았다, 헤맸다, 이용당했다.'

가지는 어두컴컴한 벽에 손톱으로 그렇게 썼다. 벽에서 얼굴을 떼자 글자가 거의 보이지 않았지만 쓰고 나니 마음이 어느 정도 진정되었다. 여기는 가지의 묘지였다. 여길 나가는 날이 그가 무덤에서 부활하는 날일지도 모른다. 적어도 그렇게 되기를 바라는 마음에 거짓은 없었다.

그날은 복도를 건너오는 실내화 소리가 다나카의 것이 아니었다. 무겁고 거칠었다. 발소리의 주인을, 가지는 벽을 보고 있으면서도 눈썹 하나의 움직임까지 상상할 수 있었다.

와타라이가 격자문을 열었다.

"가지, 나와."

가지는 나갔다. 그 순간 미치코와의 면회를 기대하고 마음이 들떴다.

"돌아가도 좋다."

와타라이가 섬뜩하니 낮은 목소리로 불쑥 말했다.

가지의 창백한 얼굴에 피가 확 솟구쳤다. 가슴이 기분 나쁠 정도로 느리게 고동쳤다. 이상하다! 어디로 데리고 가서 목을 벨 생각인가?

"특별히 생각해서 석방한다."

와타라이가 말했다.

"하지만 이걸로 살았다고 생각하지 마라. 알았나? 네 뒤에는 항상 내 눈이 번뜩이고 있다. 네가 가는 곳마다 내 손길이 미치고 있다는 걸 잊지 마라."

49

철도 분기점에서 가지는 기차에서 내렸다. 5개월 전에 600여 명의 특수 광부들을 넘겨받은 곳이다. 이른바 운명의 교차점이었다. 지금은 들도 밭도 시들어서 사방이 온통 붉은빛으로 변한 벌판 위에 겨울의 잿빛 하늘이 펼쳐져 있었다.

가지는 라오후링을 향해 걷기 시작했다.

생각할 필요가 있었다. 도착할 때까지 생각을 정리해놓아야 한다. 울렁거리는 가슴에 그렇게 몇 번을 되풀이해서 말해보아도 피는 더욱 요란스럽게 요동을 쳤고, 다리는 부어 있는데도 가볍게 움직이며 생각 따위가 도무지 떠오르지 않도록 방해했다. 순간을 아쉬워하며 달라붙어서 떨어질 줄 모르는 것은 눈부시게 하얀 미치코의 육체, 그 목소리,

그 냄새다.

마을에 들어설 때까지 이 들뜬 감동을 억누를 수 없었다. 개천을 따라 나 있는 길에 도착하자 오른쪽에 위안소가 보인다. 여기서 광산의 본관 사무소까지는 그리 멀지 않다.

가지의 마음은 긴장하기 시작했다.

소장을 만나면 뭐라고 인사하지? 놈은 눈길조차 주지 않았다. 너무 빨리 돌아왔나요? 몇 가지를 좀 확실하게 해둬야 할 것 같습니다. 우선 첫째로 특수 광부들을 탈출시킨 것은 제가 아니라 당신입니다. 알겠습니까? 그렇습니다. 저는 그들이 탈출하는 것은 당연하다고 생각하고 있습니다. 만약 탈출하는 것을 목격했다면 그대로 탈출할 수 있도록 놔뒀겠지만, 제가 탈출시킨 것은 아닙니다. 당신의 군국주의, 당신의 침략적 민족주의, 당신의 비인간성이 그들에게 탈출하도록 강요한 것입니다.

그러고 나서 후루야를 부른다. 자네가 장명찬과 짜고 해먹은 돈의 명세서를 여기 내놓게. 소장님, 당신은 도둑놈을 부하로 데리고 있습니다. 당신은……

가지는 말의 홍수 속에서 헤엄치고 있었다. 빠질 것 같았다. 위안소로 이어지는 다리 위에서 빨간색 물체가 움직이는가 싶더니 어느새 계집이 한 명 눈앞으로 뛰어와서 느닷없이 가래침을 카악 뱉었다.

"악귀 같은 쪽발이 새끼!"

양춘란이었다. 야위고, 날카로워지고, 거칠어져 있었다. 화장도 하지 않고, 핏기가 없는 입술을 떨면서 두 번째 침을 뱉었다. 가지는 반사적으로 여자의 팔을 잡고 끌어당겨서 침을 닦았다.

"죽여라!"

여자가 소리쳤다.

"그이를 죽인 것처럼 나도 죽여! 네가 날 죽일 때까지 욕을 퍼부어주마! 악귀 같은 쪽발이 새끼! 지 어미랑 붙어먹을 놈!"

가지는 여자의 가는 목을 잡았다. 마을 사람들이 길가에 몇 명 모여들었다. 그쪽을 향해 여자가 답답한 듯한 목소리로 소리쳤다.

"이놈이! 죄도 없는 사람을 이놈이 죽였다!"

"……이래도 더 떠들 거냐?"

여자의 목을 잡은 손에 힘을 넣으면서 가지는 감방에서 보낸 날들을 떠올렸다. 굴욕과 절망 끝에 겨우 도달한 반성은 이 여자의 가래침 한 방에 맥없이 무너지려고 하고 있었다. 가지의 얼굴이 흉하게 일그러졌다. 그의 손은 갑자기 힘을 잃고 여자의 가느다란 목에서 떨어졌다.

"화내지 마요, 가지 씨."

다리 위로 나온 진동푸가 통나무 난간에 살찐 엉덩이를 걸치고 담배를 물며 말했다.

"가지 씨, 착한 마음 나 알고 있지만 너무 늦었어."

이것은 마지막 일격이었다. 와타라이에게 당한 고문보다도 혹독하고 잔인했다. 정욕의 노리개에 불과한 살덩어리가 담배를 물고 그렇게 말한다. 너무 늦은 선행 따위는 참회해야 할 일이지 자랑할 건 티끌만큼도 없다고.

가지는 죄인처럼 그 자리를 떠났다. 충격을 너무 크게 받아서 진동푸의 죄가 추궁받지 않은 이유를 캐물을 생각조차 하지 못했다. 후루야는 필시 와타라이에게 사건을 꾸민 것은 가지와 첸이라고 증언했을 것이다. 후루야가 진동푸를 감쌀 필요가 있다는 것은 다시 말해서 장명찬과 관련이 있는 후루야의 옛 죄를 그녀가 속속들이 알고 있기 때문이다.

가지는 지친 다리를 끌며 언덕을 올라갔다. 도중에 장바구니를 들고 내려오던 여자와 마주쳤다. 그녀는 가지가 비틀거리면서 본관 사무소 쪽으로 올라가는 것을 지켜보고 있다가 갑자기 돌아서더니 숲속으로 되돌아갔다.

본관이 가까워질수록 가지는 신세를 망치고 돌아온 방탕한 자식 같은 느낌이 깊어졌다. 어처구니가 없어도 이보다 어처구니없는 일은 없을 것이다. 자존심 때문에 버텨온 것의 결과가 지금 또 여지없이 자존심을 배신하고 있다. 비겁함이 또다시 고개를 들기 시작했는지도 모른다. 가지는 일단 걸음을 멈추고 마음을 새로이 다지려고 했다.

그때 본관에서 오카자키가 나왔다. 그는 돌계단 위에서 희귀동물을 본 듯한 눈빛으로 가지를 내려다보았다.

"여어, 가지 나리 아니시오? 수고가 많으셨수다."

오카자키는 매정하게 자신을 내쫓던 미치코의 차가운 교만함을 떠올리고 있었다. 자식, 꼴좋다는 태도로.

가지는 시들어가던 기능이 갑자기 충전된 듯했다. 돌계단을 올라가 오카자키와 같은 위치에 섰다.

"그렇게 생각하나?"

오카자키의 삼백안을 똑바로 쳐다보며 말했다.

"아직은 안심하지 않는 게 좋아. 내가 돌아온 게 당신과 전혀 무관하다고는 할 수 없으니까. 당신이 저지른 상해치사 사건은 시효가 아직 남아 있어."

오카자키는 발끈하며 험악한 표정을 지었지만 갑자기 그 표정을 무너뜨리더니 대신 뻔뻔스러운 웃음을 만면에 띠며 말했다.

"재미있군. 어디 한번 해보시지. 모처럼 얻은 자유인데 그럴 여유는 없을걸?"

커다란 비웃음으로 말을 마치고 오카자키는 채찍으로 가죽 정강이싸개를 두드리면서 멀어져갔다.

본관 안에서 일하고 있던 많은 남녀 직원들은 가지가 들어오자 서로서로 얼굴을 마주 보고는 고개를 돌려 주목했다. 소장실 문까지는 몇 걸음을 더 가야 한다. 그 몇 걸음을 걷는 동안 가지의 마음은 급격하게 흥분되었다.

왜 그런 눈으로 쳐다보는 거지? 표창식 때는 그렇게 요란스럽게 박수를 보내더니!

가지는 소장실 문 앞에 서서 갑자기 돌아보았다. 구경꾼들은 거의 동시에 황급히 시선을 돌렸다.

가지는 난폭하게 문을 밀어젖혔다. 소장은 의자에 깊숙이 기대 앉아 팔짱을 끼고 있었다. 그 얼굴에 놀라는 기색이 전혀 없는 것이 오히려 가지를 놀라게 했다.

"지금 돌아왔습니다."

소장 앞에 서서 말했다.

소장이 조용하게 말했다.

"이게 와 있네, 가지 군."

소장이 통통하고 보들보들한 손으로 책상 서랍을 열고 종이 한 장을 꺼냈다.

"역시 그랬었군!"

가지는 중얼거렸다. 이가 부드득 갈리는 것 같았다.

"무슨 일인가 했더니!"

종잇조각 위에 쓰여 있는 자신의 이름과 임시소집영장이라는 여섯 글자를 읽었을 때 비로소 눈앞이 캄캄해질 정도로 분노와 절망감이 치밀어 올랐다.

"부려먹을 대로 부려먹고 모가지란 말이군!"

소장은 가지의 주먹이 부들부들 떨리고 있는 것을 보고 황급히 말했다.

"자네가 가면 나도 곤란하지만 이것만은 어쩔 수가 없네."

"입에 발린 소리는 그만두십시오!"

가지는 물어뜯을 듯한 기세로 말했다.

"말썽꾸러기를 버리기에는 절묘한 카드겠지. 이쪽에선 대응할 방법이 없으니까. 이제야 겨우 알겠군. 간부 직원인 부장 따위를 믿느니 창녀를 믿는 게 훨씬 나았다는걸."

말하고 나자 갑자기 이번에는 끝을 알 수 없는 허무함이 엄습해왔다. 창녀보다 못한 부장나리의 보증서를 받고 행복이란 소꿉장난에 열중하던 바보 같은 자가 지금 여기에 있는 것이다.

더 이상 아무 말도 하고 싶지 않았다. 이른 봄의 그날 이후 그는 꼭 두각시에 지나지 않았다. 양치기 개만도 못했다. 가지는 영장을 쥐고 말없이 돌아서 나가려고 했다.

그때 소장이 말했다.

"자네도 피곤할 테지만 후루야 군에게 인계를 해주게. 특수 광부들의 대장을 뽑는 데 애를 먹고 있는 모양이야. 왕시양리란 놈이 탈출하고 나서 대장이 될 만한 자가 아무도 없는 것 같아."

"탈출했다고?"

가지는 휙 돌아섰다. 눈빛이 예사롭지 않았다.

"왕시양리가 탈출했습니까?"

"몰랐나? 맞아, 자넨 몰랐겠군. 자네가 잡혀가고 이틀째 되는 날이었던가, 서른 명이나 탈출했네."

죽은 줄 알았던 왕시양리가 탈출했구나! 그래서 묘비의 글귀까지 생각하며 조의를 표했던 그 왕시양리가 탈출했어!

가지는 느닷없이 큰 소리로 웃기 시작했다.

"……그래, 탈출했구나! 잘했다, 왕! 탈출하길 잘했어. 한 명도 남기지 않고 죄다 탈출해야지, 암."

더욱 크게 웃으면서 머리 한구석에서 잠깐 생각했다. 이제 그 사내는 새벽을 볼 수 있을지도 모른다. 참 부럽구나, 왕!

"소장님, 나중에 후루야에게 전해주십시오."

가지는 소장도 처음 듣는 것 같은 들뜬 목소리로 말했다.

"왕시양리가 탈출한 덕분에 후루야가 저한테 두들겨 맞지 않을 수 있었다고 말입니다. 저는 지금 노무계 사무실로 가서 인계해주는 대신 그 자를 때려눕히려던 참이었는데 마음이 바뀌었습니다. 뭣 때문인지는 저도 확실하지 않습니다. 아마도 인간에게는 인간 동료가 있었기 때문이겠죠."

가지는 영장을 쥔 손을 흔들고 활기찬 걸음으로 나갔다.

본관에서 나오자 미치코가 숲속 오솔길을 미친 듯이 뛰어 내려오는 모습이 보였다. 다리가 꼬여서 당장이라도 넘어질 것 같았다.

"넘어져, 미치코! 멈춰! 멈추라고!"

가지는 뛰어나가면서 소릴 질렀다.

아니나 다를까 미치코는 가지의 눈앞에서 고꾸라지듯이 넘어졌다. 그러고는 그대로 정신없이 기어 내려와서 가지의 무릎에 매달렸다.

"어서 오세요! 이젠 됐어요!"

얼굴을 비벼대며 남자의 다리를 끌어안았다.

"옆집 아주머니한테 들었어요. 당신이 다 죽어가는 사람처럼 돌아오고 있다고요. 그래도 그렇지 않네요. 건강해 보여요! 다행이에요! 정말로 다행이에요!"

가지는 몸을 굽혀서 미치코를 안아 일으키려고 했다. 그때 가지의 손에 있던 종잇조각이 미치코의 눈에 띄었다.

"그게 뭐예요?"

가지는 안아 일으키는 것을 그만두었다.

"무슨 일이에요?"

미치코는 발딱 일어났다. 낯빛은 이미 싹 변해 있었다.

"이럴 수가!"

그러고는 잡아챈 종이를 흔들었다.

"이런 법이 어딨어? 도대체 이런 법이 어디 있냐구요? 회사가 사기를 치다니! 약속했잖아요? 사기예요! 이건 다 사기라고요!"

미치코는 몹시 흥분해서 가지의 가슴을 두들겼다.

"제가 소장님께 말하고 올게요! 이런 법이 어디 있죠? 너무해요! 말하고 올게요!"

가지는 미치코를 끌어안고 말렸다.

"사람을 뭘로 보는 거야?"

그러더니 가지의 가슴에 매달려서 울기 시작했다.

"……돌아가자."

가지가 공허한 목소리로 말했다.

"아직 마흔 시간쯤 있어. 이젠 아무것도 생각하지 말자. 응?"

50

가루 같은 눈이 내렸다. 처음엔 북쪽 하늘에서 드문드문 내리더니 바람이 불기 시작하자 무섭게 퍼부었다.

가지는 출정신고서를 다 썼다. 유가족란에 가지 미치코, 관계에 처, 라고. 미치코는 창가에서 하염없이 눈물을 흘리며 짐을 꾸리고 있었다. 옆에는 봉공대奉公袋(입대 시에 받는 군대수첩, 소집영장 등을 보관하는 주머니-옮긴이)가 시치미를 뚝 떼고 놓여 있었다.

40시간은 짧았다. 두 사람은 서로의 몸을 탐하며 초췌해져갔다. 하지만 욕정은 아직 두 사람의 몸속 깊은 곳에서 위태롭게 타오르고 있었다. 미련은 없을 것이다. 두 사람은 억지로라도 그렇게 생각하려고 했다. 서로 온 마음을 다해 애무했다. 절정을 이룬 사랑의 모습이 두 사람 앞에 나타난 듯했다. 하지만 두 사람이 이렇게 한 방에 있어도 몸과 몸이 떨어져 있을 때면 서로 사랑하는 상대를 자신 안에서 잃어버리는 것만 같았다. 짧은 세월, 그러나 그 세월 속에 아로새겨진 무수한 말, 헤아릴 수 없는 마음의 굴절, 그런 것들이 어쩐지 남의 일처럼 여겨지는 것이다.

두 사람은 아직 얼마 살지도 못했다. 이제 막 제대로 한번 살아보려던 참이었다. 이제 막 시작했을 뿐이다. 그런 느낌만이 두 사람을 사로잡은 채 무겁고 고통스럽게 압박하고 있었다.

"미치코."

가지가 나지막하게 불렀다.

"우리 두 사람은 언제 또 만날 수 있을까?"

미치코는 창가에서 한번 돌아다보았을 뿐 아무 말도 않고 이따금 흐느끼기만 했다.

"난 새 출발할 마음에 두근거리면서 나왔는데 보기 좋게 속고 말았어. 어떡하면 좋을지 모르겠어."

지금까지 그는 우리 밖에서 우리 안에 있는 사람들을 상대해왔다. 이번엔 그가 우리 안에 갇혀서 도저히 인간답지 않은 세상에서 인간을 찾게 될 것이다.

"하필이면 인간의 자격을 겨우 얻게 되었구나 싶던 차에 말이야."

가지는 쓸쓸하게 웃었다.

"그리고 당신과 함께 새 출발하려고 결심했을 때 말이야. 정말 너무해, 이건. 마치 전쟁광들한테 철저하게 이용당한 기분이야. 당신도 기억하지? 우리가 약속한 날, 회사가 우리한테 던져준 미끼 속에 낚싯바늘이 들어 있다고 내가 말했더니, 들어 있든 말든 상관없다고 당신은 말했어. 먹을 만큼만 먹고 잘 먹었습니다, 낚싯바늘은 도로 가져가세요, 라고 하면 된다고. 우린 그럴 작정이었는데, 이제는 그렇게 할 수가 없게 되었어."

미치코는 생각났는지 더욱 서럽게 흐느껴 울었다. 가지는 떨고 있는 미치코의 어깨를 안타까운 마음과 끓어오르는 분노의 소용돌이 속에서 지켜보고 있었다.

미치코 덕분에 행복한 200여 일이었다. 지나고 나니 모든 것이 즐겁고 아름다웠다. 하지만 또 돌이켜보면 이렇게 되리라는 것을 충분히 알 수 있었다. 왜 알려고 하지 않았을까? 마치 눈가리개를 하고 무턱대고 걸어온 것 같다. 그리하여 이렇게 총을 메고 살인 공장으로 고용살이하러 떠나게 된 것이다.

"어떻게 하면 당신과 함께 인간다운 새 출발을 생각할 수 있을까? 내가 한 일의 결과가 이것이라고 역시 솔직하게 인정해야 하는 걸까?"

두 사람 사이에 우울한 침묵이 흘렀다. 책상 위에 있는 탁상시계가 정오를 가리키려고 하고 있었다.

이제 작별 인사를 할 때야.

가지는 핏발 선 눈을 들어 벽걸이 접시를 보았다. 남자와 여자는 영원한 포옹을 하고 있었다. 가지는 일어서서 접시를 들고 물끄러미 내려다보았다.

"등신 같은 인생이야."

가지는 벽걸이 접시를 허공에 내던졌다. 테이블 한복판에 떨어진 접시는 산산조각 났다. 미치코가 놀라서 가지에게 안겼다. 사랑과 원망을 모두 담은 필사적인 포옹이었다.

"죽으면 안 돼요!"

미치코가 흐느꼈다.

"안녕이라고 말하지 마요! 제발, 다시 함께 살자고 말해주세요! 꼭 돌아온다고……"

가지는 고개를 끄덕이고 또 끄덕이고 미치코의 체취를 들이마시며 그녀를 으스러져라 끌어안았다. 말만이 살아 있었다. 갈기갈기 찢긴 두 사람의 생명 위에는.

〈3부에서 계속〉

인간의 조건 2 강요된 선택

한국어판 ⓒ 도서출판 잇북 2013

1판 1쇄 발행 2013년 11월 11일
1판 2쇄 발행 2013년 12월 12일

지은이 | 고미카와 준페이
옮긴이 | 김대환
펴낸이 | 김대환
펴낸곳 | 도서출판 잇북
캘리그라피 | 신영복
책임편집 | 김랑
책임디자인 | 한나영
인쇄 | 대덕문화사

주소 | (413-736) 경기도 파주시 와석순환로347
전화 | 031)948-4284
팩스 | 031)947-4285
이메일 | itbook1@gmail.com
블로그 | http://blog.naver.com/ousama99
등록 | 2008.2.26 제406-2008-000012호

ISBN 978-89-968422-7-9 04830
ISBN 978-89-968422-5-5(세트)

* 값은 뒤표지에 있습니다. 잘못 만든 책은 교환해드립니다.